항일가요 및 기타

Series of Korean Literature at China

이 전집은 대산문화재단의 2006년 해외한국문학연구 지원을 받았습니다.

연세국학총서 73
중국조선민족문학대계 4

항일가요 및 기타

연변대학교 조선문학연구소
김동훈·허경진·허휘훈 주편

보고사

◉ 권 철

중국 연변대학 조문학부 졸업. 연변대학 조문학부 교수로 재직하며 민족연구소장을 역임
하고, 현재 조선문학연구소 고문으로 있다. 저서로『광복전조선민족문학연구』,『중국조
선족문학』등이 있다.

◉ 김동훈

중국 중앙민족대 중문학과 졸업, 중앙민족대와 연변대 교수를 거쳐 현재 상해공상외대
한국어 학부장으로 있다. 연변대조선언어문학연구소 소장, 북경대조선문화연구소 고문
역임. 저서로는『중국조선족구전설화연구』,『조선족문화』,『중국조선족문학사』(공저),『
간명한국백과전서』(주필),『중국조선족문화사대계』(총주필) 등이 있다.

◉ 허경진

한국 연세대 국문학과 및 동 대학원 졸업. 목원대 국어교육과 교수를 거쳐 현재 연세대
국문학과 교수로 있다. 2005년부터 중국 연변대 겸직교수로 재직중이다.

◉ 허휘훈

중국 연변대 조문학부 및 동 대학원 졸업. 문학박사. 현재 연변대 조문학과 교수로 있다.
연변대 조선문학연구소 소장, 연변민간문예가협회 이사장이다. 저서로『조선민간문화연
구』,『조선문학사』(공저),『중조한일민담비교연구』(주필) 등이 있다.

연세국학총서73
중국조선민족문학대계 4

항일가요 및 기타

초판 1쇄 발행 _ 2007년 6월 28일

주편자 _ 김동훈·허경진·허휘훈
        연변대학교 조선문학연구소
발행인 _ 김흥국
발행처 _ 도서출판 보고사
등 록 _ 1990년 12월(제6-0429)
주 소 _ 서울시 성북구 보문동 7가 11번지 2층
전 화 _ 922-5120/1(편집) 922-2246(영업)
팩 스 _ 922-6990
메 일 _ kanapub3@chol.com
홈페이지 _ www.bogosabooks.co.kr
ISBN _ 978-89-8433-405-2(94810)
       978-89-8433-401-4(세트)
정 가 _ 23,000원

간행사

    우리 조상들이 중국땅에 이주해온 이후, 오랜 역사를 통해 탁월한 저력으로 독자적인 문화를 창출해냈고 또한 많은 문화유산을 물려주기에 이르렀다. 그 가운데 우리 조상들의 알찬 삶의 지혜와 다양한 경험들이 축적되어 있다. 바로 이 때문에 문화유산중 큰 비중을 차지하는 구비문학과 기록문학이 소중하며, 다시 읽어야할 보전(宝典)으로 남게 되었다.

    과경(跨境)민족으로서의 중국 조선민족은 19세기 후반이래로 수차의 문화적 격변의 시대를 살아왔다. 이른바 개화기의 격류 속에서는 전통문화와 서구문화사이의 갈등, 한문학과 국문문학간의 교체를 경험했고, 식민지시대에는 국문문학의 문체혁신과 일제에 의해 책동된 전통문화의 쇄멸말살이라는 시련을 겪기에 이르렀다. 이런 변화와 역경속에서도 중국땅에 망명하였거나 이 땅에서 류이민 혹은 정착민으로 생활해온 우리 겨레의 지조있는 애국문인들은 결코 붓을 던지지 않았다. 류린석, 김택영, 신규식, 신채호, 안중근, 리상룡, 김정규, 김소래, 최서해, 렴상섭, 주요섭, 최상덕, 강경애, 현경준, 김창걸, 안수길, 박영준, 황건, 김조규, 윤동주, 박팔양, 리륙사, 함형수, 리학성, 천청송, 김학철, 윤해영, 채택룡, 설인 등 헤아릴 수 없이 많은 문학도와 시인, 작가들이 바로 필설로 그 시대를 증언해온 대표적인 지성인들이다.

    그들 중에는 고국을 떠나 갈바람에 흩날리는 낙엽처럼 정처없이 떠돌다 두만강, 압록강을 건너와 허허넓은 만주벌판, 낯선 이국땅 서러운 추녀 밑에서 간도아리랑을 부른 망향시인이 있었고 하늬바람 불어치는 산해관을 넘어 북경, 서안, 상해, 무한 등 천년고도에 떠돌이로 남아 언론매체를 빌어 ≪천고≫를 울리고 ≪진단≫을 노래하고 청구의 ≪광명≫을 만방에 호소한 청년 전위가 있었는가 하면 백산, 흑수, 송료, 제로, 태항, 중원의 고전장에서 융마 일생을 수놓아 가며 목숨을 바친 무명용사도 있었다. 려순, 나가사끼, 후꾸 오까의 감옥에서 단지혈맹의 뜻을 굽히지 않고 다리를 절단해가면서도 끝까지 혁명의 지조를 지켜왔거나 끝내 ≪한점 부끄럼없이≫ 꽃처럼 피여나는 피를 민족의 제단 앞에 바친 암흑기의 푸른 별들도 있다. 그들은 문자에 앞서 몸으로 지탱해온 삶 그 자체가 더 고결하고 값진 것으로 여겨왔던 것이다. 그들의 피와 땀으로 가꾸어온 문화의 숲은 헌걸찬 우리 민족의 에너지를 부단히 충전시켜 주는 불멸의 혈맥, 끈질긴 생명력의 고동으로 무성하게 자라고 있으며 영광과 비애의 굴곡, 흥망과 성쇠의 기복이 교차되는 수많은 역사 주체의 명멸을 간직한채 굳건하고 강인한 기백으로 오늘날까지 민족의 정기를 면면히 이어주고 있다.

그들이 남긴 풍부한 문학유산은 그동안 중외(中外)학자들에 의하여 적지 않게 발굴 연구되었으나, 지금까지의 연구는 단편적인 자료에 근거를 둔 것으로서 그 진면목을 체계적으로 파악하기에는 역부족이라고 할 수 있다. 이런 의미에서 중국 조선족과 광복전 재중 한인, 조선인들의 문학자료를 체계적으로 발굴, 정리, 출판하는 것은 정체(整体)적인 민족문학연구에서 대단히 중요한 작업이 아닐 수 없다. 그들이 남긴 문학자료는 지금도 중국각지와 해외의 여러 도서관, 박물관, 문서보관소에 신문, 잡지, 일기, 필사본, 프린트본, 활자본 등 형식으로 흩어져있다. 이런 현실을 감안하여 본 대계는 선배들이 중국땅에 남긴 문학자료들을 집대성하여 후세인들로 하여금 문화민족으로서의 자긍심을 갖게 하고 애국애족의 정신을 계승 발양하며 문학, 언어, 역사, 민속, 언론, 사회 등 여러 분야를 망라한 학계인사들에게 21세기 중국 조선민족문화의 새로운 비약을 위한 계통적인 연구자료를 제공하는데 그 목적과 의의가 있다.

중국조선민족문학의 진수를 정리, 간행하기 위한 계획이나 준비작업은 연변대학 조선언어문학연구소(현재의 조선문학연구소)의 창립과 더불어 20세기 80년대부터 본격적으로 시작되었다. 권철교수를 비롯한 연변대학 조선언어문학연구소의 조선문학관계 선배학자들은 1950년대부터 벌써 재중조선인 문학자료수집에 착수하였고 1990년에는 권철, 조성일, 최삼룡, 김동훈 등 네 연구원의 공동집필로 된 ≪중국조선족문학사≫를 공개출판하기에 이르렀다. 1992년 연변대학 조선언어문학연구소(현재의 조선문학연구소)는 한국 숭실대학교 인문대학과의 공동연구과제로서 소재영, 권철, 김동훈, 조규익 교수를 중심으로 집필한 ≪연변지역조선족문학연구≫를 펴냈다. 같은 시기에 김영덕, 최문식교수를 비롯한 연변대학 고적연구소에서는 ≪류린석전집≫, ≪김택영전집≫, ≪윤동주유고집≫, ≪한양가≫, ≪연변조사실록≫ 등 중국 지역에서 발굴, 정리한 17권의 민족고전을 출판하였다.

이와 동시에 문학현장의 사실을 증언하기 위해 두 연구소 산하의 수십 명의 연구원들은 연변의 각 현시와 북경의 백림사, 상해의 서가회, 남경의 용반리, 심양시 서류보관소 그리고 할빈, 대련, 서안, 남통 등지의 도서관, 박물관 등 중국 국내 수백처의 자료관을 누비면서 우리 민족의 해방전 문학자료들이 흩어져 실려 있는 ≪천고≫, ≪진단≫, ≪천고≫, ≪진단≫, ≪독립신문≫, ≪민성보≫, ≪북향≫, ≪만선일보≫, ≪카톨릭소년≫, ≪광복≫, ≪신한청년≫, ≪조선의용대통신≫, ≪한민≫, ≪연변문화≫ 등 신문과 잡지, 그리고 지난 세기초부터 이 땅에서 유전되였던 ≪백두산민담≫, ≪장백산강강지략≫, ≪초등소학수신≫용 우화집과 ≪싹트는 대지≫, ≪재만조선인시집≫, ≪혈해지창≫ 등 최초의 소설집, 시집 및 극본들을 속속 발굴하였으며 무려 1,500만자에 달하는 작가문학자료와 800여수의 민요, 2,000여편의 전설과 민담을 수집하였다. 그들은 하늘을 비상하는 나비가 아니라 발로 땅을 기여다니는 지네와 같이 지나간 역사와 문화현장에 파고들어 문학현상 자체를 자기의 피부로 촉감하고 확인함으로써 오늘의 이 방대한 민족문학대계의 탄생을 준비하였던 것이다.

본 대계의 출간과 관련하여 우리는 다음과 같은 몇 가지 원칙에서 이 사업을 추진키로 하였다.

첫째, 본 대계에는 중국 조선족 작가와 재중 한국인, 조선인 작가들이 건국(1949년) 이전에 창작한 시, 소설, 일반 산문, 극작품 등 일체의 문예작품들을 수록한다.

둘째, 우리 문학의 세 가지 큰 갈래인 조선문문학, 한문문학, 구비문학을 통해 역사적으로 이룩한 모든 양식을 함께 수록한다. 먼저 건국 전에 창작된 작품을 30권에 나누어 1차적으로 간행하고 이를 더욱 확대하여 진정한 의미의 문학대계가 되게 한다.

셋째, 구비문학작품은 건국 전에 수집된 것과 건국 후에 수집된 것을 망라하며, 그 내용이 해방 전에 이미 구전으로 전승되었음을 감안하여 이를 모두 1차 간행분에 포함시킨다.

넷째, 언어상으로나 역사적으로 가치가 있는 일부 원전은 원전과 현대역을 동시에 수록한다. 현대역을 통하여 한문과 원전의 감상을 가능하게 하고 정확한 원전의 제시로 그 연구의 자료가 되게 한다. 단 일부 한시와 고문은 번역사업이 미처 미치지 못해 원문만 그대로 싣기로 한다.

다섯째, 건국 전의 작가문헌은 그 문체들이 발생한 시대적 선후를 염두에 두면서 한시, 현대시, 소설, 산문, 희곡 순으로 배열하고 구비문학은 민요, 전설, 민담 순으로 배열한다. 건국 이후의 작품은 대부분 쉽게 찾아볼 수 있는 것들이어서 2차적으로 그 출간을 계획해보려 한다.

1차 간행에 교부된 작품집 목록은 아래와 같다.

제1-3권 한시집
제4-6권 시집(조선문)
제7-13권 소설집
제14-16권 산문집
제17권 희곡집
제18권 민요집
제19권 문헌설화

제20-21권 전설집
제22-27권 민담집
제28-29권 중국에 번역 소개된 문학작품
제30권 별책(색인)

　끝으로 본 대계가 편집 출판되는 동안 관심있는 모든 분들의 협력과 질정을 바라며 어려운 가운데도 이 사업에 동참해주신 편찬위원, 책임편자, 역주자 여러분과 연변대학 고적연구소 임원들에게 감사드린다.
　그리고 본 사업의 취지를 이해하고 편집비를 지원해주신 한국 대산문화재단, 2005년도 연세특성화지원금으로 「중국내 한국관련 문헌자료집성사업단」을 지원해주신 한국 연세대학교의 후의에 감사드리며, 아울러 편집과 교정에서 제작에 이르기까지 노고를 아끼지 아니한 보고사 여러분께도 고마움을 표한다.

2005년 12월 26일

중국 연변대학교 조선문학연구소 전 소장 김동훈
중국 연변대학교 조선문학연구소 소장 허휘훈
한국 연세대학교 국학연구원 허경진

편집위원 명단

◉ 일러두기

이 ≪대계≫는 다음과 같은 요령으로 엮었다.

1. 중국 조선족의 기록, 구비문학작품을 비롯하여 재중한인(韓人), 조선인이 중국 지역에서 창작한 작품들을 함께 수록하였다.

2. 20세기 전반기에 창작 발표된 문학작품을 일차적 선제대상으로 확정하였다.

3. ≪대계≫ 각권의 출판은 한시, 현대시, 소설, 산문, 희곡, 민요, 전설, 민담 순으로 배열하였다.

4. 한시와 기타 한문(漢文)으로 쓰인 원전은 매 편마다 원문을 앞에 싣고 역문을 뒤에 함께 수록하여 상호 참조하기에 편리하도록 하였다.

5. 원전에 나오는 일부 지명, 인명, 전고, 방언과 알기 어려운 글자, 누락, 오기 등에 대해 필요한 주를 달았다. 주석표기는 원문(혹은 역문)에 번호를 붙이고 해당 면 하단에 각주(脚注)함을 원칙으로 하였다.

6. 고한문 원전은 번체자로 표기하고 이해가 어려운 한자어의 경우에는 괄호 안에 한자를 넣어 병기하였다.

7. 간행사와 일러두기 그리고 해설은 한국에서의, 작품의 맞춤법·띄어쓰기·외래어 표기는 중국에서의 현행 조선말 규범원칙을 따르되, 어학적·민속적 가치가 높은 해방 전 원전은 원문 그대로 수록하였다.

8. 본문은 연변의 표기방식대로 실었으며, 해설은 한국의 표준법에 맞추어서 윤문하였다.

9. 이 ≪대계≫에서 사용한 주요 부호는 다음과 같다.

　　1) (　　) : 음이 같은 한자를 병기함.

　　2) [　　] : 음은 다르나 뜻이 같을 때나 혹은 풀이한 한문을 병기함.

　　3) ≪　≫ : 책명, 작품명, 대화나 인용을 나타냄.

　　4) 〈 ? 〉 : 불확실한 경우를 나타냄.

　　5) 　□　 : 원전 또는 원문에서 누락된 문자를 나타냄.

　　6) 주석은 ①②로 표시하여 해당 면 하단에 표기함.

차 례

◉ 제1편 중국에서 수집한 작품

● 제2편 한국에서 수집한 작품

항일혁명가요의 수집과 출판에 대하여

최삼룡

1

중국조선민족문학대계 4권으로 ≪항일가요≫가 출간된다.

이 권에는 중국, 조선, 한국에서 수집, 정리, 출판된 항일가요와 혁명가요 그리고 민족의 독립구국의 뜻이 담긴 가요 510수를 수록했다.

그중 중국에서 수집, 정리, 출판된 것이 286수이고 조선에서 수집, 정리, 출판된 것이 102수이고 한국에서 수집, 정리, 출판된 것이 122수이다.

여기서 우선 항일가요란 무엇이고 혁명가요란 무엇인가 하는 개념이 정립되어야 한다.

혁명가요란 혁명적인 내용을 담고 있는 가요를 지칭하고 항일가요란 항일투쟁 중에서 창조되고 보급된 가요를 지칭한다.

항일혁명가요란 항일가요와 같은 개념으로서 항일혁명투쟁 중에서 창조되고 보급된 혁명가요이다.

정의는 이렇게 내릴 수 있어도 사람에 따라 경우에 따라 항일가요, 혁명가요, 항일혁명가요가 두루 의미가 통하여, 적지 않은 사전이나 교과서에서들도 항일가요도 혁명가요이고 혁명가요도 항일가요라는 식으로 사용되고 있다. 그러나 많은 경우에 혁명가요를 더 큰 개념으로 쓰고 있는 것이 사실이다. 즉 항일가요를 혁명가요의 한 부분으로 취급한다.

한국에서는 이따금씩 항일투쟁, 항일투사라는 단어는 쓰지만 항일가요라는 말은 쓰지 않고 의병시가, 독립군시가라는 말을 쓰는 것 같다.

여러 가지 문제를 고려하여 편찬자는 이 권에서 한국에서 말하는 의병시

가, 독립군시가를 우리의 항일가요와 같이 취급하면서, 조선과 한국의 의병
가요 독립군가요로부터 중국의 동북지구에서 일본제국주의 침략자들과 싸
웠던 동북인민혁명군과 동북인민항일연군 화북지구에서 일본제국주의 침략
자들과 싸웠던 조선광복군, 조선의용대, 조선의용군들이 창작하고 보급한
혁명가요 그리고 1945년 8.15해방 후 1949년 10월 1일 중화인민공화국의 창
건까지 즉 전국해방전쟁시기에 창작, 보급된 혁명가요를 모두 수록 대상으
로 삼았다.

다시 말하면 이 권에 수록된 520수의 시가 중에서 항일가요와 기타 혁명
가요 그리고 민족의 독립구국의 원망과 인민대중의 혁명의식과 해방의 갈망
을 담은 가요들이 다 포함되어있다.

주지하다시피 항일무장투쟁은 한차례의 민족전쟁으로서 계급과 의식형
태를 초월하여 독립과 구국을 갈망하는 민족적인 분투였고, 항일가요 또한
한 겨레의 가슴에서 터져 나왔고 한 겨레의 목소리로 불리었지만, 항일전쟁
승리 후의 이념과 체제의 갈등으로 인해 수집, 정리, 출판 중에서 원형을 찾
아보기 힘들 정도로 변질되었으며 수많은 변종이 생겼다.

물론 아직까지도 이념과 체제를 초월하여 항일가요의 원형을 제대로 복
원할 수 있는 여건은 성숙되지 못하였지만, 편찬자는 중국, 조선, 한국에 널
려있는 텍스트들 중에서 될 수록 제일 처음 수집된 것들을 찾고, 될수록 그
것들에 대하여 손을 대지 않고 출간하는 것을 원칙으로 삼았다.

혁명가요 중에는 천성적으로 계급성이 강하고 의식형태의 선전도구로 창
작된 것이 적지 않는데 이러한 텍스트에 대하여서는 어쩔 수 없이 누가 좋
아하면 누구는 싫어하기 마련이다. 예를 들면 ≪쏘련 옹호가≫, ≪레닌탄생
가≫, ≪프로혁명가≫, ≪의회주권가≫같은 가요는 곧 무산계급의 이념과 이
상에 대한 송가이고, 또 한 부류의 항일가요는 일제침략자에 대한 투쟁과 무
산계급의 혁명을 하나로 통일시키고 있는데 이에 대하여 누가 싫어한다고
해서 부정할 수 없는 것이다.

이밖에도 이 권에는 또 계급사회에서 노농대중의 궁핍한 삶을 반영하고

일제침략자들의 강압과 수탈을 못 이겨 고향을 등지고 조국을 떠나 이국타향에서 피바다와 불바다를 헤매는 동포들의 슬픔과 설움을 표현한 가요도 소수 수록했다. 이런 부류의 가요를 항일가요라고 할 수는 없지만 일제의 식민통치하에서 민족의 생존상황과 정신존재를 직접 나타내는 것으로 그 가치가 있다.

이렇게 500여수의 중국, 조선, 한국에 널려있는 항일가요들과 기타 혁명가요들을 한 책으로 묶고 보니 큰일을 해낸 것처럼 가슴이 뿌듯하고 스스로도 대견스럽게 생각되고 또 새삼스럽게 세상이 변하기는 좀 변했다는 느낌이 들기도 한다. 바로 몇 년 전까지만 해도 이런 도서의 출판은 상상할 수 없었던 것이 아닌가.

이상 편찬자로서의 회포를 표백하고 이제 아래에서 지금까지 중국, 조선, 한국에서 항일가요와 기타 혁명가요가 수집, 정리, 출판된 상황을 회고하려 한다. 이것은 앞으로 항일가요와 기타 혁명가요를 더 깊이 연구하는 데 하나의 유조한 작업으로 될 것이다.

2

항일가요와 기타 혁명가요는 극히 개별적인 작품 외 대부분은 천성적으로 전문화의 산물이고 또 구전문학적인 성격을 띠고 있다. 그러므로 활자화된 출판물로서의 항일가요의 텍스트를 찾는다는 것은 거의 불가능하다고 해야 할 것이다. 그러므로 필연적으로 수집(蒐輯)이라는 작업을 거쳐야 하며 그 과정을 거쳐야만 출판이 가능하게 된다.

그런데 1945년 8.15해방 후에도 조선은 독립되자마자 다시 국토가 분단되고 민족이 분열되는 비운을 맞게 되며 심지어는 이념과 체제의 대립으로 인한 동족상잔의 전쟁까지 치르게 되며 중국에 남은 100만의 중국조선족은 전국해방전쟁시기에도 계속 항일투쟁 중에서 빛낸 민족의 생명저력과 혁명정신을 발양하여 휘황한 업적을 쌓아올리며 드디어 중화의 대지에 56개 민족의 하나로 정착하고 점차 중화의 선진민족의 하나로 이미지를 부상하게 된다. 물론 사회주의 혁명과 건설의 길에서 중국인민이 겪은 수많은 곡절을 함께 겪으면서.

이런 와중에 항일가요와 기타 혁명가요의 수집, 정리, 출판도 복잡다단한 길을 걸으면서 오늘에 이르렀다.

△ 중국에서 항일혁명가요의 수집, 정리, 출판

지금까지 찾아볼 수 있는 정식으로 출판된 책으로서 ≪혁명의 노래≫는 항일혁명가요를 수록한 첫 번 째 책이다. 중공연변주의 선전부에서 편찬하고 연변인민출판사에서 1958년 9월에 출판한 이 책에는 ≪국제가≫와 항일혁명가요 70수를 수록했다. 이 책에는 ≪유격대행진가≫(≪유격대행진곡≫), ≪연길감옥가≫, ≪의회주권가≫, ≪결사전가≫, ≪동북인민혁명군가≫ 등 주요한 항일혁명가곡이 수록되었다.

이 책의 특점은 극히 개별적인 몇 개 단어 외에 항일군민들이 부르던 가요의 원형을 수정하지 않았다는 점이다. 심지어 뜻이 통하지 않는 어떤 구절에도 손을 대지 않았다.

필자는 그때 몰랐지만 연변인민출판사에서 ≪혁명의 노래≫를 출판하기 전에 1957년 8월에 연변대학 사회과학계에서 등사판으로 ≪항일투쟁시기 노래집≫(1)을 출간하였다.

이 등사판의 ≪서두말≫은 다음과 같다.

이 노래집은 항일투사 김선동무가 보존하고있던 수첩에서 원문 그대로 등사한 것인데 조선민족사 연구소조 선생들에게 연구자료로 제공합니다.

1957년 8월 연대 사회과학계

여기서 관건적인 것은 ≪김선동무가 보존하고있던 수첩에서 원문 그대로 등사≫했다는 것이다.

그렇다면 김선은 누구인가?

김선(金善, 1919년생)은 조선족 여성 항일투사로서 1932년에 항일무장투쟁에 참가하여 30여차의 전투에 참가했고, 1940년 1월 부대와 함께 소련에 넘어가 국영농장에서 노동, 1945년 8·15해방 후 목단강지구에서 사업하다가 1949년 연변지구에 전근되어 와서 계속 사업하다가, 1958년 연길시 메리야스공장에서 이직했다.

듣는 말에 근거하면 김선은 건국 후에 자기의 수첩을 유관부문에 바쳤는데 후에 연변박물관이 정식으로 성립되면서 거기에서 보관하였다고 한다. 연변대학 사회과학계에서도 그것을 빌어다 등사판 《항일투쟁시기 노래집》을 찍고 돌려줬다고 한다.

아무튼 이 등사판에는 118수의 항일혁명가요가 수록되었는데, 《서두말》에다 쓴 것처럼 《원문 그대로》찍은데 그 가치가 있으며, 제목이나 본문 할 것 없이 항일투사 김선의 수첩 그대로 찍었다는 데 그 가치가 있으며, 후에 중국조선족들이 항일혁명가요를 수집 정리, 출판하는 기초적인 작용을 놓았다는 데 그 의의가 크다.

앞에서 언급한 《혁명의 노래》에 수록한 항일혁명가요 70수중 김선 수첩에서 선록한 것이 60수나 된다.

이 60수 외에 58수는 지금까지 볕을 보지 못하고 있었는데 필자의 분석에 의하면 그 일부분은 시구가 너무나 뜻이 통하지 않아서 선록 못 한 것이 있고 그 일부는 동요, 민요여서 다른 책을 출판할 때 선록하자고 생각한 것 같고 일부는 편찬자들이 인정하건대 좀 건강하지 못하거나 소극적인 일면이 있어서 의도적으로 탈락시킨 것 같다.

1958년 《혁명의 노래》가 정식으로 출판된 뒤에 중국 조선족들 속에서 항일혁명가요를 수집, 정리하는 작업은 계속 활발하게 전개되었는데, 특히 60년대 초에 구전문예작품을 수집하는 운동의 고조 속에서 많은 항일혁명가요가 수집되었다. 여러 가지 여건의 불비로 말미암아 그것들이 제때에 출판되지 못한 것도 유감스럽고 또 《문화대혁명》중에서 그것들 중이 대부분이 유실된 것은 더욱 큰 유감이다.

 몇 년 전에 필자는 연변대학 예술학원의 김덕균 교수가 보관한 귀중한 책 한권을 복사했는데 바로 연변조선족구전문예연구조에서 1963년 10월 편찬, 발행한 등사판 ≪혁명가, 동요편≫(2)인데 이 등사판에는 혁명가와 동요 93 수 수록되었다. 그중 동요가 21수이고 나머지 72수의 혁명가요 중에는 연변 인민출판사에서 정식으로 출판한 ≪혁명의 노래≫와 반복된 10여 수 외에 60여수는 모두 새로 수집, 정리된 것이었고, 또 전국 해방전쟁 중에서 창작, 보급된 혁명가곡도 다수 수록했다. 그중에는 ≪농촌쏘베트≫, ≪세환진 혁명가≫, ≪강철대오 만들자≫, ≪최후의 결전≫, ≪무산대중의 봄이 왔네≫, ≪주구를 치자≫ 등 가치 있는 작품들이 수록되어있다.

 ≪무산계급문화대혁명≫이 결속된 후 문화의 개혁과 개방 그리고 개화의 호시절을 맞이하여 항일혁명가요를 수집, 정리, 출판하는 새로운 고조를 맞이했다.

 연변대학의 교수 권철, 사학가 강룡권, 작곡가 리황훈, 김덕균 등 선생님들이 항일혁명가요를 수집, 정리하는데서 큰 공헌을 기여했는데 그들의 연구 성과가 육속 출판되었다. 그중 ≪노래집-동북군정대학길림분교때 부르던 노래묶음≫(동북군정대학 길림분교 동창생준비위원회 편, 연변인민출판사, 1990. 2) ≪조선족민요곡집≫의 ≪혁명력사가요≫30수(연변문학예술연구소 편찬·발행, 등사판, 1984), ≪조선족항일투쟁노래집≫(전정혁 수집, 료녕민족출판사, 1995) 등은 대표적인 성과라고 할 수 있다. 그리고 많은 항일투사들의 회상기와 역사학자들의 전적지 답사기 등 도서에도 이따금씩 새로운 항일혁명가요가 나타나군 하였다.

 이런 책에 수록된 항일혁명가요는 반복된 것이 많고 또 수집자들이 손을 댄 흔적이 많고 모두 새로 발견된 것은 아니지만 개중에는 새로 발견된 것도 적지 않고 그 변종들도 시대적 특점이나 지방적 특색이 있는 것이 적지 않다.

 여기서 특히 평가하고 싶은 것은 연변대학의 권철교수의 항일혁명가요에 대한 수집과 연구 작업이다. 권 교수는 지난 세기 50년대 후반으로부터 부지런히 항일혁명가요를 수집했으며 교단을 통하여 부단히 학생들에게 전수했으며 또 여러 가지 기회를 이용하여 그 대표적 작품들을 발표했다. 이번 이 권을 편찬하는 기회에 교수님의 노고를 기리기 위해 그가 수집한 가요 30여 수를 수록했다.

≪문화대혁명≫후에 출판된 여러 권의 책 중 ≪군정대학노래집≫의 가치를 특히 높이 평가하고 싶다.

이 책은 지금까지 사람들이 중시하지 못했던 관내에서 항일투쟁을 전개해온 조선의용대와 그 발전으로 조직된 조선의용군의 혁명가요를 수록한 것으로 특징적이다.

이렇게 할 수 있는 것은 연안 등 화북지구에서 항일무장투쟁을 전개하던 조선의용군은 당 중앙의 지시에 따라 일부는 조선으로 돌아갔고 일부는 동북에 전이하여 동북근거지 건설에 참가하여 전국 해방전쟁 중에서 혁혁한 공헌을 세웠다. 그리하여 8·15해방 後 한 시기 동북지구의 조선족들 속에서 의용군에서 창작 보급된 노래들이 크게 보급되었다. 여기서 ≪조선의용군행진곡≫, ≪혁명가≫(≪동지들아 굳게굳게 단결해≫), ≪추도가≫(김학철 작), ≪호메가≫(류동호 작) 등 가요들을 대표적인 작품으로 헤아릴 수 있다.

이 책에는 또 전국 해방전쟁 시기에 조선족들 속에서 창작되고 보급된 혁명가요들도 다수 수록되었다. 이 시기에 창작, 보급된 대표적 작품들을 굳이 혁명가요라고 규정짓는 것은 이 가요에는 한결같이 항일전쟁의 승리를 환호하고 장개석반동파를 타도하고 중국혁명을 끝까지 하거나 혹은 조선혁명을 끝까지 하자는 것으로 충만되어 있고 그 구조나 형식, 시어나 리듬이 항일혁명가요와 긴밀한 내적연계성이 있기 때문이다.

중국에서 항일혁명가요의 수집, 정리, 출판을 회고할 때 우리는 또 1995년 하얼빈 동북경제문화중심에서 발행한 ≪동북항일련군가곡선≫을 짚고 넘어가야 한다. 왜냐 하면 이 가곡선은 저명한 조선족 여성 항일투사 리민이 직접 편찬하였기 때문이다.

리민(李敏, 1924년생)은 흑룡강성 탕원현 사람으로 1936년 항일연군에 참가했으며, 1941년 부대를 따라 소련에 건너가 선전, 당무 부문에서 사업했으며, 1945년 8월 소련군을 따라 동북에 돌아온 그는 계속 새 중국의 성립과 사회주의 혁명과 건설을 위해 많은 일을 하며, 흑룡강성의 공회, 통전, 민위, 정협 부문의 지도자로 활약하였으며 《동북항일련군가곡선》을 편찬할 때에는 흑룡강성 정치협상회의 부주석의 중임을 맡고 있었다.

이 책은 먼저 한어(漢語)로 출판되고 후에 조선어로 번역 출판되었는데 다른 책에 없는 특점이 있다. 그것은 즉 항일혁명가요가 한족(漢族)문화의 영향을 어떻게 받았는가를 보여주고 있다는 점이다.

400여수의 가요를 수록한 이 책에는 《국제가》와 후에 국가로 된 《의용군행진곡》 등 전 중국적으로 많이 불리던 노래가 다수 있으며, 그밖에 처음부터 한어(漢語)로 창작되고 보급된 가요가 다수 있으며, 처음부터 조선어로 창작되고 보급된 것이 리민이 기억을 되살릴 때 한어(漢語)로 기록한 것이 다수 있으며, 그냥 조선어로 기억된 것이 조선어로 기록된 것도 다수 있다.

지금 《동북항일련군가곡선》을 보면 번역수준이 제한으로 뜻이 통하지 않은 것이 적지 않으며, 원래 가요의 모습이 제대로 전달되지 못한 것이 적지 않아 유감스럽다.

△ 조선에서 항일혁명가요의 수집, 정리, 출판.

조선민주주의인민공화국에서는 항일혁명가요의 수집, 정리, 출판을 줄곧 중시하였다. 일찍 공화국 창건 전에 새 생활의 건설을 위한 복잡한 투쟁 중에서 항일혁명가요는 인민대중들 속에서 큰 작용을 놓았으며 공화국의 창건된 후 10여년의 시간을 경과하여 첫 항일혁명가요집 《혁명가요집》이 창출되었다. 이 책은 조선로동당 중앙위원회 직속 당 역사연구소에서 편찬했고 조선로동당출판사에서 1959년에 정식으로 출판하였다. 이 책에는 항일혁명가요 90수가 수록되었다.

1960년 《현대조선문학선집》 10권(아동시집)에 아동혁명가요 17수와 《현대조선문학선집》 11권(시집)에 항일혁명가요 73수가 수록되었는데, 이

두 권의 책에 수록된 90수의 항일혁명가요는 ≪혁명가요집≫의 항일혁명가요 90수와 완전히 일치한다.

다시 10년이 지나가는 사이에 조선의 정치이념에 미묘한 변화가 생기게 되고 항일문학의 중요한 부분으로서 항일혁명가요도 총체상에서 그에 대한 평가도 상당히 높게 되고 따라서 많은 텍스트들의 제목이 바뀌고 주제어가 수정되고 심지어는 구조와 시어마저 변하게 된다.

특히 여기서 짚고 넘어가야 할 것은 1967년 5월 김일성의 당 사업일군들 앞에서 한 연설을 비롯한 여러 저작에서 전 당과 온 사회에 당의 유일사상체계를 철저히 세울 데 대한 교시를 관철 집행하는 과정에서, 조선문학은 총체적으로 그 이전의 맑스레닌주의미학에 기초하고 혁명전통으로서의 카프문학과 항일혁명문학을 계승한다는 데로부터 주체문학이론에 기초하고 항일혁명문학을 유일한 혁명문학전통으로 삼고 계승한다는 데로 변모하게 된다.(≪조선문학사≫1959-1975, 과학백과출판사, 1978, pp.208-209 참조)

이러한 변화를 집대성한 것이 ≪문학예술사전≫이다.

이 책은 조선사회과학원 문학예술연구소에서 편찬하고 사회과학출판사에서 1972년에 출판하였는데, 항일혁명가요 84수를 싣고 사상성, 예술성을 분석하고 평가하였다. 이 84수의 항일혁명가요 중 대부분은 1959년의 ≪혁명가요집≫에 수록되었던 것이지만 적지 않은 가요들의 제목이 바뀌고 주제어가 수정되고 시어가 변화하였다. 그리고 ≪혁명가요집≫에 수록되었던 것들이 일부 탈락되기도 했고 또 일부 새로운 가요들이 수록되기도 했다.

그 후 조선에서 항일혁명가요에 대한 평가는 점점 높아지게 되고 ≪조선문학사≫8(류만 저, 사회과학출판사, 1992)과 ≪조선구전문학개요≫(항일혁명편, 리동원 집필, 사회과학출판사, 1994)에 이르러서는 ≪조선의 노래≫, ≪조선인민혁명군≫, ≪조선광복회 10대 강령가≫, ≪사향가≫, ≪피바다가≫, ≪토벌가≫, ≪반일전가≫는 김일성 작으로 결론하였다.

그 뒤 조선의 많은 교과서들과 사전들에서 모두 ≪문학예술사전≫에 수록된 텍스트에 준하고 류만의 평가를 따르고 있다.

1990년도에 문예출판사에서 김학길 편 ≪조선현대문학선집≫6(계몽기시가집)을 출판했는데 19세기 말 20세기 초에 창작 발표된 시가작품을 452수를 수록했다. 그중 많은 작품들은 지난날 별로 알려지지 않았고 문학사에서도 취급되지 않았던 것이다. 구전가요, 의병가요, 시조, 가사, 창가, 신체시 등 형태별로 수록된 400여수의 시가 중에는 19세기 말 20세기 초의 반일의병투쟁과 애국문화계몽운동 중에서 창출된 열렬한 애국구국의 감정을 나타낸 시가가 다수 있으며 또 이 시가 중에는 후에 활발하게 창작된 항일혁명가요의 원형으로 된 것들이 적지 않다. 이러한 특점을 고려하여 이 권에서는 ≪계몽기시가집≫에서 30여수 선록하였다.

△ 한국에서 독립군가요의 수집, 정리, 출판

한국에서는 ≪항일가요≫란 말이 통하지 않으며 ≪항일혁명가요≫라는 말은 더욱 통하지 않고 대체로 ≪의병가요≫, ≪독립군시가≫가 통하는 것 같다.

구경 한국에서 독립군시가의 수집, 정리, 출판 그리고 연구가 어떻게 전개되고 있는지, 어떻게 평가하고 있는지는 자세히 알 수 없지만 개혁개방 후 한국에 몇 번 다녀오고 책 몇 권 구독한데 의하면 중국, 조선에서 항일혁명가요의 수집, 정리, 출판과 공통점이 많으면서 또 이념과 체제의 갈등으로 말미암은 견해의 차이도 큰 것 같다.

필자가 신변에서 구독할 수 있는 한국의 첫 독립군시가집은 독립군가보존회에서 편찬하고 교학사에서 1982년 8월에 출판한 ≪독립군 가곡집-광복의 메아리≫이다.

이 책에는 ≪독립군의 노래편≫에 96수(그 중 漢文으로 된 가곡 7수)와 ≪항일 민족의 노래편≫에 96수 모두 192수의 가곡을 수록했는데 한국에서 처음으로 독립군가요를 집대성했다는 점에서 높이 평가할 수 있다고 생각된다. 이밖에도 이 책에는 독립지사들의 한시(漢詩) 24수 어록 42단락을 수록했다.

그 후 독립군시가집편찬위원회에서 편찬하고 송산출판사에서 1984년 8월
에 출판한 《독립군 시가집-배달의 맥박》에 독립군의 노래 342수를 수록
한 외에 독립구국을 선양하는 시문과 어록 338수(단락)를 수록했다.

《독립군 가곡집-광복의 메아리》, 《독립군 시가집-배달의 맥박》두 책
에는 세인들이 다 아는 원인으로 하여 주로 의병가요와 독립군의 시가만 선
록하고 그 외 조선의용군의 시가나 동북인민혁명군과 동북항일연군의 시가
는 일률 수록하지 않았다. 이것은 사실 이상할 것 없으며 편찬자들을 비난할
바도 못된다. 이것은 중국과 조선에서도 독립군의 시가, 광복군의 시가를 일
률 수록하지 않은 것과 같이 이념과 체제의 갈등에서 생긴 문화현상으로 봐
야 할 것이다.

또 10여년의 세월이 흘러간 후 2001년 10월 황선렬 편 《독립군시가자료
집-님 찾아가는 길》이 한국문화사에 의하여 출판되었다.

이 책은 한국의 출판사(史)에서 처음으로 독립군시가 244수 외에 특별히
조선의 항일가요 76수를 수록하였다.

이 책의 편찬자의 두 가지 노력이 특히 돋보이는데 그 하나는 되도록 내
용과 형식상에서 참으로 항일가요라고 볼만 한 작품을 애써 골라 항일가요
로서 보기 힘든 작품이 극히 적게 수록되었다는 점이다. 둘째로 앞에서 언급
한바 대담하게 조선의 항일가요에서 76수의 작품을 아무런 추고가 없이 선
록 했다는 점이다. 이것은 실로 이념과 체제를 초월한 항일구국투쟁과 그 소
산인 항일가요 혹은 독립가요의 원래 모습을 복원시키는 데 큰 공헌을 세운
장거이고 대서특필로 치하해야 할 모범적인 거동이라고 평가할 수 있다.

하기는 《님 찾아가는 길》에서도 이념과 체제의 갈등이 완전히 해소된
것은 아니다.

제일 먼저 눈에 뜨이는 것은 주로 연안지구에서와 화북에서 항전했던 조
선의용군의 가요는 한수도 수록하지 않았으며 특히 사상예술상에서 우수하
고 영향력이 큰 대표적 작품을 수록하지 않은 것이다. 례를 들면 《조선인민
혁명군》, 《반일전가》, 《사향가》, 《토벌가》는 한국의 독립군가요와 비

교연구의 가치가 있는데 이러한 가요가 수록되지 않은 것을 참으로 큰 유감
이라고 하지 않을 수 없다.

3

　이상 중국, 조선, 한국에서 한국가요가 수집, 정리, 출판된 상황을 회고해
보고 다시 이 권에 수록된 500여수의 항일혁명가요와 기타 혁명가요들을 살
펴보면 그 텍스트들에 하나의 공통성이 있다는 것을 새삼스럽게 느끼게 된
다. 그 공통성이란 바로 일본제국주의 침략자들에 대한 증오와 백의겨레의
굳센 구국독립의 의지이다.

　지금처럼 부분적 텍스트들이 제목이 바뀌고 주제어가 수정되고 시어가
변화된 것은 원래부터 계급의식이 반영된 것 외에 많이는 수집, 정리, 출판
과정에서 무단적으로 가해진 결과이다. 시간에 따라 바뀌고 공간에 따라 변
화되는 것은 보편적인 문화발전 규칙이라고 하지만 항일혁명가요의 경우는
너무도 심하다. 중국에서 《동북인민혁명군》이 조선에서는 《조선인민혁
명군》으로 되고 중국에서 《연길감옥가》가 조선에서는 《옥중투쟁가》로
되고 50년대의 《의회주권가가》가 70년대에는 《인민주권가》로 되고 한
국에서 《독립군추도가》가 조선에서는 《빨찌산추도가》로 되고 화북에서
《조선의용군행진곡》이 동북에서는 《민주련군행진곡》으로 되는 등등.
이 모든 변화와 수정을 주재하는 것은 어느 한 개인이 아니라 바로 의식형
태의 요술이며 정치유희다.

　그러나 인류가 정치유희와 의식형태의 요술에서 철저히 해탈될 날이 있
을까? 체제의 국한에서 벗어날 때가 있을까? 그날이 와야 항일혁명가요에
대한 해석이나 평가도 제대로 될 것인데.

　이런 의미에서 우리의 항일혁명가요가 안고 있는 문제, 혹은 항일혁명가
요가 우리에게 던져주는 화제는 곧 전 인류에게 던져주는 문제이고 장시기
의 모지름을 요청하는 문제이며 화제이다.

2006년 5월 26일

이 해제를 집필하고 보고사에서 편집이 끝난 상태에서 '제2회 중국조선민족문학 국제학술회의'가 2006년 7월 12일부터 13일까지 중국 연변대학교에서 열렸다. 필자는 13일에 「항일가요의 수집과 출판에 대한 서지학적 고찰」이라는 제목으로 제4권 『항일가요 및 기타』의 수집과 출판 과정을 정리 분석한 논문을 발표했고, 『중국조선민족문학대계』의 주편자 가운데 한 사람인 허경진 교수가 지정토론을 맡았다.

연변지역의 항일가요를 초창기부터 수집해 왔던 권철 교수는 조선에서 출판된 항일가요가 연변지역의 것과 상당수 겹치는데다 출판과정에서 수정된 부분도 있어 『중국조선민족문학대계』에 넣기 힘들다는 견해를 감수자의 입장에서 밝혔다. 허경진 교수는 권철 교수의 견해를 전달하면서, 필자의 의견이 어떤지 물었다. 필자는 "북한의 것을 넣지 않아도 상관없겠으나, 북한 노래를 넣는다면 후대 사람들이 우리의 정신사를 연구하는데 좋은 자료가 될 것이라고 생각합니다. 그래서 북한에서 1959년도에 나온 《혁명가요집》의 노래들은 실으면 좋겠다고 생각합니다. 북한에도 항일 투사들이 많았으니까 북한의 항일가요는 그곳에서 수집, 정리한 것일 수도 있습니다. 꼭 연변의 것을 옮겨 적은 것이라고는 확언할 수 없습니다."라고 답변하였다.

그러나 저작권 문제까지 있어, 필자도 결국 <제2편. 조선에서 수집한 작품> 전부를 삭제하기로 합의하였다. 편집분량으로는 90페이지였으며, 작품 수로는 102수였다. 따라서 제3편으로 편집되었던 <한국에서 수집한 작품>이 제2편으로 편집되었다.

◉ 일러두기

1. 이 권에는 제1편에 중국에서 수집, 정리, 출판된 작품 286수, 제2편에 조선에서 수집, 정리, 출판된 작품 102수, 제3편에 한국에서 수집, 정리, 출판된 작품 122수 모두 510수의 작품을 수록하였다.

2. 이 권에 수록된 500여수의 작품은 19세기말로부터 1940년대까지 중국, 조선 두 나라 인민들의 항일투쟁을 반영하고 민족의 항일정서를 표현한 항일혁명가 요와 기타 혁명가요 그리고 항일혁명군민들이 부른 노래들이다. 그리고 식민지 통치하의 인민대중의 궁핍한 삶과 이국타향에서의 설움을 표현한 작품도 소수 수록하였다.

3. 이 권에 수록할 작품을 선택할 때 중국에서 수집된 것이 조선과 한국에서도 수집되었다면 반복하지 않는 것을 원칙으로 하고 일부 연구가치가 있다고 인정 되는 작품은 반복하여 수록했다.

4. 매 작품마다 모두 주해를 달아 출처를 밝히고 공인된 작자를 밝혔다.

5. 원문에는 손을 대지 않는 것을 원칙으로 하고 철자와 띄어쓰기도 중국조선족, 조선, 한국의 것을 그대로 두었다. 단지 뜻이 전혀 통하지 않는 구절은 부득불 삭제해버렸거나 손을 대여 추고했다. 추고된 작품이 10수가 안 된다.

6. 조선에서 수집, 정리, 출판된 작품 102수는 인쇄과정에서 삭제하였다.

제1편
중국에서 수집한 작품

가정가*

우리 가정 행복한 살림
기쁘고도 아름답도다
아버지와 어머니와
우리형제 4인이로다

아버지는 혁명의 투사
어머니는 교육가로다
우리 형제 자고 깨면
규칙생활 그대로 한다

아버지는 총을 닦으며
어머니는 책을 보신다
우리 형제 책 싸가지고
노래하며 학교로 간다

땡땡땡땡 학교 종 치면
손목 잡고 돌아오누나
부모님 반겨하시며
우리 낯에 키스를 한다

우리 형제 어서 자라서
자본사회 타도하리라
만인동락 공산사회는
우리들의 락원복지라

* ≪김선수첩≫에서 선록. 연변의 ≪혁명의 노래≫에 수록. 김선(金善, 여, 1919년생),
  1930년 12월 12세에 항일혁명투쟁대오에 가입한 조선족 여성 항일투사.

간도토벌가*

어머니 어머니는 왜 우십니까?
어머니가 우르시면 울고싶어요
품안에 안기워서 울음을 운다

흐르는 눈물을 서로 닦으며
야야 수동아 네 아버지는
엄동설한 찬바람에 지나 북간도

떠나가신 이후로 오늘날까지
한번도 못보고 이에 이르러
어언간 삼춘이 지나 갔고나

전보에 이르기를 간도 토벌대
고려사람 농촌을 습격을 하니
힘이 없고 무기 없는 우리 동포가

애처롭고 슬프다 원쑤의 손에
불에 타고 칼에 찔려 죽은자중
네 아버지도 그중에 한사람이라

슬프다 가세가 빈궁함이여
생각하니 눈물이 앞을 가린다
야야 수동아 가엾은 수동아

네 아버지 돌아오게 오늘날까지
하나님께 기도를 올리었건만
그도 허사라 소용없고나

야야 수동아 네 빨리 자라서
네 아버지 원쑤를 갚는 날이면
이 내몸은 죽어도 눈을 감겠다

* ≪김선수첩≫에서 선록, ≪토벌가≫로 제목에 고쳐지고 내용도 많이 고쳐져서 조선
  의 ≪문학예술사전≫에 수록되었는데, ≪조선문학사≫ 8에 근거하면 김일성 작. 지
  나북간도(支那北間島).

감추가(感秋歌)*

어언간 삼추는 지나가고
가을바람 서늘한데
단풍잎이 떨어져서
뜰앞을 쓸도다

문전의 양류는 빛을 잃고
누른 국화 피였으니
이 세월이 덧없어서
호걸이 늙는다

반도를 단장한 이 강산아
몇가을을 지났느냐
사천여년 살아가니
별일이 많더라

궁상각치우를 멀리하고
문을 닫고 홀로 앉아
감추가를 노래하니

취미가 많도다

* ≪김선수첩≫에서 선록 ≪님 찾아가는 길≫에 수록, 기본 내용과 언어가 같다. ≪궁
  상각치우≫는 오음(五音)의 명칭 宮, 商, 角, 微, 羽인데 소란한 세상을 비유한 것
  같다.

결사전가*

착취당코 압박받던 무산대중아
혁명의 전선에 달려 나가세
다다랐네 다다랐네 온 천지에
무산혁명시기가 다다랐네
　　여지없이 부셔내자 불주아의 사회를
　　낱낱이 박멸하자 자본주의 악마를

농민은 호미와 광이를 메고
로동자는 망치를 둘러메고
부르죠아를 박멸하는 최후 혈전에
활발발 나는듯이 나갑시다
　　여지없이 부셔내자 불주아의 사회를
　　낱낱이 박멸하자 자본주의 악마를

장쾌하다 시가전은 곳곳에 일고
유산탄이 적진우에 파멸퇴도다
불주아의 비린 피는 땅을 적시고
자본주의 황금탑은 무너지노나
　　붉은기는 중천에서 펄펄 날리고
　　불주아의 대장기는 빛을 잃고 쓰러져

우리 땀과 우리 피로 배를 채우는
불주아 소굴인 궁전우에는
평화의 락원을 자랑하는
무산혁명 정부기가 나붓긴다
　　붉은기는 중천에서 펄펄 날리고
　　불주아의 대장기는 빛을 잃고 쓰러져

전세계 무산자는 서로 도웁고
일치하게 단결하여 나가 싸울때
고초도 죽음도 헤아리지 않고서
광명의 전선에 달려나오세
　　최후의 결승전에 우리 성공할때에
　　새사회의 주인공은 무두 우리들일세

사로잡은 불주아와 군벌놈들은
단두대에 목을 잘라 복수하고
평화와 자유의 기발아래서
승전고를 울리자 우리의 세상
　　최후의 결승전에 우리 성공할때에
　　새사회의 주인공은 모두 우리들일세

* ≪김선수첩≫에서 선록. 연변의 ≪혁명의 노래≫에 수록, 조선의 ≪혁명가요집≫에
　≪총동원가≫라는 제목으로 수록, 내용은 대동소이하다.

결사전가*

우리는 만주에 붙는 불이요
종제도 마스는 붉은 망치라

희망봉의 표대는 붉은기요
웨치는 구호는 투쟁뿐이라

계급치는 소리에 목이 쉰 우리
우리의 피땀 빨아먹던 그 놈들과
마즈막 맹렬한 결사전으로
우리의 대오를 빽빽이 하자

무기를 잡어라 외로운자여
멍에를 벗으라 종된자들아
우리 앞에는 승리와 주권
나가세 앞으로 혁명전선에

인민의 자유를 억제하든자
우리의 피땀을 짜내든자
적들은 공당과 교당으로써
돈벌이 해먹든 자들과

강도적 리익을 위하여서
우리의 피땀 빨던 놈들에게
전쟁에 희생된 동무들과
못 갚을 장기를 내놓자

원쑤들은 아직도 발악을 한다
그러나 종종은 웃었다
발악하던 우리의 원쑤들아
우리의 싸움은 용서가 없다

계급투쟁에 나선 투사들

속지 말어라 적의 꾀에
낡은 집 털어낸 그 터우에
우리의 새집을 짓자

혹독한 제정을 바로 향하여
흉악한 권리를 향하여
일어나자 세계 무산자들아
길 잃고 헤매는 동무들아

일어나자 건설의 주인들
일어나자 로력자의 자손들
판가리 싸움하기 위하여
우리의 대오를 튼튼케

* ≪김선수첩≫에서 선록. 연변의 ≪혁명의 노래≫에 수록. 조선의 ≪문학예술사전≫
에 ≪혁명가≫로 되었고 내용과 구조가 많이 다르다. 한국의 ≪겨레의 맥박≫에 수
록된 ≪남원학원가≫와 비슷하다. ≪광복의 메아리≫에는 ≪승리의 노래≫로 되었
다. ≪조선문학사≫8에 근거하면 김혁 작.

결혼가*

창공에 우는 새는 어머니 찾고
버들가지 우는 꾀꼬리 벗을 찾는다
×군과 ×양의 두분의 몸이
행복을 찾느라고 가약을 정해

남산의 송죽은 빛을 잃어도
두분의 굳은 언약 변치 맙시다
해소와 산맥의 굳은 언약에

청청한 하늘에 충천되여서

꽃피는 송이에 열매 맺아서
따뜻한 양기에 성숙됩니다
두분의 기쁘신 사랑속에는
열매맺아 성숙되기 축하합니다

* ≪김선수첩≫에서 선록

고향리별가*

철모르고 연약한 어린 이 몸이
정깊은 고향을 등에다 지고
급행렬차 한구석에 몸을 실은지
어어간에 수년이 지나갔고나

정거장의 화차는 떠나려할제
사랑하는 어머니는 락루하면서
네가 인제 떠나가면 언제나 올가
하시든 말씀을 못 잊겠고나

오동추야 저 달은 반공에 솟고
날아가는 저 기러기 슬피 울때에
쓸쓸한 객창에 홀로 앉아서
어머니를 그려봄이 몇 번이든가

천산의 만수는 추워서 떨고
백설이 분분히 휘날릴때

책을 베고 상머리에 홀로 누워서
고향을 그려봄이 몇 번이던가

가고싶은 생각은 간절하건만
무산주권 깨달은 어린 이 몸이
자본의 시대에 다시 돌아가
무리한 압박을 어찌 받으랴

이내몸이 갈 기회는 언제이던가
전 세계 무산자와 손목을 잡고
무궁화 삼천리 넓은 벌판에
붉은 기발 날리는 그때리라

* ≪김선수첩≫에서 선록. 한국의 ≪광복의 메아리≫에 ≪이향가≫와 비슷한데 거기
  에는 4절까지 있다.

고향리별곡*

내 고향을 리별하고 타관에 와서
적적한 밤 홀로 앉아서 생각을 하니
답답한 마음 아하! 누가 위로해

우리 집서 멀지 않게 조금 나가면
시내물이 졸졸 흐르며 어린 동생과
놀던 그 모양 아하! 눈에 보인다

내 고향을 떠나올제 내 어머니가
문앞에서 눈을 흘리며 잘 다녀오라

하시든 말씀 아하! 귀에 쟁쟁해

청천으로 울고 가는 저 기러기떼야
네가 날기가 그리도 바쁘냐 이내 회포를
우리 부모께 아하! 전해 주려나

* ≪김선수첩≫에서 선록. 조선의 ≪혁명가요집≫에 ≪사향가≫와 비슷하다.

공청가*

새 세상 동터온다 모두다 마중가자
오너라 무산청년 네가 갈 길이다
용감하게 낡은 사회를 무찔러라 불질러라
너는 무산청년이니 무산청년답게

이마에 땀 흘리고 손에 못 박힌자
호미나 곡괭이나 있는대로 둘러메고
나서라 웨쳐라 가라 혁명의 전선으로
너는 무산청년이니 무산청년답게

* ≪김선수첩≫에서 선록. 연변의 ≪혁명의 노래≫와 조선의 ≪혁명가요집≫에 수록.
내용은 대동소이하다.

9·18사변가*

1931년 9월 18일
일제놈이 만주를 강점하였다

애처롭다 3천만의 중한민중들
이날부터 일제놈의 종이 되였다

만주의 군벌과 남경정부는
일제놈의 무력에 굴복되여서
총 한방도 놓지 않고 만주 전체를
두손으로 받들어서 올리였고나

일본과 만주의 개떼들은
도시와 농촌으로 돌아다니며
대포와 비행기 기관총으로
잔혹한 학살을 나리고있다

나날이 심해가는 방화도살과
때때로 발생되는 강간 략탈에
참다 못해 일어나는 반일의 전사
장엄한 유격전이 개시되였다

일어나라 3천만의 중한민족아
용감하게 나오라 반일전선에
일만의 통치를 전복하고서
자유의 정부를 건립해보자

* ≪김선수첩≫에서 선록. 연변의 ≪혁명의 노래≫에 ≪반일가≫로 제목이 바뀌어 수
  록되었다.

국제아동가*

새 세상 동터온다 모두가 마중가자
오너라 무산아동 네가 갈길이다
하나 둘 셋 우리 삐오네로
국수당도 두렵지 않다 앞으로 나가자
없애라 뚜드려라 승려와 사원을
우상을 믿지 않는 우리 삐오네르

* ≪김선수첩≫에서 선록. 연변의 ≪혁명의 노래≫에 수록되었다.

기민투쟁가*

기황에서 헤매이는 기민대중아
도시와 농촌에서 다 일어났다
산 송장을 묶어내는 원쑤 제도를
쇠망치로 곡괭이로 때려부시자
　　　나가라 싸우라 쏘베트 승리를
　　　전국적 통일에 나가 싸워라

외통골목 혁명에서 살길을 찾자
나라님도 하느님도 돕지 않으니
국록으로 감옥밥이 우리것이니
제손으로 제힘으로 새 사회 짓자
　　　나가라 싸우라 쏘베트 승리를
　　　전국적 통일에 나가 싸워라

생명투쟁 기민전이 열리였으니

지주에게 부르죠아에게 달려들어라
황금 천하 금 궁전이 열리었으니
저 곡창과 저 금고를 헤치어내자
　　나가라 싸우라 쏘베트 승리를
　　전국적 통일에 나가 싸워라

앉아죽을 저승에서 싸워야 한다
어린이나 어른이나 돌격대로
제도에 쫓겨나는 가장치기로
파공으로 탈창으로 뛰여나오라
　　나가라 싸우라 쏘베트 승리를
　　전국적 통일에 나가 싸워라

기민투쟁 총로선이 터져나온다
쌀자루나 밥통이나 막들고 나오라
자본가의 십자거리는 걸인천지니
실업에서 파산에서 뛰여나오라
　　나가라 싸우라 쏘베트 승리를
　　전국적 통일에 나가 싸워라

* ≪김선수첩≫에서 선록. 연변의 ≪혁명의 노래≫, 조선의 ≪혁명가요집≫에 수록.
　내용은 대동소이하다.

나의 가정*

우리 집은 연해주 한촌락으로
다만 우리 가정에는 두사람뿐이다
나는 로력하는 공청회원에

나의 처는 녀자해방 인도자로다

아침이면 나는 나와 사무를 보고
저녁이면 둘이 함께 회석에 가서
갈적올적 서로서로 연구하여서
문맹의 퇴치에 힘써봅시다

선봉신문 붉은 잡지 서로 권하며
나날이 배운 지식 늘어저가니
우리들은 남의 가정 부럽지 않다

* 《김선수첩》에서 선록. 연변의 《혁명의 노래》에 수록.

녀자해방가*

권리를 박탈하는 자본사회에
청춘의 무궁한 한을 품은자
누군가 아느냐 녀성동무들

남모르게 가만이 우는 눈물은
청춘의 좋은 낯에 주름을 끼고
매맞아 얻은 병 살기 싫어요

고방안의 감옥살이 끝나기전에
꿈에도 생각지 않던 억혼을 받아
시부모 학대는 더욱 심하다

아버지 어머니 나의 오빠야

딸 팔아 땅 사고 소 사지 말고
차라리 날 잡아 뜯어먹어라

녀자들아 동무들아 일어나거라
우리 원쑤 모조리 목 자르고서
동등한 권리에 칼 차고 나서라

억혼의 쇠사슬을 끊어버리고
구속에 신음만 하지 말고서
동등한 권리에 칼 차고 나서자

* ≪김선수첩≫에서 선록. 조선의 ≪혁명가요집≫에 수록 되었는데 내용은 대동소이
  하고 언어가 많이 다듬어졌다.

녀자해방가*

오빠의 얼굴을 시들어지고
나의 가슴속에도 불이 붙노라
원쑤의 돈 300원에 몸이 팔려
사랑하는 오빠여 날 살려주오

하늘에 한개 별도 자유가 있고
땅우에 일년초도 자유가 있다
애닲고도 가이없다 우리 녀성들
캄캄한 고방속에 시들어있다

금순아 우지마라 봄이 간다고
늦은 가을 누른 국화 꽃피여오리라

엄동설한 추운 겨울 돌아올때에
매화꽃이 피여올줄 네가 몰랐냐

* 《김선수첩》에서 선록. 한국의 《님 찾아 가는길》에 《월선의 노래》로 되여 수
  록. 대동소이하다.

농민가*

아, 혁명은 가까워온다
오늘 래일 시기는 박도한다
일어나라 만국의 로동자야
깨달어라 소작인들 각성하라

놈들이 쓰고 사는 벽돌집도
놈들이 먹고 입는 금의옥식도
비행기 연극장 전차 상품도
모두다 우리들의 피와 땀일세

소작인이 일년동안 잠도 못자고
못먹고 못입어 병에 걸려
죽을 힘을 다하여 지은 곡식도
모두다 놈들이 빼앗아갔다

이러한 착취와 강제 압박에
우리들은 도저히 살수 없다고
단결이 굳센 모쓰크바야
제3인터내쇼날

나라와 나라 사이 전쟁도
자본가놈들 더 잘 살려고
로동자 농민 무산대중의
피끓는 생명을 빼앗아간다

온 천하 감옥을 때려부시고
전신 전화를 끊어버리고
철도와 선로를 파괴하고
요색 도시를 점령하자

* 《김선수첩》에서 선록. 연변의 《혁명의 노래》에 수록. 조선의 《혁명가요집》에
　《일어나라 만국의 로동자》로 제목이 바뀌어 수록.

농민자탄가*

우리 집은 선조부터
한푼 없는 빈천한자
서발 막대 휘둘러도
거침없는 토막집

이웃집의 지주놈은
하로 세때 밥 먹고
우리 집은 하루 두때
풀나물도 어렵소

아해들은 철모르고
아버지 어머니 부르며
밥을 달라 떡을 달라

발버둥치며 떼를 쓴다

울지마라 떼쓰지마라
이번 장날 돌아오면
십전짜리 요 내 세간
각골하고 답답하다

여보시오 마누라님
오늘 토벌대가 올듯 한데
아해들을 약속하여
말구절을 주의해

자위단과 토벌대가
개무리같이 달려들어
집집마다 수색하여
부녀강간을 한다

자위단놈 달려와서
귀통 한개 치더니
성화같이 몰아다가
토벌대의 짐을 지운다

여보시오 마누라님
나는 오늘 짐지고 가면
전쟁판에 ××군은
죽기 한심하여요

홍군들은 민중 살해는
절대로 안한다오마는

전쟁판에 총탄환이
사정없으니 무관해

놈들에게 얼리워서
전쟁판에 끌려가서
포태 쌓고 길닦기와
토벌대 짐만 지노나

* ≪김선수첩≫에서 선록.

농부가*

백운초에 밭을 갈고 청강수에 말 먹여
비방울에 적신 우산 다시 뒤쳐 깁는다
　　붉은 주먹 우리들이 모 뿌리기 한꾸미
　　흐르나니 땀 한우컴이 모든 생명 살린다

저문날과 새는날에 달을 띠고 별 밟아
낫을 차고 호미 멘 무쇠골격 로동군
　　붉은 주먹 우리들이 모 뿌리기 한꾸미
　　흐르나니 땀 한우컴이 모든 생명 살린다

배랑돌피가 퍼지여 오곡양이 착취 받아
총 칼 동무 우리 주먹 시퍼렇게 살았다
　　붉은 주먹 우리들이 모 뿌리기 한꾸미
　　흐르나니 땀 한우컴이 모든 생명 살린다

등이 굽고 배고픈들 로동력이 여북해

경제전에 고통 받던 로동군중 앞으로
　붉은 주먹 우리들이 모 뿌리기 한꾸미
　흐르나니 땀 한우큼이 모든 생명 살린다

* ≪김선수첩≫에서 선록.

동북인민혁명군가*

우리들은 동북인민혁명군이다
중국공산당 령도를 받는 붉은 전투대
우리들의 투쟁강령 이러하나니
강령을 관철하여 힘껏 싸우자

강도 일제놈들은 만주를 점령코
식민지통치를 유지하려고
수다한 해륙공군을 파견하여
무수한 군사시설 건축합니다

놈들의 군사시설과 군사력량은
만주의 민중을 도살함이니
놈들의 해륙공군을 구축하며
무수한 군사시설 파괴합시다

일제놈의 주구정부 만주국에는
경비며 경찰대 자위단들은
각종의 개떼 군대를 조직하여
동북 민중 진압의 공구로 쓴다

한없는 불평불만 민중압박을
만주국 병사들게 호소를 하여
망국노예 병사질을 하지 말고서
병변을 일으키여 나오게 하자

악독한 일제놈과 만주국은
망국 노예 법령을 발표를 하며
각종의 세납을 거둬들이여
만주 민중 도살하는 군비로 쓴다

만주 민중을 더한층 소멸하려고
곳곳마다 아편을 공매하며
인민의 사상을 마취시키려
강제로 일어를 배우게 한다

이와 같이 억울하게 압박을 하니
우리들은 일체 군중에 호소를 하여
일제놈과 주구의 일체 법령을
한결같이 일어나서 반대케 하자

* 《김선수첩》에서 선록. 연변의 《혁명의 노래》에 수록. 조선의 《혁명가요집》에
《조선인민혁명군》으로 개제되어 수록되었으며 많은 주제어가 바뀌었다. 《조선
문학사》8에 근거하면 김일성 작.

락화류수*

강남에 달이 밝아 님이 놀든곳
구름속에 그의 얼굴 가리워있다

물망초 핀 언덕에 외로이 서서
물에 뜬 이 한밤을 홀로 지내네

멀고먼 님의 나라 참아 그리워
적막한 바다가에 물새가 운다
오늘밤도 쓸쓸이 달은 지노니
사랑의 그늘속에 잠들어볼가

강남달이 지면은 괴로운 신세
부평초 잎사귀에 물새가 운다
이내몸은 차라리 잠들리로다
님이 절로 오시어서 깨울때까지

* ≪김선수첩≫에서 선록.

레닌탄생가*

볼가강변 농가에서 붉은 레닌 나셨다
1870년 4월 10일 그때라
　　볼가강아 볼가강아 사랑높다 볼가강아
　　붉은 레닌 나신후로 너를 더욱 사랑해

아버지는 윌리야노브 어머니는 마리야
새별같이 귀한 몸을 품에 안어 길렀다
　　볼가강아 볼가강아 사랑높다 볼가강아
　　붉은 레닌 나신후로 너를 더욱 사랑해

로동자의 사랑동아 자본가의 미움동아

나신곳을 알겠거든 볼가강을 불러라
　볼가강아 볼가강아 사랑높다 볼가강아
　붉은 레닌 나신후로 너를 더욱 사랑해

* ≪김선수첩≫에서 선록. 연변의 ≪혁명의 노래≫에 수록되었다. 조선의 ≪혁명가요
　집≫에 수록되었는데 구조가 많이 다르다.

로동자가*

헐버섯던 팔다리를 헐신 거두고
춘하추동 사시절을 로동하여도
기탄에 울고있는 우리 로동자
불합리한 이 사회를 때려부시자
　우리의 고혈을 착취한 악마와 같은 불주아
　빈대 벼루기 모기와 같이 없애버리고
　11억만 공능병이 단결하여라
　계급혁명 성공할날 멀지 않단다

아침 고동 울린후에 공장에 가고
저녁 고동 뺀후에 집에돌아와
과한 로동 적은 임금 모순의 사회
불합리한 이 사회를 때려부시자
　우리의 고혈을 착취한 악마와 같은 불주아
　빈대 벼루기 모기와 같이 없애버리고
　11억만 공농병이 단결하여라
　계급혁명 성공할날 멀지 않단다

* ≪김선수첩≫에서 선록. 연변의 ≪혁명의 노래≫에 ≪로동자해방가≫로 개제되어
　수록되었고 조선의 ≪혁명가요집≫에는 ≪로동자가≫로 수록.

류대주*

류대주상 반공중에 비행기 뜨고
오대양의 한복판에 군함이 떴다
세계렬강 모조리 떠드는 소리
이십세기 말경이 오늘이로다

도덕적 량심쓰던 미국대통령
정의 인도 세계평화 주장하였네
세계통일 하려던 독일황제는
구주전란 끝난뒤에 하야식했네

시베리야 대철로에 실은 군인은
적색주의 휘날리는 붉은 군대라
태평양의 한복판에 뜬 군함은
동서반구 대륙을 엿봄이로다

삼춘시절 천산만야 꽃이 핀속에
누나없이 화원에서 춤을 추는데
가슴치고 우는 사람 그누구인가
금수강산 배달족의 혁명군이라

* ≪김선수첩≫에서 선록. 조선의 ≪혁명가요집≫의 ≪녀자해방가≫의 제1연과 같은
  점이 있으나 같은 가요는 아니다.

리혼가*

슬프도다 이 내 몸은 여러해동안

독수공방 랑군 생각 그리워했더니
오늘날 비로소 랑군 만나니
뜻밖에 리혼을 떨쳐내놓네

당신은 류학하고 나 혼자서
당신이 오기를 기다렸어요
나에게 허물있는 그 허물은
공부 못한 그것이 허물이로다

공부한 녀자만 녀자가 되고
공부 못한 녀자는 녀자 아닌가
슬프도다 우리 부모 무슨 일로서
가갸자도 안 가르쳐 이 모양인가

뚝뚝 떨어져나오는 나의 눈물은
슬프도다 옷깃을 적셔내노라
한품안에 부엌돌이 대골 마틀제
청산속에 무덤이 될것이로다

* ≪김선수첩≫에서 선록.

만주혁명가*

붉은피 즐벅한 만주벌판에
반일혁명 높은 소리 세계를 떨쳐
파괴 타도 자치무장 어깨에 총 손에 칼
백색학살의 불속으로 돌진을 하자

호미 괭이 망치 낫을 모두다 들고
일제의 강도와 주구 민생단 군벌들
붉은 화장 도살장에 막묶어놓고
영영 매장 칼탕치는 판가리 싸움이다

포연탄우 막 퍼붓는 만주혁명은
로고형제 혁명단의 큰 폭동으로
살인강도 일제놈을 모조리 잡는다
시산 혈해 대참상은 우리 살일세

* ≪김선수첩≫에서 선록. 연변의 ≪혁명의 노래≫에 수록, 조선의 ≪혁명가요집≫에
는 ≪반일혁명가≫로 수록되었는데 내용이 많이 수정되었다.

망명자의 노래*

혁명의 기세는 나날이 오를제
놈들의 학살도 더우기 심하다
감옥에 갇힌자 총칼에 사상자
알패라 동무들 몇몇이더냐
　　하로급히 깨뜨리자 일만강도 그 통치를
　　건설하자 우리들의 반일혁명정권을

여름의 숲새와 겨울의 땅굴은
모두다 우리를 감추던 곳이다
섶깔고 눈깔고 누워서 잘때에
끓는 피 더우기 끓어 넘친다
　　하로 급히 깨뜨리자 일만강도 그 통치를
　　건설하자 우리들의 반일혁명정권을

주린 배 띠졸라 다시금 매고요
힘없는 걸음을 보보로 행진해
즐거움도 괴로움도 모두다 이외요
내 오직 사랑은 자유와 독립
　　하로 급히 깨뜨리자 일만강도 그 통치를
　　건설하자 우리들의 반일혁명정권을

혁명을 위하는 혈전의 동지들
놈들의 학살에 락심치 말어라
흰눈이 아모리 혹심히 날려도
봄바람 불며는 붉은 꽃이 피리라
　　하로 급히 깨뜨리자 일만강도 그 통치를
　　건설하자 우리들의 반일혁명정권을

* ≪김선수첩≫에서 선록. 4련 1행 ≪혈전≫원본에는 ≪혁명≫으로 되었는데 다른 판
본을 참고하여 고쳤다. 연변의 ≪혁명의 노래≫의 조선의 ≪혁명가요집≫에도 수
록, 내용은 대동소이하다.

망향가*

가을바람 서늘하고 달은 밝은데
북편으로 나라오는 기러기떼야
기럭기럭기럭기럭 노래부르며
만주뜰의 찬소식을 전해주려무나
부모형제 친구 생각 간절하건만
생각하니 이 내 고향 돌아갈길 막연하여라

* ≪김선수첩≫에서 선록.

망향가*

내고향을 떠나온후
시베리아 찬바람에
동에 갔다 서에 번쩍
정처없이 떠다니네

나를 낳으신 나의 부모
나를 위해 눈물 짓고
나도 역시 부모 위해
슬픈 눈물 흘리노라

창검을 빗겨들고
활무대에 나섰으니
배주림과 주야 산림
고생인들 여북하랴

옛동산을 등에 지고
부모형제 다 버리고
아침이면 인간촌에
저녁이면 수풀속에

수풀속에 들어누워
나의 신세 생각하니
자연조차 솟는 눈물
옷깃을 적신다

류수같은 이 세월아
초로같은 인생들아
바람결에 쓰러지면

나의 신세 그만이다

* ≪김선수첩≫에서 선록.

맑스레닌추억*

맑스동무 창조한 공산주의는
레닌동무 실천을 경과하여서
전세계 6분의 1 쏘련국토에
무산계급 조국을 창조하였다

무산계급 조국인 쎄쎄쎄르는
일차 이차 5년계획 실행하면서
사회주의건설로 걸어나가며
억천만의 로력대중 해방시켰다

쎄쎄쎄로 로력대중의 해방과
일관적 평화정책 견결집행은
전세계 로동자농민 추동궐기케 해
혁명과 반전으로 뛰여나간다

중국의 백여만 강철 홍군과
5분의 1 이상의 쏘베트구역은
제국주의 매국적을 구축해내고
천백만의 로력대중 해방시켰다

압박 착취 벗어나서 살길 찾으려는
전세계 로력대중은 견결 집행해

맑스동무 쓴 학설을 연구하여서
레닌동무 실천을 본받아가자

* ≪김선수첩≫에서 선록. 연변의 ≪혁명의 노래≫와 조선의 ≪혁명가요집≫에 수록.
  내용은 대동소이하다.

메데가*

들어라 만국의 로동자
천지를 진동하는 메데를
시위장에 맞추는 발걸음소리
메데를 고하는 아우성소리

너의 부서를 폐기하여라
너의 생활을 각성하여라
전 하루 동안 휴업함은
사회 허위를 깨뜨림이다

지나간 착취에 시달리우던
무산대중아 궐기하여라
오늘 24시간에
계급전은 시작되였다

일어나라 로동자 분투하여라
빼앗겨버렸던 생산을
정의의 손으로 도루 찾자
놈들의 세력이 그 무엇이냐

우리들의 선두에 휘날리는 기
드높이 달려있는 우리 붉은 기
지켜라 메데의 로동자
사수하라 메데의 로동자

* ≪김선수첩≫에선 선록. 연변의 ≪혁명의 노래≫와 조선의 ≪혁명가요집≫에 수록.
　≪김선수첩≫의 마지막 연은 너무도 뜻이 통하지 않아서 ≪혁명가요집≫에 따랐다.

메데가*

50여년 옛적 오늘 아메리카에
로동자의 붉은 소리 세계를 떨쳐
경관들은 총을 메고 그대들에게
거리우에 끓는 피는 우리들 교훈
　　　우리들은 국경이 없다 로동자 농민 누구나
　　　붉은기 손에 잡고 함께 나가자
　　　용감하게 나가자 푸로 혁명에
　　　새사회를 나타낼 날 눈앞에 있다

배고픔과 헐벗음에 쌓인 빈천자
자본가는 그러해도 부려먹잔다
우리들의 목숨줄기 끊어지기전
그네들의 종살이 참지 못하리
　　　우리들은 국경이 없다 로동자 농민 누구나
　　　붉은기 손에 잡고 함께 나가자
　　　용간하게 나가자 푸로혁명에
　　　새사회를 나타낼 날 눈앞에 있다

* ≪김선수첩≫에서 선록. 원래 제목은 ≪혁명가≫인데 연변의 ≪혁명의 노래≫에 좇

아 ≪메데가≫로 하였다. ≪혁명가요집≫에 ≪프로혁명가≫로 되어 수록되었는데 내용은 대동소이하다.

메데가*

5월 1일 메데는 로동자의 날이다
1886년 아메리카 합중국 시카코에서
만여명의 로동자 많고 많은 경관들
15분동안 계속하여 육박전이 일어났다
로동자들의 주검은 쌓이여 산이 되고
피는 흘러 강 되니 생무백전이로다
이로부터 시작하여 전세계의 무산자
서로 손잡고 일어난다 런던 파리 뻬스코
상해 경성 동경이며 광산 공장 농촌에서
수만명의 로동자가 일어났다

* ≪김선수첩≫에서 선록. 연변이 ≪혁명의 노래≫에 수록되었다.

무도곡*

세계경제 공황으로 제국주의 공업파산
농촌경제 재난이 나날이 더욱 심하다

제국주의 호신지주 자본가 놈들은
잔혹하게 로고군중 압박 착취만 하네

살도 죽도 못하여 심수렬화에 빠져서
뼈만 남은 동무들의 없는 무리 저 현상

싸워야만 되겠다고 혁명투쟁에 힘쓰니
급속도로 대승리에 전 중국을 흔든다

힘껏 싸워라 동지들아 혁명투쟁이 높았다
백색공포 제국주의 최후 발버둥이다

물오리를 자래우면 결국에는 도망코
미친개를 안잡으면 나중에는 살인해

대내에 숨은 반동무리 반혁명작용 하다가
혁명세력이 높아가니 컹컹 짖으며 달아난다

모여라 뭉쳐라 배 고프고 등 시린자
온갖 무장을 다 둘러메고 싸움판으로 나가자

* ≪김선수첩≫에서 선록. 조선의 ≪혁명가요집≫에 수록. 연변의 ≪혁명의 노래≫에
  ≪혁명무도곡≫으로 수록. 내용은 대동소이하다.

민족해방가*

싸우라 로동자 한데 뭉쳐라
공산당 령도로 기쁘게 기쁘게 살길을 찾아라
　　일제와 만주국 엎어놓고서
　　인민이 선거한 인민혁명정권을 세우자

싸우라 농민들 한데 뭉쳐라
공산당 령도로 기쁘게 기쁘게 살길을 찾아라
　　일제와 만주국 엎어놓고서
　　인민이 선거한 인민혁명정권을 세우자

싸우라 학생들 한데 뭉쳐라
공산당 령도를 기쁘게 기쁘게 살길을 찾아라
　　일제와 만주국 엎어놓고서
　　인민이 선거한 인민혁명정권을 세우자

싸우라 부녀를 한데 뭉쳐라
공산당 령도로 기쁘게 기쁘게 살길을 찾아라
　　일제와 만주국 엎어놓고서
　　인민의 선거로 인민혁명정정권을 세우자

싸우라 전민족 한데 뭉쳐라
공산당 령도로 기쁘게 기쁘게 살길 찾아라
　　일제와 만주국 엎어놓고서
　　인민의 선거로 인민혁명정권을 세우자

* ≪김선수첩≫에서 선록. 연변의 ≪혁명의 노래≫와 조선의 ≪혁명가요집≫에도 수
　록. 내용은 대동소이하다.

민족해방가*

한손에 총을 들고 모자는 눈썹까지
푹 눌러쓰고 나서니 사나운 꼴이다

발자취 뗼때마다 시커먼 옷자락이
바람에 펄펄 날리니 소름이 끼친다

목에다 건것도 가웃도 붉은빛이라
호한손에 곤봉을 쥐고서 조련을 나간다

등에다 짐을 지고 탐험을 나가실 때
고려의 로력군중도 그대로 나간다

아시아의 동방 3천리 금수강산은
반면년 력사를 가진 우리의 터건만

5백년 깊은 잠에 꿈꾸고 누웠다나니
달각발 왜놈들의 자본판매장 되였네

설계와 건설 등은 고려의 로력군중을
철망에 가둬놓고서 짜먹는셈이라

우리는 제것 주고 도리여 남에게 뺨 맞으니
너무도 흥분하여 이발이 갈린다

경제와 정치와 주리고 목 마른다
로동자 농민 동맹에 불꽃 홀리운다

그 동맹 그 불꽃은 악독한 원쑤에게는
최후 심판의 벼락불덩이다

* ≪김선수첩≫에서 선록.

민족해방가*

2천만의 동포야 일어나거라
일어나서 총을 잡고 칼을 잡아라
잃었던 네 자유와 너의 권리를
원쑤의 손에서 도루 찾으라
　　온 세계 인류와 똑 같이 살기를
　　반일의 전선에 나가 싸우라

망국의 애닯은 설음을 받던
배달의 자손들아 일어나거라
남녀로소를 다 물론하고
민족해방 반일전에 달려나오라
　　온 세계 인류와 똑 같이 살기를
　　반일의 전선에 나가 싸우자

끓는 피로 청산을 고루 적시고
조선의 강토를 붉게 하여라
원쑤인 왜적을 다 물리치고
해방의 자유종을 울릴때까지
　　온 세계 인류와 똑 같이 살기를
　　반일의 전선에 나가 싸우라

* 《김선수첩》에서 선록. 연변의 《혁명의 노래》에 수록. 조선의 《혁명가요집》에
  는 《해방가》로 되여 수록되었다. 내용은 대동소이하다.

민족해방가*

중국의 4억만 민족아

압박 받은 민족아
　　민족해방을 위하여
　　모두다 뭉쳐서 싸우라

살인강도 일제는
만주벌판을 먹었다
　　민족해방을 위하여
　　모두다 뭉쳐서 싸우라

일제놈들의 총칼을
중한 민족을 도살해
　　민족해방을 위하여
　　모두다 뭉쳐서 싸우라

일제의 개정부 만주국은
중한 민족을 압박해
　　민족해방을 위하여
　　모두다 뭉쳐서 싸우라

개무리 국민당 군벌
나라와 민족을 팔아먹었다
　　민족해방을 위하여
　　모두다 뭉쳐서 싸우라

중한 개떼 무리는
나라와 민족을 욕되게 해
　　민족해방을 위하여
　　모두다 뭉쳐서 싸우라

남의 종된 민족아

자유없는 민족아
　　민족해방을 위하여
　　모두다 뭉쳐서 싸우라

망국 노예 벗으려
자유권리를 찾으려
　　민족해방을 위하여
　　모두다 뭉쳐서 싸우라

민족 전체가 일어나
해방전선에 나서자
　　민족해방을 위하여
　　모두다 뭉쳐서 싸우라

민족해방 반일전에
전세계 로동자 응원해
　　민족해방을 위하여
　　모두다 뭉쳐서 싸우라

중한 민족 련합으로
반일전을 높이자
　　민족해방을 위하여
　　모두다 뭉쳐서 싸우라

중한 민족 련합하여
혁명정부를 세우자
　　민족해방을 위하여
　　모두다 뭉쳐서 싸우라

* ≪김선수첩≫에서 선록. 조선의 ≪혁명가요집≫에 수록. 내용은 대동소이하다.

반일가*

1931년 9월 18일
일제놈이 만주를 점령하였다
대포와 비행기 기관총으로
만주를 피바다로 물들이였다

압박 착취 강간 략탈 받다 못하여
일어나는 3천만의 반일의 고함
전 만주 천지를 진동하면서
굳고 굳은 반일전쟁 개막되였다

반혁명의 매국적과 민생단 개떼
일제놈의 민족 압박 생각지 않고
두무릎을 끌고서 투항을 하여
자기 민족 도살하는 선두로 선다

일어나라 천만의 노력대중아
단결하라 30만의 반일전사
곳곳에 반일전쟁 힘있게 하여
자유정권 건립하려 힘껏 싸우자

* 《김선수첩》에서 선록. 연변의 《혁명의 노래》에 수록 될 때 제3연 1행의 《민
  생단》이 《자위단》으로 고쳐져 나갔음. 조선의 《혁명가요집》에 《구일팔 사변
  가》로 되어 수록. 내용은 대동소이하다.

반일가*

전 만주의 민중들아 기억하느냐

모순 많은 세계 제국 강도놈들은
일차대전 피비린내 사라지기전
2차대전 대도살을 개시한단다

일본제국 강도놈들은 만주를 점령코
간곳마다 방화도살 여사로 한다
계속하여 반혁명적모험으로
전 중국을 먹으려고 개발광친다

만주국 군벌 관료 민생단들과
개량주의 파생주의 개떼놈들은
일본제국 강도들께 서로 굴복해
농촌토벌 민중도살 마음대로다

전 만주 민중들아 기억하느냐
짐승같은 일본제국 지휘밑에서
만주에서 한인자치 부르짓는
한국의 반혁명적 민족주의자

중한인 련합전선을 파괴시키며
만주 민중해방전선 파괴시키려
제국주의 쏘련진공 선두에 선놈은
일본제국주의 개떼놈들 그놈들이다

전 만주 민중들아 무장하여라
중한민중 련합전선 공고히 하여
전민족의 통일전선을 굳게 지어서
민족혁명 반일전선 기발 높이자

만주에서 일제놈을 몰아내쫓고
개정부 만주국을 타도하고
민족주의 파쟁주의 민생단들과
개량주의 개뼤놈을 때려부시자

중한인민 쏘베트는 우리 정부며
쏘련의 민중은 우리 벗이다
우리들은 다같이 단결하여서
최후 승리의 기쁜 노래 같이 부르자

* 《김선수첩》에서 선록. 조선의 《혁명가요집》에 수록 되었는데 언어를 많이 다듬
  었다. 연변의 《혁명의 노래》에 《혁명가》로 되여 수록.

반일전가*

일제놈의 발굽소리 더욱 요란타
만주 벌판 넓은 천지 횡행하면서
살인 방화 강간 략탈 도살의 소행
수천만의 로력대중 유린하도다

나의 부모 너의 동생 그대의 처자
놈들의 총창 끝에 피 흘리였다
나의 집과 너의 집은 놈들의 손에
황무지와 재덤이로 변환되였다

통통 탕탕 들리나니 반일전소리
곳곳에서 일어난다 민병의 고함
수천만의 반일하는 아우성소리

놈들의 가슴을 서늘케 한다

왕도락토 건설하는 놈들의 모양
반역자는 발버둥치며 어쩔줄 모른다
대포 땅크 비행기로 반일전 진압해
일기 이기 대토벌을 진행하누나

혁명세력 놀아감을 보지 못하고
백색공포에 기압당한 리기분자는
놈들의 대포소리에 동요당하여
호박을 들쓰고 돼지굴로 들어간다

일어나라 단결하라 로력대중아
굳은 결심 변치 말고 살길 찾으라
백색공포 엎어놓고 붉은기 아래
승리의 웃음소리 박수쳐보자

* ≪김선수첩≫에서 선록. 연변의 ≪혁명의 노래≫와 조선의 ≪혁명가요집≫에 수록,
  내용은 일치하다.

반일전투가*

반일전선에 날뛰는 중조 민중들
평화락원 찾으려는 반일투사들
일제세력 줄달음쳐 쓰러져가고
민족혁명 성공은 눈앞에 있다

놈들의 최후발악 간도토벌은

번번마다 유격구를 확장시키고
놈들의 일관적 방화도살은
전 민족의 반일전을 날로 높인다

동북항일련합군은 날로 증가하고
구국군과 삼림대는 총련합하여
도시를 점령코 농촌에서 활동해
놈들의 세력을 막 무너뜨린다

만주병과 자위단의 필연적각성
망국노예 당키 싫고 공죽음 싫어
병변을 일으키고 달려나와서
놈들을 향하여 총사격한다

놈들은 들 구멍을 찾지 못하고
만주국은 갈 길을 알지 못하여
가슴 뜯고 눈물 짜는 그놈들의 꼴
참으로 가련코도 가련하도다

동무들아 한층 더 용기를 내여
과감히 새 투쟁을 전개하여서
광범한 공인농민을 단결시키고
중한인민을 튼튼하게 련합을 하자

만주에서 반일전을 높이 세우고
주구정부 만주국을 정복한후에
인민혁명정부를 건설하고서
평화의 락원에서 날뛰여보자

* 《김선수첩》에서 선록. 조선의 《혁명가요집》에 수록 되었는데 언어를 많이 다듬
  었다. 그리고 《간도토벌》이 《강토토벌》로 주제어가 바뀌었다.

방랑의 노래*

거츠러운 벌판에 검은 비가 내릴때에
괴로움과 주림에 슬퍼우는 나그네
들짐승의 소리만 마주 울려주는데
달도 별도 없는 밤 갈길조차 몰라라

구름인가 물인가 하늘이냐 바다냐
눈물 고인 눈앞에 흰돛배만 외롭네
석양에 담뿍 싣고 서쪽으로 서쪽으로
갈매기의 소리만 달바다에 흘러라

높은 집에 거문고 그윽하게 들리는
밤저자의 불거리 황홀하게 빛난다
북두성이 끊을때 저자는 꿈속으로
류랑객의 피리만 밤저자에 흘러라

* ≪김선수첩≫에서 선록.

벽파정*

벽파정 푸른 물 파도 높고
빠른 바람 앞뒤로 부는데
떳고나 떳고나 원쑤의 배가
널쪽같이 동동 떠오누나
맘 굳고 힘센 우리의 장사들
거북배에 올라 사면 치니
깨진다 빠진다 원쑤의 배가

우수영 목에서 깨여진다
　　우리 청년동무들아
　　3백년 옛날의 조상을 본받아
　　용감코 보면 우리 무엇 못하리

크도다 벽파정 네 이름 전해
잘저문해 가도 이 이야기라
훌륭코 훌륭한 충무의 큰꾀
널쪽같이 동동 떠온것은
미련코 미련한 왜놈의 무리
멋 모르고 배 몰아 오다가
터진다 죽는다 우수영목에
모두다 고기밥이 되고말았다
　　우리 청년동무들아
　　3백년 예날의 조상을 본받아
　　용감코 보면 우리 무엇 못하리

* ≪김선수첩≫에서 선록. ≪혁명가요집≫에 ≪벽파정의 노래≫수록. 언어가 많이 다
　듬어졌다. 한국의 ≪독립군 시가집≫에 ≪거북선가≫의 변종인 것 같다.

부녀해방가*

부모 사랑 많이 받고 자라난 이 몸을
어린아이 수양때가 채 못되여서
많지 못한 례장돈에 팔리게 되여
당치 못한 데릴사위 대면케 한다

데릴사위 들자하는 불정남자와

례장싸고 매혼하는 인물도적들
인도정의 혁혁한 밝은 시대에
인류전장 매혼법이 어디 있는가

자식 팔아 살아가는 부모되신분
자식사랑 남녀간에 일반이건만
녀자를 쓸데 없는 기생물처럼
우마같이 값을 받고 팔아먹는다

이와 같이 매혼문제 있기 때문에
정이 없고 사랑없는 부부가 되여
인류사회 어지러운 리혼문제와
나날이 쉴새없이 생기게 된다

정치상 철망속을 벗어날려면
어서급히 공부하여 내 눈을 뜨고
내 앞의 해방길을 밟아나가서
평화세계 정한업을 선택합시다

인간의 연분으로 기초를 삼아
자미있는 생활을 하려 하는데
자식 팔아먹는 부모 죄가 엉키고
돈과 사람 바꾸는데 죄가 엉킨다

* ≪김선수첩≫에서 선록.

불평곡*

혁명을 찾아서 암초 많은 바다로
나중에는 감옥일가 유격전아 앞으로
어느곳에 감옥을 내 집으로 정하고
단두대의 이슬로 사라들 지노나

적은 무리 잘 살고 많은 무리 못사는
자본가의 노예의 그 서름이 어떠해
일어나라 로동자 농민과 병사들
불평등한 이 사회 그 제도를 마스자

* ≪김선수첩≫에서 선록. 조선의 ≪혁명가요집≫에 ≪불평등가≫로 되어 수록.

빈농민자탄가*

오막살이 랭동방에 주린 창자를
부득키고 절절매면서 목이 붓도록
부르짓는 말 아아 빵이 없고나

고대광실 편히 앉아 금의옥식을
진탕치듯 먹고 마시며 기름지운 살
그의 모도다 아아 우리 피로다

불평등한 이 사회를 때려부시고
자유 평등 공산사회를 건설하고서
잘살아 봅시다 아아 무산대중아

* ≪김선수첩≫에서 선록. 연변의 ≪혁명의 노래≫에 수록. 조선의 ≪혁명가요집≫에
  ≪빵 없는자의 노래≫로, ≪문학예술사전≫에 ≪무산자의 노래≫로 수록.

빨찌산 추도가*

가슴쥐고 나무밑에 쓰러진다 혁명군
가슴에서 흐르는 피 푸른 풀에 줄벅해

산에 나는 가마귀야 시체보고 울지마라
몸은 비록 죽었으나 혁명정신 살아 있다

만리장천 무주고혼 부모형제 다 버리고
홀로선 나무밑에 왜 맥없이 쓰러졌나

나의 사랑 공산주이 피를 많이 먹었으나
만약 먹고 싶으거든 나의 피도 먹으라

* 《김선수첩》에서 선록. 연변의 《혁명의 노래》와 조선의 《혁명가요집》에도 수
록. 한국의 《광복의 메아리》에 수록된 《독립군 추도가》와 구조는 같은 데 많
은 관건적인 주제어가 다르다. 《혁명군》이 《독립군》, 《공산주의》가 《대한민
국》으로 되었다.

삐오네르*

목에다 건것은 붉은 넥타이라
한손에 곤봉을 잡고서 탐정을 나간다
　　장하다 그의 이름 삐오네르 삐오네르
　　세상이 모두다 칭찬하는 삐오네르

바지는 비록 짧아 무릎을 지나지 않으나
등에다 짐을 지고서 교련을 나간다
　　장하다 그의 이름 삐오네르 삐오네르

세상이 모두다 칭찬한다 삐오네르

나이는 비록 어려 아해에 지나지 않으나
마음은 튼튼하여 용감히 싸운다 삐오네르
　　장하다 그의 이름 삐오네르 삐오네르
　　세상이 모두다 칭찬한다 삐오네르

* ≪김선수첩≫에서 선록. 연변의 ≪혁명의 노래≫에 수록. ≪혁명가요집≫에 제목이
　≪우리는 삐오넬≫로 수록.

3월 1일가*

1919년 3월 하로날
우리는 이 날을 잊을수 없다
손발을 얽매인 남녀로소가
소리쳐 독립만세 부르던 그날

굶주리고 헐벗은 천백만 군중
도시와 농촌에서 무리를 지어
자유의 목마른 아우성소리
태산이 움직이고 바다 넘쳤네

원쑤들은 학살의 총과 칼로써
반항의 무리를 짓밟어대고
죽엄은 쌓이어 태산이 되고
붉은 피는 넘치어 바다되였다

1919년 3월 하로날

우리는 이날을 잊을수 없다
악독한 일본의 제국주의가
고려의 로동자 농민을 착취하던 날

* ≪김선수첩≫에서 선록. 조선의 ≪혁명가요집≫에 수록. 내용은 대동소이하다.

소년군가*

장하고 장하다 우리 소년군
새 사회의 주인공 될 우리들이다
우리들의 끓는 피를 식히지 말고
어서 빨리 현사회와 싸워봅시다

썩어가는 제국주의 다 무엇이냐
현시대의 불죠아가 다 무엇이냐
말 말어라 유력한 부르죠아지는
현시대의 모든 주권 지배하노라

여보시오 동무들 락심마시오
자본주의 최후계단 제국주의는
그네들도 죽을자리 찾지 않을가
죽을자리 찾느라고 헤매이노라

* ≪김선수첩≫에서 선록.연변의 ≪혁명의 노래≫와 조선의 ≪혁명가요집≫에 수록
되였다.

십진가*

하나이라면 한나라 공산주의 선봉국가는
전 세계 참모부인 쎄쎄쎄르다

둘이라면 둘이 함께 서지 못할 두 계급이니
무산계급 유산계급 투쟁함이라

셋이라면 3대동맹 손을 잡고 나갑시다
공산당과 공청회와 삐오네르다

넷이라면 너는 도시로동자 나는 빈농민
튼튼한 련락으로 사회건설에

다섯이라면 다같이 참가하자 실업경쟁에
오년간 계획을 실시하면서

여섯이라면 여러 가지 무리들의 우유분자는
진행하는 이 청결에 몰아내여라

일곱이라면 일곱시간 로동제를 실시하면서
쉴때에 레닌주의 연구하여라

야듧이라면 야수같은 제국주의를 때려부시고
무산독재 자유정권을 건립합시다

아홉이라면 아하하 우리들은 두렵지 않다
자각한 붉은군대 국방을 하니

열이라면 열두주년 10월혁명 기념 만만세

제3국제 공산당의 승리 만만세

* ≪김선수첩≫에서 선록. 연변의 ≪혁명의 노래≫와 조선의 ≪혁명가요집≫에도 수
  록. 내용은 일치하다.

십진가*

하나이라면 한마음 잊지 말고 나갑시다
강철같은 보조로서 혁명전선에

둘이라면 두번을 오지 않은 청년시대에
허송하고 후회한들 무엇하리오

셋이라면 세 큰모순 합하여 싸움이 났다
우리들은 참가하자 계급전선에

넷이라면 너도 또한 압박 받던 공농민이요
반대하자 착취하는 흡혈귀들을

다섯이라면 다같이 참가하자 로력대중아
판가리 싸움으로 어서 나오라

여섯이라면 여섯살에 엄마 잃은 어린 이 몸이
무월공산 깊은 밤에 엄마를 찾어

일곱이라면 일년을 계산하여 360일
하로 한자라도 360자

야듦이라면 야수같은 파시스트 강도놈들을
쉴새없이 약소국을 강탈하노라

아홉이라면 앗아내자 피땀 흘려 지은 곡식을
지주 토호 렬신들이 배를 불리여

열이라면 열 번을 죽더라도 먹은 마음은
조금도 변치 말고 힘껏 싸우자

* ≪김선수첩≫에서 선록. 연변의 ≪혁명의 노래≫에 수록.

쏘련옹호가*

제국주의 개떼들이 쌓은 모순은
제2차 세계대전 준비하고
자본제도 몰락될 때 최후 집탈은
쏘련진공전쟁을 하려고 한다

쏘련의 일관적 화평정책은
제국주의 개떼전쟁 반대하고
5년계획 승리의 큰 건설은
사회주의국가를 건설하였다

사회중의 공업화의 크나큰 승리
전 쏘련의 벌판에 전기화로다
간곳마다 있는 공장 하는 일은
모두다 무산계급 위한것이다

간곳마다 뜨락뜨르 밭을 갈고
비행기로 씨뿌리는 집체농장은
농민의 생활을 개선함이니
사회주의국가의 집체화로다

간곳마다 있는것은 로동자학교
아동과 청년의 의무교육과
간곳마다 있는것은 도서관
사회주의국가의 문화혁명화

전세계 무산자와 피압박민족아
무장들고 나서라 혁명전선에
때려라 부셔라 제국주의를
죽기까지 지키자 쏘련을

* ≪김선수첩≫에서 선록. 연변의 ≪혁명의 노래≫와 조선의 ≪혁명가요집≫에 수록,
  내용은 대동소이하다. 원본에 제3연 1행이 없었는데 ≪혁명가요집≫에 따라 보충
  해 넣었다.

아동가*

온 세계 어린이는 서로 도웁고
동반구와 서반구를 손금에 들고
자유권리 찾기 위해 정책높이니
민주혁명속에서 날뛰는 아동
계급을 대표한 무산어린이

붉은기 아래로 날뛰여오라
만천하를 둘러싼 우리 삐오네르

착취압박 쇠사슬을 끊어버리고
정권속에서 우는 새와 걸음 맞추어
하나 둘 걸음 맞추자 삐오네르

* 《김선수첩》에서 선록. 연변의 《혁명의 노래》에 수록, 조선의 《혁명가요집》에
《무산아동가》로 되어 수록. 내용은 대동소이하다.

아동가*

제국주의 지어놓은 구주대전은
수천만의 우리 부형 내다 죽였다
배고파 굶어죽고 얼어죽었다
    반대하자 제국주의 개떼싸움을
    무산자의 혁명하는 혁명전으로 준비해

제국주의 평화라면 양재물이요
애국이란 사탕떡은 세리산이라
로동자의 병동으로 총칼을 메워
우리 부형 죽일 전쟁 또 벌어졌다
    반대하자 제국주의 개떼싸움을
    무산자의 혁명하는 혁명전으로 준비해

* 《김선수첩》에서 선록. 연변 《혁명의 노래》에 수록, 조선의 《혁명가요집》에
언어가 많이 다듬어져서 수록되었다.

어린이 노래*

자유의 강산에서 우리 자라고
평화의 락원에서 꽃 피려 하는
새 나라 어린이야 노래 부르자
세상에 부러울것 무엇이냐

창공에 일륜 홍일 그 빛 찬란코
창공에 일륜 명월 그 빛 명랑타
창해에 어별들은 꼬리쳐 놀고
원야에 양떼들은 뛰며 논다

동무들아 어린이야 노래 부르자
로동주권 굳게 잡은 자유의 터에
온 세상 어린이야 다 이리 오라
영원한 자유 평등을 함께 찾으려

* 《김선수첩》에서 선록. 《혁명의 노래》에 수록, 《혁명가요집》에 《어린 동무
  노래 부르자》로 수록. 언어를 퍽 순통하게 다듬었음. 예를 들면 제2연 《창공에 일
  륜 홍일 그 빛 찬란코 / 창공에 일륜 명월 그 빛 명랑타》를 《창공에 밝은 해 찬란
  한 그 빛 / 창공에 밝은 달 명랑한 그 빛》으로 고친 것 등이다. 권철 교수가 수집한
  20년대의 《강산의 자랑》과 비슷한 점이 많다.

어린이목적가*

우리우리 동무들아 기쁜 날을 만났으니
우리우리 즐거웁게 손벽 치며 놀아보자

우리우리 동무들아 기쁜 날을 만났으니
우리우리 동무들아 발 구르며 놀아보자

우리우리 동무들아 기쁜날을 만났으니
우리우리 동무들아 춤을 추며 놀아보자

우리우리 동무들아 기쁜 날을 만났으니
둘레둘레 둘러서서 우리 목적 말해보자

나는나는 될터이다 교육가가 될터이다
옳다옳다 네가네가 교육가가 될터이다

소수민족 문맹자를 모다모다 퇴치하려
옳다옳다 네가네가 교육가가 될터이다

나는나는 될터이다 의학가가 될터이다
옳다옳다 네가네가 의학가가 될터이다

먹지 못해 입지 못해 병든자를 고쳐주려
옳다옳다 네가네가 의학가가 될터이다

나는나는 될터이다 음악가가 될터이다
옳다옳다 네가네가 음악가가 될터이다

착취 받고 압박 받던 그 정신을 씻어내려
옳다옳다 네가네가 음악가가 될터이다

나는나는 될터이다 문학가가 될터이다
옳다옳다 네가네가 문학가가 될터이다

굶주리고 헐벗은 그 형상을 그려내려
옳다옳다 네가네가 문학가가 될터이다

나는나는 될터이다 군학가가 될터이다
옳다옳다 네가네가 군학가가 될터이다

군벌 지주 자본가를 무장 들고 몰아내려
옳다옳다 네가네가 군학가가 될터이다

나는나는 될터이다 공학가가 될터이다
옳다옳다 네가네가 공학가가 될터이다

새 기계를 만들어서 새 사회 생산을 높이리라
옳다옳다 네가네가 공학가가 될터이다

나는나는 될터이다 녀자대표가 될터이다
옳다옳다 네가네가 녀자대표가 될터이다

이때까지 압박 받던 녀자 해방 찾으려
옳다옳다 네가네가 녀자대표가 될터이다

나는나는 될터이다 삐오네르가 될터이다
옳다옳다 네가네가 삐오네르가 될터이다

자본사회 타도하고 새 사회를 건설하려
옳다옳다 네가네가 삐오네르가 될터이다

우리우리 동무들아 기쁜 날을 만났으니
우리우리 즐거웁게 붉은기 메고 나가보자

* ≪김선수첩≫에서 선록. 연변의 ≪혁명의 노래≫에 수록, 조선의 ≪혁명가요집≫에
  ≪유희곡≫으로 제목을 붙여 수록, 내용은 기본상 일치하다.

어린이혁명가*

오너라 동무야 착취와 압박에
울음을 우는 동무
중공당 앞으로 모여오라
모두다 힘을 합쳐
내몰자 없애자 일제놈들
우리의 손으로

누구나 다 오라 일제와 개놈을
미워하는 동무
전민족혁명의 반일전에
모두다 모여오라
내몰자 없애자 일제놈을
우리의 손으로

* 《김선수첩》에서 선록. 연변의 《혁명의 노래》에 《어린이 혁명가》로 되어 수록
  되었고 조선의 《혁명가요집》에는 《통일전선가》로 되어 수록되었다. 《김선수
  첩》의 원제목은 《혁명가》인데 《혁명가》라는 제목이 많은 것을 고려하여 《혁
  명의 노래》제목을 따랐다.

연길감옥가*

바람 거츤 남북만주 광막한 들에
붉은기에 폭탄 쥐고 날뛰던 몸이
연길감옥 간힌이후 몸은 시들해
혁명의 끓는 피야 언제 식으랴

간수놈이 웨치는 소리 높으고

때마다 먹는 밥은 수수밥이다
밤잠은 새우잠에 그리운 꿈에
나의 사랑 여러 동지 평안하신가

기다리던 면회기가 돌아오며는
슬프다 그 문속에 그의 얼굴이
희미하게 비치는 눈물뿐일세
간수놈이 가라하니 서러운 눈물

금전에 눈 어둡고 권리에 목 매인
군벌패와 추수뱅이와 아편쟁이들
꿈속에 잠소리로 무리한 판결
청춘을 옥중에서 시들게 한다

너희는 정의없는 강도놈이오
우리는 평화사회 찾는 혁명군
정의의 총칼은 용서없나니
정당히 판결하라 증인이 누구냐

두발에 족쇄차고 자유 잃은 몸
네 고문에 굴복하지 않으리라
옛날에 붉은피를 많이 뿌렸고
일후에 전 세계를 정복하리라

일제놈과 주구들아 안심 말어라
너의 세력 강하다고 안심 말어라
칠십만리 넓은 들에 적기 날리고
4억만의 항일대중 돌격한단다

* ≪김선수첩≫에서 선록. 연변의 ≪혁명의 노래≫와 조선의 ≪혁명가요집≫에 수록

되었다. ≪문학예술사전≫에 ≪옥중투쟁가≫로 개제되어 수록되었고 ≪연길≫이란
두 글자가 사라지고 주제어도 많이 바뀌었다.

오월행진곡*

권리에 눌려있는 우리 로동자
우리들이 다시 살날 오늘이로다
철퇴같은 두주먹에 힘을 다하여
무리하게 압박하던 원쑤 쳐보자
　　울려라 둥둥 혁명군동무들아 이날에
　　붉은기를 높이 들고 한떼를 지어
　　우리 피를 빨아먹던 자본가들을
　　이 세상에 그림자도 없애버리자

1889년 잊지 마시고
우리 손에 검쳐쥔 쇠망치로
강철을 두드리던 그 솜씨로
자본가의 악한 머리를 부셔버리자
　　울려라 둥둥 혁명군동무들아 이날에
　　붉은기를 높이 들고 한떼를 지어
　　우리 피를 빨아먹던 자본가들을
　　이 세상에 그림자도 없애버리자

단결의 위력으로 원쑤 없애고
새사회 자유세상 건립한후에
온 세상 로동자 함께 즐겁게
기념의 그 명절이 되게 합시다
　　울려라 둥둥 혁명군동무들아 이날에

붉은기를 높이 들고 한떼를 지어
우리 피를 빨아먹던 자본가들을
이 세상에 그림자도 없애버리자

* ≪김선수첩≫에 선록. 연변의 ≪혁명의 노래≫와 조선의 ≪혁명가요집≫에 수록.

용진가*

백두산하 넓고 넓은 만주뜰들은
건국영웅 우리들의 운동장이라
걸음걸음 떼를 지어 앞만 향하여
활발발 나아감이 엄숙하도다

대포소리 앞뒤산을 들들 울리고
총과 칼이 상설같이 맹렬하여도
두렴없이 악악하는 돌격소리에
적의 군대 정신없이 막쓸어진다

억만대병 앞으로 헤치고 나가
우리들의 총과 칼을 휘두를제
원쑤 머리칼 우에서 떨어지는것
늦은 가을 나뭇잎과 다름없고나

한향성에 자유종을 땡땡 울리고
심천리에 독립기를 휘휘 날리세
자유의 새 정부를 건립하고
무궁화 동산에서 만세 부르자

* ≪김선수첩≫에서 선록. ≪혁명의 노래≫에 ≪유격대 행진곡≫으로 제목이 고쳐져

수록되었다. ≪혁명가요집≫에는 ≪용진가≫로 수록. 한국의 ≪광복의 메아리≫에
도 수록되었는데 언어가 많이 다르고 ≪독립군시가집≫에는 ≪독립군 용진가≫로
제목이 바뀌어 수록되었다.

유격대가*

동무들아 준비하라 손에다 든 무장
제국주의 매국적을 뚜드려부시자
용진용진 나가세 기술스럽게
억천만번 죽더라도 원쑤를 치자
　　나가세 판가리 싸움에 나가세 유격전으로
　　손에다 든 무장 튼튼히 잡고 나갈때에
　　용진용진 나아가세 기술스럽게
　　억천만번 죽더라도 원쑤를 치자

우리 대장 사격구령 한번 웨칠때
전대동무 받들어총을 틀어쥐고서
악악소리 높이 웨치며 몰사격바람에
적의 군사 정신없이 막쓰러지노나
　　나가세 판가리 싸움에 나가세 유격전으로
　　손에다 든 무장 튼튼히 잡고 나갈때에
　　용진용진 나아가세 기술스럽게
　　억천만번 죽더라도 원쑤를 치자

이때에 응원하던 일체 군중은
군악대 장담에 어깨춤 추며 고함치네
만세 만세 만세 만세 우리 항일군
만세 만세 만세 만세 우리 항일군

나가세 판가리싸움에 나가세 유격전으로
손에다 든 무장 튼튼히 잡고 나갈때에
용진용진 나아가세 기술스럽게
억천만번 죽더라도 원쑤를 치자

* ≪김선수첩≫에서 선록. 연변의 ≪혁명의 노래≫에 수록, 조선의 ≪혁명가요집≫에
≪유격대행진곡≫으로 수록, 내용은 대동소이하다. 지금까지 중국조선족들 속에서
≪유격대행진곡≫으로 통한다.

유희곡*

나가자 나가자 싸우러 나가자
용감한 기세로 빨리빨리 나가자
제국주의 매국적은 죽기를 재촉코
강탈과 학살을 여지없이 하노나

왔고나 왔고나 혁명은 왔고나
혁명의 기세는 전세계를 덮노나
돈없는 로동자 망치메고 나오고
땅없는 농민은 호미메고 나온다

밥짓던 누나는 식칼들고 나오고
글짓던 오빠는 붓대들고 나온다
아세아 무산자 구라파 로동자
전세계 무산자 총동원 하여라

찌르고 잡어라 자본가와 지주를
매국적 군벌과 렬강 제국주의를
모조리 찌르고 모조리 죽여라

하나라도 남기면 장래에 환이다

만들자 만들자 무산자의 국가를
로동자 농민의 주권을 잡고서
몰수하리 지주놈의 토지를
붉은 주권 밑에서 골고루 나누자

* ≪김선수첩≫에서 선록. 연변의 ≪혁명의 노래≫에 수록, 조선의 ≪혁명가요집≫에
  는 ≪총동원가≫로 개제되었음.

의회주권의 노래*

의회주권이 왔다
붉은 주권이 왔다
무산대중의 피값에
의회주권이 왔다

공산사회를 지으려
혁명투쟁에 힘쓰고
세계혁명을 위하여
푸르레타이라가 싸운다

로동자의 망치는
공장안에서 울리고
농민대중의 밭에서
뜨락또르소리가 들린다

5년계획의 실시는
로동자 농민이 하고요

중공업의 실시에
자유주권이 열렸다

의회국가 농촌에는
단합경제가 자라고
의회국방 수비에
붉은군대가 서있다

레닌동무 가르치신
사회주의 건설로
제3국제 공산당
마지막 끝까지 싸우라

만세 만세 부르며
붉은 10월 성공에
미만국을 얻으려
마지막 끝까지 싸운다

* ≪김선수첩≫에서 선록. 연변의 ≪혁명의 노래≫와 조선의 ≪혁명가요집≫에 수록
되었는데 구조가 많이 달라졌다. 매절에 후렴구 ≪공산사회를 만들려면 혁명투쟁
에 힘쓰자/ 세계혁명을 위하여 프로레타리아 싸우자≫가 붙었다. 다시 말하면 ≪김
선수첩≫의 ≪의회주권가≫제2절은 제2절이 아니고 후렴구인 것으로 되었다. 이
가요는 ≪문학예술사전≫에 ≪인민주권가≫로 개제되어 수록되었고, ≪왔다≫가
≪세우자≫로 바뀌어졌다.

인민혁명군가*

전 중국의 인민들아 무장하여라
압박자와 최후의 결사전하자
우리들은 전 민족의 무장으로서

일제와 만주국을 타도하자
　　우리는 피압박 대중의 해방을 위하여
　　전 민족의 통일전선 굳게 지어서
　　우리 피땀 빨아먹던 기생충들을 소멸하고
　　건설하자 새 사회를

동무들아 무장 들고 빨리 나서라
붉은기를 높이 들고 혁명전선에
우리들이 나갈길은 혁명뿐이다
혁명 성공 이루어야 해방이 있다
　　우리는 피압박 대중의 해방을 위하여
　　전 민족의 통일전선 굳게 지어서
　　우리 피땀 빨아먹던 기생충들을 소멸하고
　　건설하자 새 사회를

우리들은 민족혁명 무장대이니
일본놈과 일체 제국주의를 때려부시고
최후의 승리는 우리의 영광
용감하게 나가자 류혈전으로
　　우리는 피압박 대중의 해방을 위하여
　　전 민족의 통일전선 굳게 지어서
　　우리 피땀 빨아먹던 기생충들을 소멸하고
　　건설하자 새 사회를

우리들은 민족해방선봉대이니
제국주의 전쟁을 때려부시고
압박받는 우리 무리 모두 합하여
자유의 신사회를 건설합시다
　　우리는 피압박 대중의 해방을 위하여

전 민족의 통일전선 굳게 지어서
우리 피땀 빨아먹던 기생충들을 소멸하고
건설하자 새 사회를

* ≪김선수첩≫에서 선록. 연변의 ≪혁명의 노래≫와 조선의 ≪혁명가요집≫에 ≪혁명가≫로 수록.

일로군가*

우리들은 동북항일련합군이다
련합군이 제1로군 창조하였다
악악하며 원쑤 잡는 돌격소리에
혁명이 승리함을 명증코있다

정확한 혁명로선 굳게 잡고
관장 병사 대우도 평등이다
강철같은 군기 풍습 복종하며
혁명적철군으로 단련합시다

일체 반일민중 령도하여
조선 대만 민족과 련합하여서
잃엇던 조국을 도루 찾자면
망국노 생활에서 해방을 하자

영용한 동지들아 빨리 나가자
일본과 만주국을 전복하고
우리의 민족혁명 반일전쟁
약소민족 해방운동 완성하자

공중에 달려있는 붉은기는
승리군의 붉은 빛을 비추고 있다
돌격하라 우리들의 제1로군
돌격하라 우리들의 제1로군

* ≪김선수첩≫에서 선록. 양정우 작. 연변의 ≪혁명의 노래≫와 조선의 ≪혁명가요
  집≫에 수록. 내용과 구조는 모두 비슷하다.

자위단자탄가*

조선을 하직하고 만주로 올때
살길을 개척하려고 왔더니
일제놈은 또 따라와 못살게 한다

우리 부모 동생은 한데서 울고
이 내 몸은 불상하게 자위단에 뽑혀
원쑤놈을 위하여 죽음의 길로

무사할때 밤낮으로
대문어귀 포대에서 징역살이 하면서
장관놈의 갖은 학대 끝일새없다

그러다가 어느날 항일련군이
총 바치라 고함치며 기관총 쏠때
혼비백산하여서 10년 감수해

오늘도 토벌이 와 슬픈 총 메고
남들의 기관총앞에 내몰리여서

죽음의 슬픈 길을 떠나게 한다

유격구역 당도하고 보니
몸살과 털끝은 충천하고
사람의 그림자도 보이지 않는데

모퉁이에서 콩닦는 몰사격바람에
놈들은 잔혹하게 기관총 들고
우리의 퇴각길을 단절하여서

항일련군에게 뭇 죽엄된다
이렇게 저렇게 다 죽고보니
주야로 밤낮으로 생각하여도

우리의 살길은 오직 혁명뿐
어서속히 병변하여 일제를 잡자
일제놈을 만주에서 몰아 내쫓고

만주국을 들어엎어 놓는 날이면
자유의 새 정부를 건립하고서
평화의 락원에서 날뛰여보자

* ≪김선수첩≫에서 선록. 원 제목은 ≪자위단≫인데 연변의 ≪혁명의 노래≫에 수록
된 ≪자위단 자탄가≫를 따랐다. 내용은 일치하다.

자유가*

사람은 사람이라 이름 가질 때

자유권을 똑같이 가지고 났다
    자유권 없으면 살고 죽은것이니
    목숨은 버리여도 자유 못 버려

피압박 어린이야 어서 자라서
우리들의 자유를 위해 싸우자
    자유권 없으면 살고 죽은것이니
    목숨은 버리여도 자유 못버려

원쑤야 너의 힘이 몇푼어치냐
레닌의 싸움법이 여기 있단다
    자유권 없으면 살고 죽은것이니
    목숨을 버리여도 자유 못버려

차라리 다 죽어서 자유혼되리
이 몸 쓰고 좋노릇은 나는 아니해
    자유권 없으면 살고 죽은것이니
    목숨을 버리여도 자유 못버려

* 《김선수첩》에서 선록. 연변의 《혁명의 노래》와 조선의 《혁명가요집》에도 수
  록되었다. 한국의 《광복의 메아리》에도 같은 제목으로 수록, 4절까지 있는데 제1
  절은 꼭 같고 나머지는 크게 다르다.

적기가*

민중의 기 붉은 기는
전사의 시체를 쌌다
시체가 식어서 굳기전에
혈조는 기발을 물들이리

높이 세워라 붉은 기발을
그 그늘에서 굳게 맹세해
비겁한 자여 갈려면 가라
우리들은 붉은기를 지키리라

불란서 사람은 이 기발을 사랑하고
독일 사람들은 이 노래를 부른다
모스크바 바람에 소리 울리여
시카코에 노래소리 높도다
　　높이 세워라 붉은 기발을
　　그 그늘에서 굳게 맹세해
　　비겁한자여 갈려면 가라
　　우리들은 붉은기를 지키리라

부자에게 아첨하여 얻은 정이
붉은 기를 날릴놈이 어느 누구냐
황금과 지위에 꾀임을 받은
더럽고도 누추한 놈들이라
　　높이 세워라 붉은 기발을
　　그 그늘에서 굳게 맹세해
　　비겁한자여 갈려면 가라
　　우리들은 붉은기를 지키리라

우리들은 언제든디 이 기발을
높이 들고 나가기를 맹세한다
오너라 감옥과 단두대야
이것이 고별의 인사이다
　　높이 세워라 붉은 기발을
　　그 그늘에서 굳게 맹세해

비겁한자여 갈려면 가라
우리들은 붉은기를 지키리라

* 《김선수첩》에서 선록. 《혁명의 노래》, 《혁명가요집》에 수록. 내용은 대동소
  이하다.

정치운동가*

정월이로다
정치운동 하는자여 일어나거라
식민해방 만세소리 요란하고나

이월이라면
20세기 무산자여 로농민들아
붉은 주먹 불끈 쥐고 일어나거라

삼월이라면
3월 8일은 녀자 해방날
온 세계 녀성들은 만세 부르자

사월이라면
4월 22일은 볼가강변에
붉은 레닌 태여나신 그날이로다

오월이라면
5울 1일 로동절인데
시위운동 하는것이 맹렬하구나

류월이라면
륙대주 무산자 웨치는 소리
자본가는 두려워서 항복하누나

칠월이라면
7월 28일은 구라파주에
다시없는 행복을 끼친 날이다

팔월이라면
8월 29일은 한일합병날
조선의 무산자는 못잊으리라

구월이라면
9월 7일은 청년기념일인데
걸음 맞춰 나아감이 엄숙하도다

시월이라면
시월혁명의 승리가 오자
무산자 해방에 만세 부른다

동지달이라
동창에 달이 비쳐 밝아오는데
새 세상 동터오는 려명이로다

라월이라면
라팔 불고 행진하는 붉은 군대는
온 세계 무산자의 인도자이다

* ≪김선수첩≫에서 선록.

제3기 몰락*

사회의 진화는 끝없이 굴러
인간의 사회가 생긴이후로
사회의 변화는 끊임 없었네
이리하여 자본사회 생긴이후로

제1기 제2기는 다 지나가고
몰락의 제3기가 다달아왔다
내부에 숨었던 참혹한 모순
피치 못하고 발로되였네

산업합리화는 실업을 낳고
농업의 공황은 농민을 파농
전세계공황은 날로 일어서
자본주의 경제에 위기를 준다

모순이 발로된 제3기는
로력내중을 학살시킨다
열렸다 열렸다 아시아에 막이 열렸다
자본주의 무대위에 막이 열렸다

배고픔과 헐벗음에 천대를 받는
자각한 근로대중 궐기하여라
자국내의 폭동을 일으키라
국제적 대폭동을 일으키라

결사로 일어나는 근로대중아
관대를 앞에 세움 근절하여라
일어나라 싸워라 근로대중아

놈들의 폭압은 두렵지 않다

최후의 고별을 울리는 소리
중국을 중심삼아 일어난다
전세계 자본주의 무덤우에는
평화로운 공산사회 건설되리라

* ≪김선수첩≫에서 선록. 연변의 ≪혁명의 노래≫에 수록되었다.

진격대가*

우리는 도시의 선진로동자
팔뚝을 뽐내는 진격대
뜨락또를 파종기와 탈곡기들을
농촌의 동무들께 보낸다

쇠가 달았다 뚝딱뚝딱
식기전에 뚜드려라 뚜드려
사회주의 건설하는 경쟁장에
용감하게 발을 벗고 나섰다

* ≪김선수첩≫에서 선록. 연변의 ≪혁명의 노래≫와 조선의 ≪혁명가요집≫에도 수
  록. 내용은 일치하다.

총동원가*

만주의 벌판에 불이 붙는다

만주의 뫼봉우리에 불이 붙는다
짓벌건 화염의 그속에서
반일하는 대중의 함성이 난다
　　나가라 싸우라 항일의 병민들
　　모도다 전선에 나가 싸우라

대포와 기관총 비행기도
우렁찬 단결앞에 쓰러지고
강철같은 악마의 철옹성도
우리들의 끓는 피를 더 끓게 한다
　　나가라 싸우라 항일의 병민들
　　모두다 전선에 나가 싸우라

씩씩한 전사들이 흘리는 피는
민중의 각성을 일으키고
용감하게 싸우는 고함소리에
우리들의 끓는 피를 더 끓게 한다
　　나가라 싸우라 항일의 병민들
　　모도다 전선에 나가 싸우라

동무들아 어서 빨리 일어나거라
잃었던 네 자유를 찾기 위하여
한 개의 목숨을 아끼지 말고
싸움의 전선에 나가 싸우라
　　나가라 싸우라 항일의 병민들
　　모도다 전선에 나가 싸우라

* ≪김선수첩≫에서 선록. ≪혁명의 노래≫와 ≪혁명가요집≫에 수록. 내용은 대동소
　이함.

추도가*

목이 말라 물 찾으러 방황하다가
지독한 백정들게 체포되여서
무한한 고통을 당하다가
불상히도 이 내 몸이 죽게 되였다

가면의 민족주의자 일파는
두말없이 우리들의 도살대로다
사지는 절절이 분렬되여도
광대하고 중한 비밀 탈로할소냐

단도로 찢어낸 사지육체는
전신을 붉은피로 물들였도다
백정들께 체포된 투사 이 몸은
대중앞에 붉은피를 뿌리려 한다

투사피로 물들인 붉은 기발은
이 내 몸의 붉은피도 먹어보아라
말 끝에 단도로 목을 찌르니
붉은피는 줄줄이 흘러나린다

사랑하는 동무들아 너의 허물을
죽어가는 이 내 몸에 떨쳐밀고서
석방되여 맹렬하게 투쟁하여라
같이 싸우던 이 내 몸의 원쑤 갚어라

고문이 끝난 뒤에 사형장으로
어정어정 걸어간다 김정환이는
단두대에 올라선 동지 그 몸은

얼굴에 회색띠고 부르짓는 말

동지들아 맹렬히 투쟁하여서
원쑤의 도살을 먼케 하여라
호령의 총소리가 한번 나더니
손을 들고 우렁찬 고함소리에

이 내 몸은 영원히 떠나가겠지만
동지들아 락심 말고 투쟁하여라
번번히 웨치는 그의 구호는
우리들의 혁명열을 끓게 하노라

이 내 몸은 이슬같이 쓰러지것만
강철같은 공산주의 쓰러질소냐
말 끝에 총소리가 재차 나더니
다시 한번 손을 들고 쓰러지노라

수많은 군중들은 그 정경 보고
동정의 눈물을 홀릴뿐이요
동지들아 시체 보고 울지 말어라
이 내 몸의 복수할자 아직도 많다

피끓는 군중들아 분투하여라
피압박 대중들아 각성하여라
우리들을 학살하는 낡은 사회를
평등한 새 사회로 건설해보자

* 《김선수첩》에서 선록. 조선의 《혁명가요집》에 수록 되었는데 내용은 대동소이
  하고 언어가 많이 다듬어졌다.

통일전선가*

착취당코 유린받은 고려민족아
항일의 전선에 달려나가세
다달았네 다달았네 우리 사회에
조국의 광복시기가 다달았네
　　풍운같이 일어나서 농촌 공장 학교에
　　맹호같이 달려가세 통일전선 한마당에

병사는 선봉전에 칼을 날리고
로약은 웅원대로 총동원하여
원쑤배를 칼탕치는 최후결전에
한마음 한소리로 달려나가자
　　풍운같이 일어나서 농촌 공장 학교에
　　맹호같이 달려가세 통일전선 한마당에

부사산하 넓은 들을 무대로 삼고
동경 대판 중심도시 때려부시고
수십년을 학대받던 망국 원한을
삼도적의 비린 죄로 싫어버리자
　　풍운같이 일어나서 농촌 공장 학교에
　　맹호같이 달려가세 통일전설 한마당에

소화궁의 황금탑에 폭탄 던지고
삼천리에 독립기를 펄펄 날리세
수십년을 짓밟힌 반도 강산을
무궁화의 락원으로 만들어보자

* 《김선수첩》에서 선록. 조선의 《혁명가요집》에 수록되었는데 같은 책에 있는 《
  결사전가》와 비슷한 데가 많다.

파쟁반대가*

들어라 중조 로력대중아
파쟁은 원칙없는 반혁명이라
일제놈의 충실한 개아들은
조선의 여러 가지 파벌이라

파쟁분자 령수놈들은
민생단 개무리 령수로다
일제놈과 파쟁분자 민생단은
모두다 다같은 원쑤로다

로력자 형제를 속이여서는
혁명의 길에서 떠나게 한다
살인 방화 략탈로 전업을 삼고
혁명을 파괴하는 악마로다

조선과 중국과 세계혁명을
깨뜨리려 기도하는 파쟁분자라
중조 민중의 련합전선을
깨뜨리려 기도하는 파쟁분자라

만주의 민족혁명 반일전쟁을
파괴하려 기도하는 파쟁분자라
일어나라 중조 로력대중아
날카로운 싸움으로 없애버리자

* ≪김선수첩≫에서 선록. 조선의 ≪혁명가요집≫에 수록. 내용은 대동소이하다.

8·1반전가*

식민지 재분할 제2차 대전은
태평양상 큰 벌판에 개시되였다
몇 개놈의 지위 재산 보전키 위해
수억만이 죽어갈날 눈앞에 있다

반전은 내 살바니 주저치 말라
성시 향촌 물론하고 총동원하여
도살전을 반대하는 희생적 싸움
전투가 닥쳐오는 팔일반전데이

* ≪김선수첩≫에서 선록. 연변의 ≪혁명의 노래≫와 조선의 ≪혁명가요집≫에 수록.
여기서 ≪8·1≫은 딱히 어떤 뜻인지 알 수 없는데, 아마 1935년 8월 1일 중국의
≪항일하여 구국하기 위하여 전체 동포들에게 고하는 글≫ 즉 ≪8·1선언≫과 관
계있는 것 같다.

한양감옥가*

검은쇠로 그 문을 굳게 닫았다
무서운 암흑이 부르고있다
혁명자 쇠사슬에 얽매였으니
그곳이 한양의 감옥이다

포악한 원쑤의 채찍밑에서
귀중한 우리의 전사들의
살점을 떼여가고 뼈를 깎는다
원쑤의 감옥 한양의 감옥

비린 바람 무거운 단두대우에
영웅의 마지막 피가 흐를때
강철같이 굳센 마음 다듬어서니
감옥은 혁명의 온상이다

도시와 농촌에서 무리를 지은
헐벗고 굶주린 천백만 민중
소리쳐 일어난다 혁명이 온다
철문을 마슬때가 멀지 않았다

* ≪김선수첩≫에서 선록. 연변의 ≪혁명의 노래≫와 조선의 ≪혁명가요집≫수록되
  었다. 내용은 대동소이하다.

항일조국광복회십대강령가*

2천만의 백의동포 총련합하여
반일통일전선을 굳게 지키고
왜놈의 야만통치 뒤엎어놓고
인민정부 건립함이 제1조과

만주의 중국인과 련합하여
일만의 통치를 때려부시고
중한인민혁명정부를 건설하고
한인자치 실행함이 제2조라

왜놈의 륙해공군 신식무장을
우리 손으로 모도 다 빼앗아메고
주저말고 용감하게 나가 싸우자

우리 군대 조직함이 제3조라

왜놈과 개떼들이 모여둔 돈은
우리 동포 피땀 흘려 벌어주었다
모조리 빼앗아서 군비로 쓰고
한부분은 동포구제 제4조라

재촉하는 빚과 세납을 물지 말며
착취하는 전매제도 취소하고
우리 산업 우리 손으로 건설하고
순리로 발전함이 제5조라

언론 출판 결사 집회 자유로 찾고
봉건세력 백색공포 반대하고
체포된 우리 전사를 탈환하고
대내에서 개떼구축 제6조라

량반 상놈 남녀로소 차별말고
한결같은 평등 행복 누려가면서
연연약질 부녀들을 박대말고
인격지위 높여줌이 제7조라

우리들을 노예로 만드는 동화교육과
큰 전쟁에 죽이려는 군사훈련을
굳세게 반대하며 튼튼히 서서
우리 문화 보급함이 제8조라

우리들의 소용품을 만들어주는
로동자의 임금과 대우 높이고

실업자와 병든자를 약과 돈으로
살려주고 위로함이 제9조라

우리를 도와주는 나라와 민족과
친밀하게 련합하여 하나이 되여
원쑤와 련합하는 나라와 민족을
한결같이 반대함이 제10조라

* ≪김선수첩≫에서 선록. 조선의 ≪혁명가요집≫에 ≪조국광복회십대강령가≫라는
제목으로 수록. 제2절이 많이 수정되어 ≪문학예술사전≫에 수록되었다. ≪조선문
학사≫8에 근거하면 김일성 작.

혁명가*

떠나는 이 몸은 중국의 벌판을 밟으려 합니다
엄마 엄마 날 사랑하는 애정 감추어 주서요
엄마 엄마 날 사랑하는 애정 잊어나 주서요

어머니 품속을 떠나는 이 몸은 무산자 위하여
강철같이 먹은 마음 변치 않고 피 흘리려 하는 몸
악마의 원쑤를 대립하여 투사가 되렵니다

아버지 어머니 안녕히 계서요 내 돌아올 때까지
무산자 정권인 쏘베트가 나서는 그때면
어머니 품속으로 떠난 몸이 곧 돌아오겠소

* ≪김선수첩≫에서 선록. ≪혁명의 노래≫에 수록. 조선의 ≪혁명가요집≫에 ≪어머
니 리별≫로 되어 수록.

혁명가*

바람 차고 눈 쌓인 만주벌판에
흰옷 입고 떠는자가 그 누구인가

자유없고 돈없는 불상한 신세
간곳마다 압박과 착취뿐이라

삼천리 금수강산 다 빼앗기고
고향의 정든 친구 다 리별하고

시베리아 찬 바람에 몸을 날리며
금수생활 농노신세 가련하고나

일년동안 피땀 흘려 지은 농작은
흡혈귀가 이리저리 다 빼앗아가고

늙은 부모 어린 처자 보채는 소리
가슴에서 끓는 피가 용솟음친다

붉은 주먹 번쩍이며 저주를 할때
피 안흘리고서는 면치 못하리

총을 쏘고 폭탄을 던질지라도
단결없이 농노신세 면치 못하리

* 《김선수첩》에서 선록. 조선의 《혁명가요집》에 《단결하라 무산대중아》라는
  제목으로 수록. 내용은 대동소이하다.

혁명가*

붉은기 메고 일어난다
전세계 무산군 우리들은
번적거리는 총창을 거들어 메고
끓는 피 흘리면서 날뛰노나

겨울에 눈깔고 너털던놈이
푸른들 살림에 집을 잡고
웨치는 구호 반일병사
굳건한 단결을 지어나가자

한몸은 죽어 여러 몸을 위하여
목숨을 바치고 힘껏 싸우자
자유정권을 위하여서
시각을 아껴 싸움을 하자

* 《김선수첩》에서 선록. 연변의 《혁명의 노래》에 수록. 조선의 《혁명가요집》에
  《반일병사가》로 수록.

혁명가*

헐벗은자 굶주린자 어느 누구냐
착취압박 못이겨 우는 로동자
모두 함께 항일하려 나가 싸우자
살길 찾어 힘써 찾어 나가 싸우자
　　나가라 혁명전선에 부셔라 자본사회를
　　붉은기를 높이 들고 한떼를 지어

용감하게 싸움하자 류혈전으로
무산계급독재정치 세워봅시다

마지막에 죽을 힘을 한데 뭉치자
제아무리 한사결단 지랄을 쳐도
푸로대중 뭉친 힘 날랜 싸움에
사나웁던 놈들 목숨 끝을 맺으리
　　　나가라 혁명전선에 부셔라 자본사회를
　　　붉은기를 높이 들고 한떼를 지어
　　　용감하게 싸움하자 류혈전으로
　　　무산계급독재정치 세워봅시다

평원 광야 넓은 들에 집터를 닦고
자유 평화 우리 락원 건설해보자
온 세상에 차고넘친 무산대중아
마음대로 제멋대로 날뛰어보자
　　　나가라 혁명전선에 부셔라 자본사회를
　　　붉은기를 높이 들고 한떼를 지어
　　　용감하게 싸움하자 류혈전으로
　　　무산계급독재정치 세워봅시다

* ≪김선수첩≫에서 선록. 연변의 ≪혁명의 노래≫에 수록, 조선의 ≪혁명가요집≫에
　≪나오라 혁명전에≫로 되어 수록, 내용은 대동소이하다.

혁명가*

불쌍하고 가련한 세계 무산자
모두다 싸우자 유산계급과

우리 피땀 빨아먹던 그 악마를
그대로 두고서는 살수가 없다

나날이 파내는 금은동철은
광주놈의 금고로 다 들어가고
농민이 피땀 흘려 지은 농사는
지주놈의 곡간을 채워주노나

다수는 일하고도 못 사는데
소수는 놀고도 잘 사누나
그 원인이 무엇인지 알고저 하면
레닌동무 쓴 학설을 연구하여라

라디오와 유선전기로 소리를 하고
백반과 황육탕에 살진놈들은
그것이 누구덕인지 알지 못하고
도리여 우리를 압박을 한다

불상하고 가련한자 어느 누구냐
돈없고 땅없는 무산자인데
자본가와 지주놈의 리익을 위해
쟁탈전에 모아다가 다 죽인다

바다가에 오고가는 저 군함과
요색지에 걸어놓은 저 대포는
로동자의 손으로 만들었건만
도리여 우리를 살해하노나

삼사층대 화려하게 지은 양옥과

만단으로 즐비하게 지은 병원은
인류 전체 행복을 위했건만
돈없으면 입원을 거절하노라

자라나는 아동을 교육시키려고
애를 쓰고 학교를 건립할때에
무산자의 손으로 만들었건만
월사금을 못낸다고 출학시킨다

자본가와 지주놈만 옹호를 하고
무산자와 빈농민을 착취하는
개정부 만주국을 정부라 하여
일반의 임무라고 발악하노라

찾아보자 우리들도 살길을 찾으려
부르짓고 나서는 혁명자들은
반동하는 분자라고 붙잡아다가
철장속에 몰아넣고 압박을 한다

칼라양복 깃도구두 잘차린놈은
공장에서 일하는 공인을 보고
로동하는 천인이라 멸시를 하니
눈 뜨고는 참으로 볼수가 없다

전 세계 무산자는 단결하여라
타도하자 군벌과 제국주의를
박멸하자 불평등과 모든 불만을
그래야 우리도 살길이 있다

파란 많고 모순 많은 륙대주에다
붉은기를 높이 걸고 그 밑에서
무산독재 쏘베트를 건립하고서
인류의 평등으로 살아봅시다

하로 급히 나오라 무산대중아
유산자를 박멸하는 혁명전선에
용감하게 싸워서 승전한 뒤에
만세 만세 만세로 다같이 살자

* ≪김선수첩≫에서 선록. 연변의 ≪혁명의 노래≫에 수록, 조선의 ≪혁명가요집≫에
  ≪불평등가≫로 되였는데 내용은 대동소이하다.

혁명가*

동북 사성 민중들아 기억하느냐
9.18 큰 사변이 생긴이후에
만주의 큰 벌판에 개막된 싸움
강도 일제를 타도하는 30만 군대
민중들아 각성하라 강도 일제는
해륙공군을 파견하여 혁명진압에
각종의 음모 정책 도살 정책은
결사 집회 언론 출판 무장적 진압

일제놈의 충실한 만주 개정부
투항병사 자위단들 병변하여라
망국노예 일체 법률 굴복한자들
인민혁명 반일전에 달려나오라

악독한 일본놈의 음모정책은
아편판매 종교 도박 선포를 하며
민중의 반일열을 마취하노라
하루 급히 깨뜨려라 놈들의 통치를

로동자와 농민을 강제로 몰아다
군용철도 길닦이에 정력을 넣어
민주혁명 진압과 쏘련 진공에
모험적 대도살을 개시하노라

군철수도에 강박된 로력대중아
하루 급히 단결하여 파공을 하자
임금증가 대우개선 시간축소에
그리하여 유격대에 참가합시다

일제놈의 만주 점령에 조수가 되는
민생단과 그의 조수 조선인 파벌
한민자치 집단부락 음모정책은
로력대중을 호소하여 반대케 하자

반일전선에 날뛰는 중한민중들
살인 방화 략탈을 전업으로 삼는
반동파를 모조리 때려부시고
인민혁명 반일정부를 건립합시다

* 《김선수첩》에서 선록, 연변의 《혁명의 노래》와 조선의 《혁명가요집》에 수록,
  내용은 대동소이하다.

혁명곡*

피바다 스산한 북간도 피바다야
참혹한 주검이 뭇노니 얼마냐
혁명에 피흘린자
그수 천만에 달하였다

죽은자 가속의 비참한 그 형상
애닲은 애통에 가슴이 터진다
기막힌 이 원을
전 만주에 못 잊으리

락심말어라 전 중국 무산자야
혁명자 하나의 죽음의 피값에
16억 7천만의
무산정권 수립된다

* 《김선수첩》에서 선록. 연변의 《혁명의 노래》에 수록. 조선의 《문학예술사전》
에 《피바다가》로 수록. 여러 개의 주제어들이 서로 다르다. 《조선문학사》8 에
근거하면 김일성 작.

혁명곡*

모여라 동무들아 붉은기 아래
한마음 한소리로 모여들어라
다이나마이트를 손에다 들고
주권만 부르면서 모여들어라

우리 피땀 빨아먹던 자본가들은

총창 끝에 쓰러진다 원쑤놈들이
놈들은 썩은 통치 쓰러지듯
간곳마다 눈물 짜고 개걸음친다

무산빈농 쓰라린 가슴속에는
영용한 기세가 가득히 찼다
산림속에 눈깔고 누워서 잘때에
끓는 피는 더욱이 끓어번진다

넓고넓은 중국 벌판 눈보라 치나
쓰라린 가슴 쥐고 헤매이는자
모두다 모두다 무산 빈농민
북만의 찬바람에 쓰러지노나

싸우라 싸우라 동무들이여
한사람도 지체말고 어서 싸우라
잊지마오 잊지마오 우리 싸움길
어서 어서 목적지에 도착합시다

착취에서 시달리던 무산빈농민
우리 피땀 빨아먹던 지주놈들은
모두다 목을 잘라 불속에 넣고
우리의 붉은 주권 건립합시다

* 《김선수첩》에서 선록. 연변의 《혁명의 노래》에 수록, 조선의 《혁명가요집》에
  《끓는 피는 더 끓어》로 되어 수록, 내용은 대동소이하다.

혁명곡*

중국의 4억만의 형제자매들
구축과 학살을 당한 민족아
우리의 국토와 내 살던 집은
모두다 놈들이 빼앗아갔다

민족의 권리와 자유해방은
국민당 군벌 저 개놈들이
모두다 놈들에게 팔아먹고서
투항하고 도망하여 버리였고나

개떼렬강 제국주의 중국 과분에
4억만 민족을 참혹하게도
총창과 독까스와 폭탄으로써
남김없이 죽이려고 기도하누나

중국의 4억만 많은 민족아
우리 주요 도시 항구와 철도
남에서 북에까지 하나도 없이
개떼렬강 점령하고 춤추고있다

동북 4성 전 만주는 일제놈들이
무력으로 점령하고 한걸음 나가
쏘련의 진공과 중국 과분에
최후의 발광을 치고서있다

4억만의 민족아 한데 뭉쳐라
날카로운 투쟁의 최후승리는
전세계 공인 농민 서로 응원해

해방의 넓은 길을 밟으리로다

* ≪김선수첩≫에서 선록. 연변의 ≪혁명의 노래≫수록

혁명곡*

수천백만 중국의 로력대중아
전선에서 싸움하는 동무들아
제국주의 매국적이 총련합하여
쏘련진공전쟁을 하려고 한다

만주의 수백만 로력대중아
일어나서 무장 들고 나서라
우리들의 영용한 유격전으로
일제와 만주국을 타도하자

중한민중 쏘베트를 건설하고
최후의 판가리 싸움으로
중국 남방 홍군과 쏘련을
무장으로 죽기까지 지키자

* ≪김선수첩≫에서 선록. ≪혁명의 노래≫에 ≪쏘련 옹호가≫로 제목을 바꾸어 수록, ≪혁명가요집≫에 수록된 ≪일어나라 무산대중≫의 1,2절과 비슷하다.

현대사회모순가*

현대의 사회제도 관찰한다면

만가지 큰 모순이 여기에 있다
평등행복 구하려는 시대의 몸은
이런 불평 그대로 못참으리라

자동차 으릉으릉 다니는 길은
로동자 농민이 닦은 길인데
길닦을때 놀던놈 지나는 바람에
길닦은 이내몸 통분하도다

일년동안 피땀 흘려 벼농사해도
일생에 된 조밥도 차례못지고
논도 벼도 이름도 모르던놈이
흰쌀밥에 살지어 비둥거린다

양잠에 애태우던 농민의 몸은
명주옷 한 벌도 차례못지고
누에라는 성명도 모르던놈이
통비단에 싸인 꼴 괘씸도 하다

적십자 큰 병원에 집짓던 동무
가공에서 떨어져 병신되여도
돈없다고 병원에서 거절당하니
병신되여 바깥에서 류랑하도다

상층대루 뙤창을 들여다보니
양료리에 배부른 개 낮잠자는데
대문앞에서 밥 한술을 애걸하다가
굶고 얼어 혼돈하여 쓰러졌고나

전기소 변전소에서 일하던 동무
저물게 와 오막사리 들여다보니
전기등은 고사하고 등불도 없이
캄캄한데 밥 먹자니 꼴도 사납다

앞집놈 창고에서 쌀썩는 냄새
온종일 굶은 몸 휘둥하는데
뒤집 아이 밥 달라고 우는 소리에
지나가는 이 내 가슴 쓰려지노나

* ≪김선수첩≫에서 선록. 연변의 ≪혁명의 노래≫에 수록. 조선의 ≪문학예술사전≫
에 ≪부시자, 자본사회≫로 되어 수록. 김중건이 지었다는 설이 있다.

가난한자의 노래*

없는 몸은 언제든지 없는 몸이냐
있는 놈은 언제든지 있는 놈이냐
일어나라 움살림에 빈한한 동무
일어나라 시변가에 서러운 동무
넓은 천지 자유로운 우리 락원을
유린하고 횡행한 자 어느 놈이냐

우리들의 정의 인도 공정한 제도
파괴하고 횡행한 자 어느 놈이냐
우리 앞에 붉은 기가 휘날린다면
우리들은 죽더라도 싸워 봅시다
우리들은 굶주리고 헐벗음에도
엉키고 뭉쳐 단결한 힘 태산과 같다

봄날에 많이 피는 저 꽃들은
권문세가 놈들 위해 피여 있고나
가을 하날 명랑한 밝은 저 달은
고루거각 큰 대문에 비치여 준다
우리들은 국가 재산 빼앗겼어도
단결하고 싸우기를 굳게 맹세해

국경 없이 방축 당한 우리 형제들
불쌍한 환경에서 헤매지 않나
거처 없이 떠다니는 우리 형제는
비참한 환경에서 헤매지 않나
우리들은 거처 없이 떠다니면서도
엉키고 뭉치여 단결함이 태산과 같다

불쌍한 나의 동무 전쟁에 가서
놈들 위하여 싸워 죽고
늙으신 헤골된 나의 부모는
있는 놈들 위하다가 굶어 죽었다
아―뼈가 저리다 원쑤의 한을
언제나 잊지 않고 갚아 줄소냐

광부들은 괭이라도 메고 나오고
농부들은 호미라도 메고 나오라
부녀들은 식도라도 들고 나오고
초부들은 도끼라도 들고 나오라
산천이나 초목도 무장하여라
돌덩인들 무엇인들 가만 있으랴

* 연변 ≪혁명의 노래≫(중국연변주의 선전부편, 연변인민출판사, 1958. 9)에 수록.
  이 책에는 모두 71수 가요가 수록되었는데, 61수가 ≪김선수첩≫에서 선록된 것이
  다. 여기서는 그 나머지 10수만 수록한다.

녀자 해방가*

가'자이라면
가정 구속 심하여서 못살겠구나
이 때를 놓치지 말고
나가 싸우자 나가 싸우자

나'자라면
남존녀비 악습을 타파하고서
남녀 평등 제도를
실시합시다 실시합시다

다'자이라면
달이 차고 날이 차니 이때 왔구나
이 좋은 때에 남자와 같이
전진합니다 전진합니다

라'자이라면
라팔 소리 날 때 온 우리의 행복
너도 나도 합력하여
전진합니다 전진합니다

마'자이라면
마음 놓고 새 사회를 건설하려면
우리 녀성 동무들도 붓대 들고
나아갑시다 나아갑시다

바'자이라면
바른 길로 걸을 때가 돌아 왔나니
우리 녀성들도 바른 길로

싸워 나가자 싸워 나가자

사'자이라면
사회 악습 불평 제도 때문에
우리 녀성들은 가정 감옥에
간히였도다 간히였도다

아' 자이라면
아야 어여 한 글자도 모르는 녀성들
이 때에 한 자라도 학습하여 평등권을
찾읍시다 찾읍시다

자'자이라면
자유 없고 권리 없는 무산 녀성들
이 때에 한 줄이라도
배웁시다 배웁시다

차'자이라면
차별 없고 분별 없는 우리 녀성들
남성들과 똑 같이
사회 건설로 사회 건설로

카'자이라면
칼은 차고 총을 메고 자위전으로
우리들도 당당한
군인이라네 군인이라네

타'자이라면
타국 침범 일제놈 우리 원쑤들

언제든지 잊지 못할
우리 원쑤라 우리 원쑤라

파'자이라면
파하고 없애자 자본 제도를
중남경녀 악습을
타파합시다 타파합시다

하'자이라면
하로 급히 전선을 지원하여라
우리 녀성 동무들도
나가 싸우자 나가 싸우자

* 연변의 ≪혁명의 노래≫에 수록되었다. 등사판 ≪혁명가 동요편≫의 ≪녀성글자풀이≫와 비슷한 데가 있지만 틀리는 점도 많다.

무도가*

온갖 자유와 평등을 얻은 기념날은 돌아 와
동무들은 구락부에 모여 무도회를 열었네
로동자 좋아서 이리 저리 날뛰고
농민은 좋아서 어찌할 줄 모른다

모인 동무들 중에 음악가도 나온다
군악소리 품파품파 천지를 진동코
혁명가 곡조는 붉은 세상을 뒤엎고
병상의 칼춤은 우선우선 나온다

흥분되니 동무들 중에 무도가도 나온다
금실같은 무도곡에 맞춰 슬렁슬렁 잘 한다
남녀의 사교춤 우선우선 춤 추고
어린이의 딴스는 오도도 콩콩 나온다

이보다 즐거운 날도 또 다시 있을가
행복된 꿈무나의 사회 웃음꽃이 피였다
로동자 농민이 한데 뭉쳐 즐기고
어린이는 꽃 속에서 길이길이 놀아라

* 연변의 《혁명의 노래》에 수록, 《혁명가요집》의 《즐거운 무도곡》과 대동소이
  하다.

소년 선봉대가*

나가자 마중 가자 밝은 등이 튼다
싸우자 총과 칼로 우리 길을 찾자
용감한 걸음을 굳세게
청년의 기를 높이 들라

우리는 로동자 농민의 소년 선봉대
우리는 로동자 농민의 소년 선봉대

우리는 힘에 겨운 로동을 하였다
종의 멍에 밑에서 청춘을 잃었다
무서운 암흑의 유전은
우리들의 사상을 묶었다

우리는 로동자 농민의 소년 선봉대
우리는 로동자 농민의 소년 선봉대

숨차는 풀무 옆에서 피땀을 흘렸다
로동은 남을 위해 재부를 내였다
그러나 단련된 투사들
여기에서 만들었다

우리는 로동자 농민의 소년 선봉대
우리는 로동자 농민의 소년 선봉대

오너라 동무야 우리 기'발 밑으로
로력자의 공화국을 힘차게 건설하자
한 덩어리 한마음으로
로력은 세계의 주인이다

우리는 로동자 농민의 소년 선봉대
우리는 로동자 농민의 소년 선봉대

* 연변의 《혁명의 노래》에 수록, 《혁명가요집》에 《청년선봉대가》로 수록, 내용
은 대동소이하다.

쏘련 옹호가*

수억만 중국의 로력 대중아
전선에서 싸움하는 동무들아
제국주의 매국적이 총련합하여
쏘련 진공 전쟁을 하려고 한다

만주의 수천만 로력 대중아
일어나서 무장들고 나서라
우리들이 함께 뭉쳐 힘을 합하여
원쑤 계급통치를 때려 부시자

전세계 푸로 계급 총참모인
쏘련을 무장으로 옹호하자
우리들의 영용한 유격전으로
일제와 만주국을 타도하자

* 연변의 ≪혁명의 노래≫에 수록.

평양감옥가*

　한점을 친다, 일신을 결박한 종된 동무들 종된 동무들 일치한 단결로 나가 싸우자 나가 싸우자
　두점을 친다, 두 번 다시 오지 못하는 귀중한 생명 귀중한 생명 중 철방 철창 속에서 시들어 가네 시들어가네
　석점을 친다, 설음 받던 동무들이 한데 뭉치여 한데 뭉치여 전세계 자본가를 정복해 보자 정복해 보자
　넉점을 친다, 사시는 변하고도 또 변하는데 또 변하는데 붉은 옷과 누른 콩밥 그냥 그대로 그냥 그대로
　다섯점 친다, 5월 1일은 파리 메데이 파리 메데이 전세계 제국주의를 정복하리라 정복하리라
　여섯점 친다, 륙혈포와 장총을 빼앗아 매고 빼앗아 메고 압박하는 간수 놈들 쏴 죽여 보자 쏴 죽여 보자
　일곱점 친다, 잃은 것은 썩어 가는 제국주의요 제국주의요, 전세계 찾을 것은 자유평화라 자유평화라

여덟점 친다, 팔목과 허리에 돌린 철사로 돌린 철사로 전세계 자본가를 얽매여 보자 얽매여 보자.

아홉점 친다, 구곡간장 뼈'속에 맺힌 원한을 맺힌 원한을 전세계 붉은 독재로 갚아를 보자 갚아를 보자.

열점을 친다, 10월 혁명 전 세계 만세 소리에 만세 소리에 감옥안에서도 붉은 혁명 일으켜 보자 일으켜 보자

열 한점 친다, 열 하루'날 중국 광동 꼼무니쓰트 꼼무니쓰트 전중국 혁명을 성공하리라 성공하리라

열두점 친다, 열 두 번을 돌고 도는 시계 바늘은 시계바늘은 전세계 혁명날을 재촉해 돈다 재촉해 돈다

* 연변의 ≪혁명의 노래≫에 수록.

혁명가*

아! 혁명은 가까워 온다
오늘 래일 시기는 박도했다
일어나라 만국의 로동자야
깨달어라 소작인들 동맹하라

놈들이 쓰고 사는 벽돌집도
놈들이 먹고 입는 금의옥식도
비행기 자동차 전차 상품도
모두 다 우리들의 피와 땀일세

소작인이 일년 동안 잠도 못자고
못 입고 못 먹어 병에 걸려
죽을 힘을 다하여 지은 곡식도

모두다 놈들이 빼앗아 갔다

이러한 착취와 강제 압박에
우리들은 도저히 살수 없다고
단결이 굳센 모스크바야
제 3인터내쇼넬

나라와 나라 사이 전쟁도
자본가놈들 더 잘 살려고
로동자 농민 무산대중의
피끓는 생명을 빼앗아간다

온 천하 감옥을 때려부시고
전신 전화를 끊어버리고
철도와 선로를 파괴하고
요색도시를 점령하자

* 연변의 《혁명의 노래》에 수록.

혁명가*

날카로운 추운 겨울 스러져 갈 때
꽃 피려는 붉은 바람 일어 났도다

6대주 5대양 온 우주에
산 넘고 물 건너 불어 치나니

우랄산 복판에 둔 로씨야에는

제일 먼저 웃음 웃난 월계꽃 피였네

그 다음 4만리 중국 벌판에
붉은 장미화 입을 벌렸다

탐화하는 봉접(蜂蝶)은 나래를 펴고
하루 급히 꽃피기를 재촉하노라

꽃따려는 벌레는 구축하고
펄펄펄 춤추자 중국 벌판에

* 연변의 ≪혁명의 노래≫에 수록.

혁명가*

절절 끓는 붉은피를 가슴에 품고
악전고투 맞아나갈 전서들이여
제국주의 매국적과 지주놈들은
이 세상에 그림자도 없애버리자
　　나가라 싸우라 쏘베트 승리를
　　우리에게 오도록 나가 싸우라

우리들의 붉은 주먹 나붓기는 곳
자본주의 황금탑이 무너지노나
우렁차게 웨치는 붉은 소리에
백색기는 빛을 잃고 쓰러지노나
　　나가라 싸우라 쏘베트 승리를
　　우리에게 오도록 나가 싸우라

자본주의 궁전우에 적기 날리고
자유의 종소리가 들려오더니
승리의 대포소리 쾅 하더니
뼈만 남은 무산대중 춤을 추노나
　　나가라 싸우라 쏘베트 승리를
　　우리에게 오도록 나가 싸우라

* 연변의 ≪혁명의 노래≫에 수록.

혁명가*

천하의 동지야 굳게 뭉치자
최후의 승리는 닥쳐 온다
아름다운 행복과 꾸준한 정치
건설하고 사수하는 우리 혁명군

천하의 동지야 굳게 맹세해
우리의 사명이 다달을 때까지
총칼에 죽음도 겁내지 않고
용감히 돌진하는 우리 혁명군

천하의 동지야 아나 모르나
우리들 새 세상 동터 온다
기발 쥐고 굶주리던 무산 동무야
일어나서 마음껏 굳게 싸워라

* 연변의 ≪혁명의 노래≫에 수록.

강철대오 만들자*

폭풍을 뿌리치는 천만억 고개
채찍 울려 검정 구름 헤쳐놓고서
어둠속에 헤매이는 우리 조국과
세계인민 고루고루 광명을 주자
    사상의식 바로잡아 진리로 무장하고
    군사기술 련마하여 강철대오 만들자

우리 갈 길 험하고나 판가리 싸움
마지막 산 뛰여넘는 우리들이다
민주의 새 조국을 세워놓고서
평등 평화 새 세계를 쟁취하리라
    사상의식 바로잡아 진리로 무장하고
    군사기술 련마하여 강철대오 만들자

삼십륙년 피흘린 뼈갈린 력사
동무들아 생산함을 둘러메고서
무엇이 두려우냐 치가 떨린다
적을 향해 성낸 날창 찔러내놓자
    사상의식 바로잡아 진리로 무장하고
    군사기술 련마하여 강철대오 만들자

* 등사판 ≪혁명가 · 동요편≫(연변민간문예연구소 편, 1963)에서 선록. ≪조선구전문
학개요≫에 인용된 ≪투사의 길≫ 이란 가요가 ≪강철대오 만들자≫와 비슷하다.
이 가요는 전국해방전쟁시기 널리 불렸다.

국제 혁명군인의 노래*

전 세계 약소 민족 단결합시다
오늘날은 힘써 싸워 혁명 단결이고
총을 메고 칼을 차고 전가를 부르며
최후 승리 거두려 나가 싸우라

아 다라다라 다두리 등실
두리두리 등 쿵자 도로르로
쿵바라 푸바 품바

아들딸을 제일선에 내여보내고
여러분들 후방에서 고생합니다
멀지 않아 혁명이 완성되면은
보고싶던 아들딸을 만나보리다

아 다라다라 다두리 등실
두리두리 등 쿵자 도로르로
쿵바라 푸바 품바

* 등사판 《혁명가·동요편》에서 선록.

기쁨의 아리랑고개*

울며 넘던 피눈물의 아리랑고개
한번 가면 소식없는 탄식의 고개
넘어지고 쫓겨서 흘러가더니
기쁨 싣고 떼를 지어 뛰넘어오네

어서 넘어라 어서 넘어라 에헤
기쁨 싣고 돌아오는 아리랑고개

꽃도 피고 잎도 피는 아리랑고개
우리 부모 뼈를 묻은 아리랑고개
막대 끌고 돌아오며 훌러가더니
원쑤 갚고 떼를 지여 뛰넘어오네
　　어서 넘어라 어서 넘어라 에헤
　　기쁨 싣고 돌아오는 아리랑고개

붉게붉게 무궁화핀 아리랑고개
웃음소리 터져나는 아리랑고개
원쑤 피로 삼천리에 땅을 거루고
보금자리 터닦으며 뛰넘어오네
　　어서 넘어라 어서 넘어라 에헤
　　기쁨 싣고 돌아오는 아리랑고개

태극기 휘날리는 아리랑고개
고향산천 찾아넘는 기쁨의 고개
다시 오마 맹세하고 떠나간 사람
새 나라의 살림꾼이 뛰여넘어오네
　　어서 넘어라 어서 넘어라 에헤
　　기쁨 싣고 돌아오는 아리랑고개

* 등사판 ≪혁명가 · 동요편≫에서 선록. 8 · 15해방 후 널리 불린 노래.

길동군가*

우리는 새 길림의 평화민주 건설의 용사
인민의 받듦을 받아 용감하게 나가 싸우자
    진정위의 령도, 해방의 등불
    주사령의 지휘를 받아
    길동군 떨치는 곳마다 승리기발 펄펄 날린다

정의에 몸부림치는 우리들은 인민의 무장
모두다 힘을 합하여 새 길림의 주축이 되자
    진정위의 령도, 해방의 등불
    주사령의 지휘를 받아
    길동군 떨치는 곳마다 승리기발 펄펄 날린다

* 동사판 《혁명가·동요편》에서 선록. 전국 해방전쟁 시기 동북에서 널리 불린 가요. 진정위 주사령은 길동군구의 지도자.

길동군혁명가*

바위같이 한데 뭉친 우리 군인들
붉게 솟은 아침해를 맞으러 가자
혁명의 기발을 높이 들고서 높이 들고서
민주의 새 락원을 세워보자

정의의 새 화단을 짓밟은자들
한칼날에 무찌르고 북을 울리자
혁명의 기발을 높이 들고서 높이 들고서
빛나는 이 강산을 더욱 빛내자

한마음에 한뜻으로 우리 중한민
험한 물결 헤치고서 뛰여나가자
혁명의 기발을 높이 들고서 높이 들고서
새길동 평화를 굳게 지키자

* 등사판 ≪혁명가·동요편≫에서 선록. 전국 해방전쟁 시기 널리 불린 가요.

녀성 글자풀이*

가자라면 가정구속 심하여서
못살겠구나 못살겠구나
이 가정제도는 봉건제도다 봉건제도다

나자라면 나의 가정 떠나서는
살수 없다지 살수 없다지
녀자의 신세란 가련하구나 가련하구나

다자라면 다같이 발전하자
우리 녀성들 우리 녀성들
봉건가정 벗어나서 일어들나자 일어들나자

라자라면 락후한 사회는
허물어지고 허물어지고
행복한 사회가 돌아온단다 돌아온단다

마자라면 마음없는 강제결혼
시켜놓아서 시켜놓아서
욕먹으며 매맞으며 살아가누나 살아가누나

바자라면 밥만 먹고 잠만 자는
일자무식이 일자무식이
등불 켜고 삼삼키를 면치 못하리 면치못하리

사자라면 사회발전 모르는
우리 부모는 우리 부모는
녀성들이 공부함을 절대 반대라 절대 반대라

아자라면 아무리 일하여도
가난한 신세 가난한 신세
온 세상 무산자는 싸워야 하네 싸워야 하네

자자라면 자유가 없는
우리 녀성들 우리 녀성들
남녀평등 위하여 싸워야 한다 싸워야 한다

차자하면 차라리 이내몸은
죽기만 못해 죽기만 못해
우마처럼 살아서 무엇하리오 무엇하리오

카자라면 칼 맑스 레닌이
부르는 길로 부르는 길로
굳게굳게 뭉쳐서 싸워나가자 싸워나가자

타자라면 타도하자 일본
제국주의를 제국주의를
녀성들도 반일전에 총동원하자 총동원하자

파자라면 파산당한 여러 농민
실업군중들 실업군중들

우리 생활 찾기 위해 일떠났구만 일떠났구만

하자라면 하나의 권리도 없는
우리 녀성도 우리 녀성도
새 사회가 건설되면 해방된다네 해방된다네

* 등사판 《혁명가 · 동요편》에서 선록.

나하고 놀지말라 하시드라지*

너는 너는 부자집 부호의 아들
나는 나는 가난한 집 귀여운 아들
그러니까 너의 부모 말씀하기를
나하고 놀지 말라 하시드라지

우리 집은 비가 새는 움막집이라
너의 집은 참 좋은 양기와집
그러니깐 너의 부모 말씀하기를
나하고 놀지말라 하시드라지

* 등사판 《혁명가 · 동요편》에서 선록.

농촌쏘베트*

기차는 간다고 높은 고동을 트난데
혁명은 왔다고 물끓듯 하누나

엥 에헤야 어아 끝까지 피 흘려라
쏘베트 위하여 끝까지 싸워라

때려라 부셔라 지주 자본가 그놈들을
찔러라 죽여라 제국주의 군벌을

엥 에헤야 어아 끝까지 피 흘려라
쏘베트 위하여 끝까지 싸워라

용장한 주먹은 붉은 용사에 달리는것
지주를 타도하고 농촌 쏘베트 건설하자

엥 에헤야 어아 끝까지 피 흘려라
쏘베트 위하여 끝까지 싸워라

찾아라 빼앗아라 지주의 토지와 재산을
넘겨라 주어라 빈고농민들에게

엥 에헤야 어아 끝까지 피 흘려라
쏘베트 위하여 끝까지 싸워라

무장코 나서라 농촌의 쏘베트야
혁명의 재판에 반혁명은 목 짤린다

엥 에헤야 어아 끝까지 피 흘려라
쏘베트 위하여 끝까지 싸워라

* 등사판 ≪혁명가·동요편≫에 수록. 원문의 제2절은 뜻이 전혀 통하지 않아 삭제했음.

레닌그라드 려행기*

살기 좋은 아름다운 레닌그라드
벼르고 별러서 떠나가보니
앞뒤에 있는것은 벽돌집이요
줄줄이 선것이 전보대로다

공중에 높이 뜬 저 비행기는
자세히 살펴보니 쎄쎄쎄르라
넓은 바다 떠나가는 저 큰 배는
제3국에 공산주의 화룡배로다

두줄로 놓여있는 불술기길은
모스크바쪽으로 가는 길이라
네층대 다섯층대 저 큰집들은
로동자들 행복하게 사는 집이라

* 등사판 《혁명가·동요편》에서 선록. 《불술기》는 불수레의 함경도 방언. 《화
룡》은 《火龍》.

로동자의 노래*

주리운 배 부여잡고 붉은 피를 빨리던
싸여진 억울함이 내 가슴을 찢는다

긴긴 밤 겨울밤에 피대소리 흐느껴
기름 젖은 작업복에 피눈물의 고드름

재를 뽑는 굴뚝처럼 숨막히는 내 살림
내리치는 망치처럼 말라가는 나의 살

온 세상의 로동자야 우리들은 가난뱅이
채찍밑에 눌려사니 가장 큰 수치다

모두다 손을 잡고 쇠망치를 휘둘러
우리들의 피를 쏟아 자유 위해 싸우자

* 등사판 《혁명가·동요편》에서 선록.

로동혁명가*

붉은피로 물들이자 무궁화의 삼천리
우리들은 조선남녀 로동부대다
가엽는 동무들 적탄 맞아 죽었네
적을 치러 우리 원쑤 갚으러 가자

붉은피로 덮어보자 서백야주 넓은 들
우리들은 조선남녀 로동부대다
장부도 잠깨라 녀성들도 나오라
전세계의 혁명 위해 싸우러 가자

목숨 바쳐 두려워할 우리들이 아니다
한번 나서 한번 죽음 정한 일일세
사나이답게 싸우다 사나이답게 죽어라
우리들은 조선남녀 로동부대다

* 등사판 《혁명가·동요편》에서 선록. 서백야주는 시베리아.

대감자 혁명가*

일천구백 삼십일년 사월 류일에
대감자의 반일전쟁 개막되였다
대포알은 앞뒤산을 꽝꽝 울리고
기관총과 류산탄은 비발같고가

비행기가 공중에서 폭탄 떨구어
무산자의 학살을 감행하누나
무죄량민 주검은 들에 널리고
피는 흘러 왕청들에 물들었도다

다두천에 화염은 하늘에 닿고
덕원리의 농촌은 재터뿐이라
피난민은 사방에 널려있고요
철모르는 아이들은 고함을 치네

악마같은 일본제국 강도놈들아
저희들의 주린배만 채우려지만
멀지않은 앞날에 멸망하리라
개걸음을 물러하며 쓰러지리라

* 등사판 《혁명가·동요편》에서 선록. 이 가요는 《반토벌가》, 《대감자전가》 등
　으로 널리 불렸다.

동북보위군*

붉은 피로 물들이라 동북일대 넓은 들
우리들은 인민 위한 보안군이다

가이없는 동지는 적탄 맞아 죽었다
적을 찔러 동지 원쑤 갚으러 가자

목숨 바침 두려워할 우리들이 아니다
우리들은 인민 위한 보안군이다
사나이답게 싸워서 사나이답게 죽어라
한번 나서 죽는 일은 정한 일이다

* 등사판 ≪혁명가 · 동요편≫에서 선록.

무산대중의 봄이 왔네*

무산대중의 봄이 왔네
이 봄은 해방의 봄이라네
얽히는 쇠사슬 깨뜨려라
해방의 봄맞이 얼씨구 좋다

무산대중의 봄이 왔네
이 봄은 단결의 봄이라네
인민의 원쑤를 쳐부셔라
단결의 봄맞이 얼씨구 좋다

무산대중의 봄이 왔네
이 봄은 승리의 봄이라네
총칼을 들고서 모여라
승리의 봄맞이 얼씨구 좋다

* 등사판 ≪혁명가 · 동요편≫에서 선록. 8 · 15해방 후 널리 불렸던 가요.

민주련군과 백성*

민주련군과 백성은 사이가 좋아서
노래와 춤추며 함께 뛰노네
안락한 새 동북을 건설하려고
군민이 굳게 손잡고 함께 싸우네

민주련군과 백성은 굳게 단결해
진리의 총칼을 쥐고 일어나
악독한 토비를 때려부시고
군민이 굳게 손잡고 함께 뛰노네

* 등사판 《혁명가·동요편》에서 선록. 전국해방전쟁시기 널리 불리웠던 가요.

부녀해방가*

살기가 억울한 자본사회에
청춘의 무궁한 한을 품은 자
아느냐 그대여 녀성동무들

남모르게 가만히 우난 눈물은
청춘의 고운 낯을 주름 지우며
매맞고 병들어 살기 싫어요

고방간 감옥살이 언제 끝날까
꿈에도 싫어요 살기 싫어요
시부모 남편 천대 날로 심해요

아버지 어머니 나의 오빠여
날 팔아 소 사고 땅 사지 말고
차라리 날 잡아 뜯어먹으소

동무들 녀성들 일어들 나자
우리 원쑤 모조리 목 짜르고서
자유로운 새세상 같이 찾잔다

부권의 쇠사슬을 끊어버리고
구석에서 신음을 하지 말고서
동등한 권리의 총칼을 메자

* 등사판 ≪혁명가·동요편≫에서 선록.

세환진 혁명가*

경박호수 무한한 물줄기 흘러
쏟아지는 폭포에 안개 서린다
호암절벽 등지고 흐르는 물은
평풍산을 돌아서 목단강수라

로송령 높은 산 힘차게 넘어
넓은 들판 동경성 그 성안에는
련합전에 희생된 오십명 동지
붉은 피로 동경성 물들였도다

몸은 비록 땅속에 묻혔을망정
정신만은 살아서 싸우고있다

봉건시대 동경성 쓸어버리고
보국대와 세환진 건설해보자

  * 등사판 ≪혁명가·동요편≫에서 선록.

승리의 기발*

지축을 울리는 대포소리에
휩쓸려 들려오는 승리의 함성
태양이 빛 뿌린다 파도를 친다
동북에서 화북에서 화중에서
　　아 승리는 우리의것
　　승리의 기발 감격의 기발

미제의 앞잡이 반역자들아
인민의 고함소리 들리느냐
태양이 번뜩인다 파도를 친다
화북으로 화남으로 강남으로
　　아 승리는 우리의것
　　승리의 기발 감격의 기발

  * 등사판 ≪혁명가·동요편≫에서 선록. 배항진 작.

십진가*

하나이라면 한뉘세상 좋은 곳은
동북이로다 동북이로다

좋구좋은 동북으로
나 여기 왔소 나 여기 왔소

둘이라면 두발이 부르트게
보따리 지고 보따리 지고
아장아장 걸어오니
만주국이라 만주국이라

서이라면 서서 한숨 앉아 한숨
장한숨이요 장한숨이요
앞길을 생각하니
막연하도다 막연하도다

너이라면 넓다 하는 소문이
굉장하더니 굉장하더니
정작에 와서보니
진대와 물쑥 진대와 물쑥

다섯이라면 다섯 식솔들을
데려다놓고 데려다놓고
어린아해 밥 달라니
속이 상하다 속이 상하다

여섯이라면 녀성이나 남성이나
한데 합하여 한데 합하여
어찌하나 우리들도
무장합시다 무장합시다

일곱이라면 일가친척 그곳에다
다 버리고서 다 버리고서

쓸쓸한 북간도로
나 여기 왔소 나 여기 왔소

여덟이라면 여기 가나 저기 가나
마찬가지로 마찬가지로
묵은데를 떠번지기
과연 힘드네 과연 힘드네

아홉이라면 아침저녁 호미 메고
땅만 판대도 땅만 판대도
평생 먹는 감자밥도
항상 그리워 항상 그리워

열이라면 열심히 벌어라
우리 농민들 우리 농민들
어찌하나 우리들도
부자됩시다 부자됩시다

* 등사판 ≪혁명가·동요편≫에서 선록.

싸우러 나가자*

강철 같고 맹호 같은 동북의 남아야
넓은 들과 굽은 산길 우리의 싸움터라
나가자 너도 나도 용감히 나가자
두 주먹 불끈 쥐고 뛰여서 나가자

괄세 받고 짓밟히던 이땅의 민족들

다시 한번 망국노가 죽어도 안되리
나가자 피끓는 이땅의 남아야
총을 메고 싸움터로 뛰여나가자

* 등사판 ≪혁명가·동요편≫에서 선록. 전국 해방전쟁 시기 널리 불렸던 노래.

억진가*

하나이라면 일천구백 십구년은
제3국제다 제3국제다
전세계 무산자는
총동원하라 총동원하라

둘이라면 이십칠년 중국혁명
크기도 한데 크기도 한데
진독수의 우경파가
팔아먹었다 팔아먹었다

셋이라면 3월 8일 로동부녀
해방절이라 해방절이라
전세계 로동부녀
총동원하라 총동원하라

넷이라면 4월 10일 로씨아의
볼가강변에 볼가강변에
혁명수령 레닌동무
탄생하셨다 탄생하셨다

다섯이라면 5월 1일 로동절
대오검열이 대오검열이
용감하게 제국주의
반대하노라 반대하노라

여섯이라면 륙분의 일 대륙인
우리 조국은 우리 조국은
제국주의 압박에서
벗어나리라 벗어나리라

일곱이라면 7월 1일 중공당이
탄생일인데 탄생일인데
전 중국 인민들은
당을 따르라 당을 따르라

여덟이라면 팔로군은 진정한
우리 군대라 우리 군대라
너도 나도 앞다투어
지원합시다 지원합시다

아홉이라면 구라파주 아세아주
그 어데나 그 어데나
혁명의 불길이
일어나누나 일어나누나

열이라 10월혁명 대승리의
교훈으로서 교훈으로서
중국의 공통정권
건립합시다 건립합시다

백이라면 백천만의 병사들과
실업군중이 실업군중이
자기 정권 세우려면
무장합시다 무장합시다

천이라면 천백만번 죽더라도
나갑시다 나갑시다
최후의 승리자는
우리들이다 우리들이다

만이라면 만년불변 우리 정권
세워가지고 세워가지고
고통없이 새사회에
살아갑시다 살아갑시다

억이라면 억울하고 불공평한
자본사회가 자본사회가
멀지않아 무너지고
새 세상 온다 새세상 온다

* 등사판 《혁명가·동요편》에서 선록.

육탄의 결사대*

군도를 높이 들고 말을 달리자
우리들은 결사의 전위부대다
노래를 부르자 육탄의 노래를
닥치는 곳마다 우리 차지다

나가자 나가 두려울것이 무어냐
에헤라 만세! 육탄의 노래높이 불러
싸움터 찾아 가잔다

초원의 비낀 해가 빛을 뿌릴 때
동무의 장시를 등에다 업고
피묻은 칼을 들고 조국을 향하여
빛나는 래일을 맹세하노라

나가자 나가 두려울것이 무어냐
에헤라 만세! 육탄의 노래 높이 불러
싸움터 찾아 가잔다

붉은기 휘날린다 승리의 기발
청춘의 피같이 아우성친다
사나이 할 일이 이밖에 또 있나
우리는 무산자의 선봉 결사대

나가자 나가 두려울것이 무어냐
에헤라 만세! 육탄의 노래 높이 불러
싸움터 찾아 가잔다

* 등사판 ≪혁명가·아동가요편≫에서 선록. 이 가요는 ≪군도를 높이 들고≫ 등 변
  종이 많다.

의용군송가*

무궁화 삼천리 빛나는 강산

삼천년 력사 깊은 우리 조국을
길이길이 복되게 보전하려고
선뜻이 몸을 바친 우리 의용군

백두산하 만고숲을 집으로 삼고
넓고넓은 동북들을 무대로 삼아
조선나라 높은 기개 자랑하면서
굳세게 싸워온 우리 의용군

부모처자 여의고 고국을 떠나
만리장성 넘어서 황하를 건너
중국의 두끝에서 18년간을
거룩한 피를 흘린 우리 의용군

* 등사판 ≪혁명가 · 동요편≫에서 선록.

전투가*

힘차고 굳세인 용사를 조선의 남녀야
일어나 싸우러 나가자
높이 든 기발밑에 나팔소리 우렁차고
빼여든 칼날이 서리빛 같다
　　우리들 위풍 떨치는 곳마다 원쑤들 떨며
　　가을바람에 떨어지는 잎과 같기도 하네

옳음과 날램을 터로 한 조선의 의용군
일어나 싸우러 나가자
삼천만 자유해방 위한 사명 크고크다

주저없이 힘차게 나가 싸우자
　우리들 위풍 떨치는 곳마다 원쑤들 떨며
　가을바람에 떨어지는 잎과 같기도 하네

* 등사판 ≪혁명가·동요편≫에서 선록. 8·15해방 후 널리 불렀던 가요.

주구를 치자*

세기는 밝았다 로동의 지축
붉은기 솟으며 태양은 떴다
우리를 못살게 굴던 주구야
그 죄장 말하라 분노의 웨침

굶으며 일하는 내 등을 처서
이웃은 굶어도 너만 먹었지
생사람 죽이며 웃던 놈들아
어서들 받아라 정의의 심판

원한을 품고서 죽은 아버지
눈물로 일생을 보낸 어머니
정의의 칼날을 높이 들어라
우리의 원쑤놈 주구를 치자

* 등사판 ≪혁명가·동요편≫에서 선록. 토지개혁 시기에 널리 불렀던 노래.

진군가*

더럽힌 동방하늘 전운을 뚫고
광명은 불꽃같이 굽이쳐 빛나
뛰노는 가슴파도 쇠북치나니
사무친 원한 풀려 나가 싸우자
우리 자유 우리 행복 우리의 조국
이 주먹 이 총칼로 빼앗아오자

혁명의 기발을 높이 들고서
쓰러지는 원쑤들을 치고부셔라
생사의 시련속에 자라난 우리
새조선 세워놓을 주춧돌이다
우리 자유 우리 행복 우리의 조국
이 주먹 이 총칼로 빼앗아오자

* 등사판 ≪혁명가·동요편≫에서 선록.

최후의 결전*

최후의 결전을 맞으러 나가자
생사적 운명의 판가리다
나가자 나가자 굳게 뭉치여
원쑤를 소탕하러 나가자
　　총칼을 메고 결전의 길로
　　다 앞으로 동무들아
　　혁명의 기는 우리 앞에 날린다
　　다 앞으로 동무들아

무거운 쇠사슬을 뺏어메치고
가슴에 사무친 원한 풀자
무산대중아 모두다 나가자
승리는 우리를 재촉한다
　　총칼을 메고 결전의 길로
　　다 앞으로 동무들아
　　혁명의 기는 우리 앞에 날린다
　　다 앞으로 동무들아

* 등사판 ≪혁명가·동요편≫에서 선록. 한국의 ≪광복의 메아리≫에도 수록되었는
데, 주제어가 많이 다르다. 윤세주(尹世胄)작. 전국 해방전쟁 시기 중국조선족들 속
에서 널리 불렸다.

토지얻은 기쁨*

오막사리 우리 집에도
광명한 새아침 닥쳐왔다네
　　에헤라 좋구나 에헤라 좋구좋다
　　새로운 우리 살림 꾸려보세

지주 토지 한간 토지를
우리 손으로 분배하였다네
　　에헤라 좋구나 에헤라 좋구좋다
　　새로운 우리 살림 꾸려보세

일터없이 헤매든 우리의
전답과 살림을 장만하였다네
　　에헤라 종구나 에헤라 좋구좋다
　　새로운 우리 살림 꾸려보세

팽이 메고 사립 나서니
밭마다 기쁨의 노래 부르네
　　에헤라 좋구나 에헤라 좋구좋다
　　새로운 우리 살림 꾸려보세

밭가는 우리께 땅 주는
공산당 우리의 구성이로세
　　에헤라 좋구나 에헤라 좋구좋다
　　새로운 우리 살림 꾸려보세

이곳 가득 곡식 심어서
배불리 먹고 살게 되였네
　　에헤라 좋구나 에헤라 좋구좋다
　　새로운 우리 살림 꾸려보세

* 등사판 ≪혁명가·동요편≫에서 선록. 순영 작. 지난 세기 40년대 말 토지개혁운동
시기 이 가요는 2절까지 많이 불렸다. 3.4.5절은 편자가 ≪겨레의 발자취≫에서 선
록하였다.

행진곡*

우리들은 새롭게 핀 무궁화로다
피고 피여 삼천리를 뒤덮을 때면
거치르던 이 동산도 마라다이쓰
다닥치는 모든 괴롬 달게 받으세

닦으라 굳센 마음
기르라 힘센 몸
그 마음과 그 몸이

우리것이 되도록

폭풍이 하늘 덮는 이 동산에서
굳세게 자라나는 나무들이다
굵고굵어 이 동산에 기둥되리니
단심으로 협력하여 나아갑시다

닦으라 굳센 마음
기르라 힘센 몸
그 마음과 그 몸이
우리것이 되도록

* 등사판 《혁명가·동요편》에서 선록.

혁명가*

시베리야 타향에 자란 이 몸이
자본제도 아래서 속박 받았네
나의 부모 동생들은 채쩍에 맞아
피눈물로 세월을 보내겠구나

온 세계의 무산자들 단합하라는
＋월혁명 대승리의 부르는 소리
자본가 지주들은 간곳이 없고
＋월아동단원들의 꽃이 피였네

저 멀리 널려있는 우리 동무야
어쨌던지 락심 말고 락관하거라

우리 피를 빨아먹던 자본가들은
이 세상에 그림자도 없이 부시라

* 등사판 《혁명가·동요편》에서 선록.

혁명군가*

시베리야 찬 바람아 불라면 불라
얼어드는 총대를 굳게 잡고서
찔러라 무찔러라 날창은 빛난다
원쑤의 최후는 우리가 결정하네

* 등사판 《혁명가·동요편》에서 선록.

혈서가*

무명지 깨물어서 붉은피를 흘려서
붉은기 그려놓고 천세 만세 부르자
한글자 쓰는 자여 두글자 쓰는 자여
무산혁명 군인되기 소원입니다

무산자 혁명군을 뽑는다는 이 소식
손꼽아 기다리던 이 소식은 꿈인가
감격을 못이기여 손끝을 깨여물고
무산혁명 군인되기 소원입니다

맑스 레닌 그 은혜를 언제나 갚으리
조선에 태여남을 자랑하며 울면서
혁명군에 가는 마음 천지가 아는 마음
무산혁명 군인되기 소원입니다

* 등사판 《혁명가 · 동요편》에서 선록.

강남아리랑*

정이월 다 가고 삼월이라네
강남 갔던 제비가 돌아오며는
이 땅에는 또다시 봄이 온다네

아리랑 아리랑 아리랑 아라리요
아리랑 강남을 어서 가세

강남이 어덴지 누가 알리요
마음 홀로 그린 열두해에
가본적 없으니 제비만 안다네

아리랑 아리랑 아리랑 아라리요
아리랑 강남을 어서 가세

* 항일투사 류동호 제공. 의용군에서 부르던 노래.

군민의 노래*

자유의 기발이 너풀너풀
군민이 손잡고 춤을 추네
봄나비 쌍쌍 무궁화 만발한
옛집을 찾아서 춤을 추네
　　라라라라라라라 멋들어졌고나
　　라라라라라라라 멋이로다

두만강 뛰넘어 슬렁슬렁
어깨춤 추면서 걸어갈제
줄줄이 쌍쌍 발맞춰 나가니
얼사 백두산 춤을 추네
　　라라라라라라라 멋들어졌고나
　　라라라라라라라 멋이로다

진리의 총칼을 번쩍번쩍
인민을 위하여 복무하자
모여라 쌍쌍 삼천만 민족은
우리의 군대를 옹호한다
　　라라라라라라라 멋들어졌고나
　　라라라라라라라 멋이로다

* 동북군정대학 길림분교 동창회준비위원회 편, ≪노래집-동북군정대학길림분교때
부른던 노래묶음≫(연변인민출판사, 1990. 2)에 수록. 이하 주에서 ≪군정대학노래
집≫으로 약칭함.

그 길은*

그 길은 진리의 길 혁명가의 길
용광로속에서도 변치 않는길
한번 먹은 그 마음 굽히지 말고
굳게 뭉쳐 나가세 광명의 길로

그 길은 투쟁의 길 혁명가의 길
붉은 피 다하도록 싸워나갈 길
가시덤불 돌바위 앞을 막아도
용감하게 나가세 정의의 길로

그 길은 승리의 길 혁명가의 길
꾸준한 노력 끝에 빛나는 영광
개선의 쇠북소리 들려오나니
쟁취한 그 기발을 높이 세우자

* ≪군정대학노래집≫에 수록. 리록당 작. 이 가요는 8·15해방 후 중국조선족들 속
  에서 널리 불렸다.

동맹군행진곡*

태양은 하늘에 솟고 대지도 노래해
짓밟히던 인민은 모두 광명한 새 세계 맞네
동맹군 뭉친 그 힘은 원쑤 쳐부수고
자유 해방의 새 세계로 전진하네

* ≪군정대학노래집≫에 수록.

무산자의 노래*

흐르는 두만강은 백두산이 수원이고
무산자의 목적은 공산사회라네
동무야 단결하여 굳게 싸우자
최후의 승리자는 우리 혁명군

동무들아 용감하게 철사망을 뛰여넘고
씩씩한 그 자세로 원쑤를 때려엎자
승리의 노래 높이 만세 만만세
최후의 승리자는 우리 혁명군

* ≪군정대학노래집≫에 수록.

미나리 타령*

미나리 미나리 돌미나리
타향산 골찌자기의 돌미나리
한두 뿌리만 캐여도
대바구니가 찰찰 넘치누나

에헤야 데헤야 좋구나
어여라 뜯어라 지화자자 캐여라
이것도 우리의 혁명이란다

남동무들은 꼭꽹이 메고
태항산 골짜기로 올라가서
한포기 두포기 더덜기 캐고

감자를 두둥실 심는구나

에헤야 데헤야 좋구나
어여라 뜯어라 지화자자 캐여라
이것도 우리의 혁명이란다

공산당 모주석 령도하에
동지들 굳게 단결하여
왜놈 제국주의 때려부시고
승리의 노래를 부르자

에헤야 데헤야 좋구나
어여라 뜯어라 지화자자 캐여라
이것도 우리의 혁명이란다

* 의용군에서 부른 노래, 항일투사들의 회상기에서 선록.

바다의 용사*

우리는 바다의 용사
힘차고 억세인 젊은이
붉은기 높이 날려
거친 물결 헤쳐나가네
넓은 바다 높은 파도
나가자 어서 나가
넓은 바다 높은 파도
헤이! 나가자 어서 나가자!

* 류동호 제공. 의용군에서 부른 노래.

방아타령*

엣다 좋구나
동원에 도리도 편시춘이요
가지마다 새싹이요 송이송이 꽃이피니
그립던 그봄이 돌아를 왔네
그립던 그봄이 돌아를 와요
에헤 에헤 에헤야 에헤야
일터를 막 뛰여 가자
에헤야 에헤야 에헤헤야
엣다 우겨라 방아로구나
흐르는 물결 이몸도 함께
명년 삼월에
에헤야 이 몸도 같이 오자

* 류동호 제공. 의용군에서 부른 노래.

배사공의 안해*

물결조차 사나운 저 바다가에
흩어진 배쪼각 주워모으는
저 아낙네 풍랑에 남편을 잃고
지난밤을 얼마나 울며 새였나
타신 배는 마사져도 돌아오건만
한번 가신 그분은 올길 없고나

오늘도 바다가에 외로히 서서
한옛날의 생각에 울다가 가네

빠른것이 세월이라 삼년이 되니
어느새에 유복자 키워다리고
바다가에 이르러 타이르는 말
어서 커서 아버지 원쑤를 갚자

* 류동호 제공. 의용군에서 부르던 노래.

선전대 대가*

무궁화 새싹 트는 조국의 땅
평화의 새 나라를 노래하자
희망이 넘치는 우리의 길
그 앞길 광명한 선전대

힘차게 나가자 노래하자
눈부신 새날을 밝혀주고
인민의 기쁨을 보여주는
큰 사명 짊어진 선전대

* ≪군정대학노래집≫에 수록. 군정대학 선전대대가.

새사회 주인*

삼십륙년 기나긴 력사 슬픔에 얽매인 우리
철제 끊고 나서니 그 힘 장하다
석탄 파는 광부의 시커먼 눈동자에도

밭가는 농민의 가슴속에도
　아 그의 붉은 피 오 조국의 영광
　삼천리 강산은 영원히 우리의것
　다시금 조국의 력사 더럽히려는 네놈 누구냐
　물러라 우리는 새사회 주인이다

장백산 눈보라속에 총칼을 추켜들고서
끝까지 적을 치던 김일성부대
만리장성 넘고넘어 태행산 돌자갈밭에
붉게 물들인 조선의용군
　아 그의 붉은 피 오 조국의 영광
　삼천리 강산은 영원히 우리의것
　다시금 조국의 력사 더럽히려는 네놈 누구냐
　물러라 우리는 새사회 주인이다

* ≪군정대학노래집≫에 수록. 8·15 해방 후 널리 불린 노래이다.

애민가*

물 떠나 고기는 살수 없으며
백성 떠나 군대는 있을수 없다
백성의 바늘 한 개 실 한오리나
쌀 한알 한쪼각의 헝겊이라도
범하거나 손해를 끼치지 말자
평화 민주 단결 위해 싸워나가며
인민 위해 복무하는 조선의용군

*≪군정대학노래집≫에 수록. 김유 작. 전국 해방전쟁 시기에 부르던 노래.

어둠을 뚫고*

포연탄우 떠도는 땅에
지리한 어둠이 샌다
천년 압제에 시달린
겨레의 령혼 일어나라
노예의 잔여들!

* 류동호 제공. 김학철 작. 의용군에서 부르던 노래.

우리는 조선의 전사*

우리는 조선의 전사
삼십륙년 얽매인 노예의 쇠사슬 끊고
광명 맞은 승리자
　　평화와 민주를 위해 과감히 나가 싸우자
　　빼여든 진리의 총칼 우리 적 무찌르리

우리는 조선의 전사
삼천만 대중 위해 철같은 규률로 뭉친
인민의 자제병
　　평화와 민주를 위해 과감히 나가 싸우자
　　빼여든 진리의 총칼 우리 적 무찌르리

우리는 조선의 전사
우리 힘 우리 피로써 조국을 굳세게 지키는 새사회 용사들
　　평화와 민주를 위해 과감히 나가 싸우자
　　빼여든 진리의 총칼 우리 적 무찌르리

* ≪군정대학노래집≫에 수록. 전국 해방전쟁 시기에 불린 가요.

우리 영광 끝없네*

한맘 한뜻 굳게 뭉치여
조국 위해 싸우는 영광
피가 어는 눈속에서도
그 싸움은 끊임 없다네

우리들이 싸워나가는 길은
광명의 길 독립해방의 길
힘차고 용감하게 나가 싸우자
영광하고 그 영광 끝없네

모든 것은 우리 손으로
꾸려가는 우리 영광
마귀같은 주림앞에도
굴함없이 힘차게 나가네

우리들이 싸워나가는 길은
광명의 길 독립해방의 길
힘차고 용감하게 나가 싸우자
영광하고 그 영광 끝없네

인민들의 뜨거운 받듬과
싸움속에 억세게 자라는
우리의 힘 누가 당하리
그 자랑은 끝이 없고나

우리들이 싸워나가는 길은
광명의 길 독립해방의 길
힘차고 용감하게 나가 싸우자

영광하고 그 영광 끝없네

피에 취한 원쑤놈들아
삼천만의 타는 분노는
내 가슴에 터져내리리
그다지도 비겁할거냐

우리들이 싸워나가는 길은
광명의 길 독립해방의 길
힘차게 용감하게 나가 싸우자
영광하고 그 영광 끝없네

동무들아 힘차게 나가자
우리 앞은 승리와 영광뿐
동무들의 희망을 걸머진
우리 사명 끝없어라

우리들이 싸워나가는 길은
광명의 길 독립해방의 길
힘차고 용감하게 나가 싸우자
영광하고 그영광 끝없네

* 《군정대학노래집》에 수록.

의렬단 단가*

이중교와 총독부에
홀린 피가 얼마인가
악마같은 우리 원쑤 처물리치는

우리는 3천만 대중앞에서
힘차게 걷고있는 선봉대다
만리 이역 이 땅에서
원한 품고 쓰러진 동지
나의 희망 너를 위해
최후까지 싸우리라.

＊ 의용군에서 부른 노래. 항일투사들의 회상기에서.

인민무장의 노래＊

전투 준비 하자 동북의 인민 사천만
용감히 일어나 총을 들고서
우리의 생명과 재산 지키자
우리의 살곳을 굳게 지키자
    에 단결하자 에 무장하자
    에 단결하자 에 무장하자
    군민이 굳게 손을 잡고
    새 동북을 세우자
전투 준비 하자 동북의 인민 사천만
용감히 일어나 총을 들고서
인민의 해독자 특무를 잡자
군중의 원쑤를 때려부시자
    에 단결하자 에 무장하자
    에 단결하자 에 무장하자
    군민이 굳게 손을 잡고
    새 동북을 세우자

＊ ≪군정대학노래집≫에 수록. 한어의 번역 작품으로 추정된다. 전국 해방전쟁 시기
많이 불렸다.

자장가*

아가야 우지마라 우지를 마라
너 아버지 만주땅의 그늘밑에서
삼천만의 무산동포 행복을 위해
새 조선의 의용군에 갔었단다

* 의용군에서 부른 노래. 항일투사들의 회상기에서.

자장가*

아기야 잘 자거라
너의 아빠 험한 쌈터에
이슬비 맞으며
피땀을 흘릴 때도
너를 잊지 못하리니
어린 아가야 잘 잘 자거라

* 의용군에서 부른 노래. 항일투사들의 회상기에서.

자유는 빛난다*

기세있는 반항의 함성속에
침략자의 비명은 떨리고
창조의 화염속에 착취자 몸부림친다
나가자 나가자 무찔러 무찔러
하늘을 뚫고 일어나는 선풍과 같이

강철의 두 주먹과 마치를 추켜잡고
소탕하자 우리의 원쑤를
창조하자 새 나라를
혁명의 혈조는 끓는다

* ≪군정대학노래집≫에 수록.

전가*

힘차고 굳세인 용사들 조선의 남녀야
일어나 싸우려 나가자
높이든 기발밑에 나팔소리 우렁차고
빼여든 칼날이 서리빛 같다

우리들 위풍 떨치는 곳마다 원쑤들 떨며
가을바람에 떨어지는 락엽처럼 되네

옳음과 날쌤을 터로 한 조선의 의용군
일어나 싸우려 나가자
삼천만 자유해방 위한 사명 크고크니
주저없이 힘차게 나가 싸우자

우리들 위풍 떨치는 곳마다 원쑤들 떨며
가을바람에 떨어지는 락엽처럼 되네

* 류동호 제공. 조선의용군 전가로 전해지고 있다.

조국 향해 나가자*

하나 둘 셋 발맞춰 총을 메고 나가자
씩씩하고 용감한 조선의 용사들
오늘은 화북거리 래일은 만주 지나
앞의 장애 물리치고 조국 향해 나가자
진리로 굳게 뭉친 우리 강철대오는
모든 정신 행동 인민 위해 노력해
용감히 싸우리라 조국의 해방 위해
끝까지 싸우리라 인민의 자유 위해

* ≪군정대학노래집≫에 수록. 정률성 작. 조선의용군에서 불린 노래.

조선의 노래*

백두산 뻘어내려 반도 삼천리
무궁화 이 강산에 력사 반만년
대대로 이어사는 우리 삼천만
복되도다 그 이름 조선이로세

삼천리 아름다운 이 내 강산에
억만년 살아나온 조선의 자손
길러온 재주와 힘을 모두 해
우리들의 앞길은 찬란하도다

보아라 이 동산에 밤이 새나니
삼천만 너도 나도 함께 나가세
광명한 아침해가 솟아오르면

기쁨에 목마르게 노래 부르자

* ≪군정대학노래집≫에 수록. 조선의용군에서 불린 노래. 한국의 ≪광복의 메아리≫
  에 수록된 ≪대한의 노래≫와 비슷한 점이 많다.

조선의용군가*

드높이 우뚝 솟은 백두산기슭
옛조상 얼이 스민 넓은 벌에서
쓰러진 조국 위해 굳게 잡은 칼
그 의분 장하도다 조선의용군

황하와 양자강을 넘나들면서
팔년간 항일전쟁 서로 도우며
끝까지 지켜온다 이 정신을
그 기개 장하도다 조선의용군

* ≪군정대학노래집≫에 수록.

조선의용군 송가*

무궁화 삼천리 빛나는 강산
사천년 력사 깊은 우리 조국을
길이길이 복되게 보전하려고
아, 선듯이 몸을 바친 우리 의용군

백두산하 만고수풀 집으로 삼고

넓고넓 은 동북들을 무대로 삼고
조선남아 굳은 기개 자랑하면서
아, 거룩한 피를 흘린 우리 의용군

부모처자 여의고 고국을 떠나
만리장성 넘어서 황하를 건너
넓고넓은 들 끝에서 십륙년간을
아, 거룩한 피를 흘린 우리 의용군

* ≪군정대학노래집≫에 수록.

조선의용군추도가*

사나운 비바람이 치는 길가에서
다 못가고 쓰러지는 너의 뜻을
이어서 이룰 것을 맹세하노니
진리의 그늘밑에 길이길이 잠들어라
불멸의 영령

* ≪군정대학노래집≫에 수록. 김학철 작.

조선의용군행진곡*

중국의 광할한 대지우에
조선의 젊은이 행진하네
발맞춰 나가자 다 앞으로

지리한 어두운 밤 지나가고
빛나는 새날이 닥쳐오네
우렁찬 혁명의 함성속에
의용군 기발이 휘날린다
나가자 피끓는 동무야
모여라 조선의 용사를
우리 힘 굳세게 뭉치여서
두만강 압록강 뛰여넘어
새로운 조선을 건설하자
전진 전진 광명한 저 앞길로

* ≪군정대학노래집≫에 수록. 이 가요는 처음 조선의용대에서 리정호가 창작했는데 ≪중국의 광활한 대지우에서≫라고도 불렸다. 연변예술학원의 김덕균교수에게 항일로간부 김현대동지에게서 받은 이 노래의 등사본이 있는데, 거기에 근거하면 9행부터 12행까지가 지금 이 가요와 달리 ≪뚫어라 원쑤의 철사방/ 양자와 압록을 뛰여넘고/ 피문은 만주벌 결승전에/원쑤를 동해로 내여몰자≫로 되었다. 여기서 ≪양지와 압록≫이 처음 지을 때에는 ≪양자와 황하≫임이 여러 항일투사들에 의하여 밝혀졌다. 여기서 알 수 있는 바, 지금 여기에 수록하는 이 가요는 새로운 형세에 맞추기 위해 고쳐진 것이다. 뿐만 아니라 이 가요는 제목도 ≪동북민주련군행진곡≫, ≪민주련군행진곡≫ 등으로 바뀌고, 제12행이 ≪국민당 반동파를 때려부시자≫는 것으로 바뀌어 해방 후에도 널리 불렸다.

팔로군과 의용군*

팔로군과 의용군 대단히 좋아해
니디나 워디나 형제나 한가지
둘이서 총을 메고 일본놈 족치니
왜놈이 아이쿠 데이쿠 도망갔다구

짐승같은 왜놈아 올려면 또 오라
의용군은 정치공세 전개하고

팔로군은 유격하며 민병은 지뢰묻어
왜놈이 지뢰를 메시메시 꺼꾸러진다

백성님네 우리의 어머니 한가지
백성님네 없으면 우리도 메유디
당신네는 군대 돕고 군대는 백성 사랑해
니디 생산 위디 전쟁으로 파시스메왕

* 의용군에서 부른 노래. 항일투사들의 회상기에서.

한강의 노래*

반도의 긴긴 력사 내 맑은 품이
애타는 젊은이의 가슴에 있건만
사나운 비바람에 시달리여서
황막한 뜰에 쫓기여 고달피 사누나
흐르고 길게 흘러 영원한 락토에
어린이 뛰여노는 그 나라 찾아서
자유의 기쁜 노래 가벼운 춤에
마음껏 즐겨하면서 환향을 서두르네

* 류동호 제공.

합창대 대가*

부화한 구사회 무찌르고
민주 평화를 노래하네

빛나는 새사회 건설하자
우리는 라라라 합창대

혁명의 새싹 튼 동북의 땅
힘차게 자라는 군정대학
희망에 넘치는 우리의 길
우리는 라라라 합창대

인민의 복무자 배양하는
즐거운 배움터 군정대학
그 앞날 끝없는 광명의 길
우리는 라라라 합창대

* ≪군정대학노래집≫에 수록.

혁명가*

동무들아 굳게굳게 단결해
생사를 같이 하고
여하한 박해와 압박에도
끝까지 굴함없이
우리들은 피끓는 젊은이
혁명군의 선봉대

닥쳐오는 혈전은 우리의
필승을 보여주네
압박 없고 착취 없는 새 사회를
과감히 쟁취하자

우리들은 피끓는 젊은이
혁명군의 선봉대

* ≪군정대학노래집≫에 수록, 리정호 작. 한국의 ≪겨레의 맥박≫에 ≪광복군제1지
대가≫로 실렸다. 후렴이 서로 다르다.

혁명가*

비온후 어둔 밤 암흑속에서
반짝반짝거리는 반디불은
진리를 위하여 싸우다 쓰러지던
선렬 영령이 우리를 찾아온 듯

* ≪군정대학노래집≫에 수록.

호메가*

동산천리 돋으신 해는
점심때가 되어온다

에헤라 에헤에라 호호메야
호메 호메를 메고 가자

알뜰하게 가꾸어라
땀에서 나온 곡식이로다

에헤라 에헤에헤 호호헤야

호메 호메를 메고 가자

일하면서도 배울수 있는
즐거운 일터로다 배움터로다

에헤라 에라에라 호호메야
호메 호메를 메고 가자

오늘 맬 김 다둘러 매고
오던 길로 돌아가자

에헤라 에라에라 호호메야
호메 호메 메고 가자

삼복철이 다 지나가고
추석날에 찰떡 처먹자

에헤라 에라에라 호호메야
호메 호메를 메고 가자 李敏

* ≪군정대학노래집≫에 수록. 항일투사 류동호 작으로 1940년대 초 화북지구 조선
의용군에서 부르던 노래. 해방 후에도 많이 불렸다.

고향수심가*

아니 떨어지는 나의 걸음으로
한줄기 두만강을 리별하고서
목적지 만주국에 도착하였네

칼바람 눈보라 불어치는데
여기서 고향을 작별하는 설음에
차디찬 달빛아래 외로이 섰네

고향소식 간절하게 알고싶으나
들리나니 북만주의 찬바람 소리뿐
보이나니 반공중에 반달뿐이요

* 리민 편 ≪항일련군가곡선≫에 수록. 이 책은 하얼빈 동방경제문화중심에서 1995
  년 12월에 출판하였다. 리민(李敏, 1924년생) 조선족 여성 항일투사. 이하 주에 ≪
  항일련군가곡선≫으로 약칭함.

9·18기념가*

왜놈 동북 강점해
5년이지만 수복 못하여
형제와 자매들 학살당한다
땅을 앗기고 집도 다 잃어
삼천만 동초 재앙 심해
잊지 말자 수치스런 구월 십팔일
매국적들은 왜놈과 짜고
상해와 당고에서 협정을 맺어
민족리익을 팔아먹었다
중조인민은 굳게 련합해
왜놈들과 매국적을 때려부시자

* 리민 편 ≪항일련군가곡선≫에 수록.

그리움*

저녁노을은 서산에 기울어지고
고요한 밤은 드넓은 땅을 감싸주네

한줄기 어스른 달빛이 내 품에 안겨들면
그대의 사랑이 가슴에 맴도네

넓고 넓은 해변에 갈매기 울고
파도와 더불어 내 가슴 설레이누나

한줄기 어스름 달빛이 내 품에 안겨들면
그대의 사랑이 가슴에 맴도네

출렁출렁 파도는 해변을 쓸어도
그대와 거닐던 자욱은 지우지 못하네

한줄기 어스른 달빛이 내 품에 안겨들면
그대의 사랑이 가슴에 맴도네

* 리민 편 ≪항일련군가곡선≫에 수록. 리민이 부른 노래.

나물 캐는 노래*

이른 새벽 이슬 맺히고
눈부신 노을이 비단같으며
자욱한 안개속에 아물거리는
고즈넉한 정적속에

샘물이 졸졸 새가 지종
선경처럼 아름다워요
높은 산 깊은 물 푸른 수풀속에
꽃냄새 맡으며
섬섬옥수 나물 캐는 처녀들
아침해 뜨면 나물 캐여이고
숙영지에 들어와 반찬을 메워요

산과 들엔 록음 방초
울긋불긋 꽃들이 반기여주고
싱그런 꽃냄새 그윽한 속에
쟁쟁히 들려오는 노래소리
앞뒤산이 주고받으니
유쾌하기 그지없어요
월봉산 고운산 푸른 수풀속에
나물도 좋아요
섬섬옥수 나물 캐는 처녀들
저녁해 저물면 나물 캐여이고
숙영지에 돌아와 저녁을 지어요

* 리민 편 《항일련군가곡선》에 수록. 리민이 부른 노래.

농촌쏘베트*

제국주의 군벌들은
발악소리 높은데
혁명이 왔다고
물끓듯 하누나

에헤 에헤야
끝까지 피 흘려라
아무리 보아도
농촌쏘베트로다
농촌쏘베트로다

지주놈과 자본가는
그중에서 발악하고
로동자 농민들은
무장하고 나섰다

에헤 에헤야
끝까지 피 흘려라
아무리 보아도
농촌쏘베트로다
농촌쏘베트로다

동무들아 친구들아
준비하자 내 무장을
망치나 도끼를
모두 들고 나서자

에헤 에헤야
끝까지 피 흘려라
아무리 보아도
농촌쏘베트로다
농촌쏘베트로다

* 리민 편 《항일련군가곡선》에 수록. 리민이 부른 노래.

단풍가을*

단풍잎 흩날린다
산과 들에 가을이 왔다
전우들 서로 손 잡고
심산속을 거닐은다

봇나무 츨츨하고
이깔향기 싱그럽고나
싱그러운 향기처럼
우리 우정 길이 남으리

* 리민 편 ≪항일련군가곡선≫에 수록.

달밤*

둥근 달 밝은 밤에 바다가에
엄마를 찾으려고 우는 물새
남쪽나라 먼 고향 그리워하며
엄마 엄마 부르는 작은 갈매기

* 리민 편 ≪항일련군가곡선≫에 수록. 리민이 부른 노래.

도리영춘(桃李迎春)*

푸른 산 푸른 물 푸르른 봄철에
구름 비켜라 붉은 해가 나타나

아름답고 광명한 새세계 이루게
복숭아꽃 오얏꽃 떨어지지 않도록
바람도 세차게 불지 말어라
뜨락안팎에 울긋불긋 꽃이 피도록
도화는 붉고도 빛나고
오얏꽃은 햐얗게 눈부시다
꿀벌과 나비들이 꽃을 찾아오니
사랑스럽다 어서 날아예어라

봄바람 산들산들 버들가지 춤춘다
새도 찾아와 목을 놓아 부른다
아름답고 우아한 새들의 노래를
꽃나무에 앉아서 노래하는 새들을
정차게 놀도록 쫓지 말어라
뜨락안팎에 온갖새가 날아들도록
도화는 붉고도 빛나고
오얏꽃은 하얗게 눈부신다
꿀벌과 나비들이 꽃을 찾아오니
사랑스럽다 어서 노래 불러라

* 리민 편 《항일련군가곡선》에 수록.

동북반일청년의용군가*

왜놈들 쳐와서 살판을 친다
지옥속에 빠진 청년 그 얼마드냐
분투하는 길만이 살아갈길이다
우리는 동북반일청년의용군

한간 주구들 나라를 팔았으니
민중들은 무장해야 살아나간다
역적들을 타도하고 정부 세우자
우리는 동북반일청년의용군

피끓는 사나이 죽음을 겁내랴
동삼성의 왜적들을 쫓아버리자
민족해방 쟁취해야 영웅이란다
이것이 바로 반일청년의용군

서광이 보인다 발걸음 맞추자
적의 간담 서늘하게 싸워나가자
일본강도 쫓기전에 물러설소냐
전진하자 반일청년의용군

* 리민 편 ≪항일련군가곡선≫에 수록.

동북보안군*

피에 젖은 동북땅에 혁명렬화 솟는다
우리들은 인민 위한 동북보안군
피흘리고 넘어진 동지들을 위하여
왜놈들을 소멸하고 원쑤를 갚자

곤난 희생 두렴없이 용감하게 싸우자
우리들은 인민 위한 동북보안군
사나이답게 싸우자 죽음이 두려울소냐
영용하게 돌격하여 원쑤를 치자

* 리민 편 ≪항일련군가곡선≫에 수록.

동북항일련군 군가*

우리들은 민중의 무장부대다
타도하자 국민당과 일본놈들을
민족혁명전쟁으로 용감히 싸워
우리 땅을 수복하고 주권을 찾자

우리들은 동북의 항일련합군
타도하자 만주국과 일본놈들을
민중정부 성립하여 굳게 세우자
최후 승리 달성하자 항일 련합군

* 리민 편 ≪항일련군가곡선≫에 수록.

련군옹호가*

동포형제 노력합시다
재난의 로고민중 건져줍시다
왜놈들과 만주국을 타도하여야
우리 생존 우리 자유 찾는답니다

공인농민 파산당하고
도살된 동포형제 수천수백만
일제침략 우리에게 강박한 고통
항일해야 그 고통을 벗는답니다

쏘련은 우리의 친구랍니다
홍군은 우리 민중 부대랍니다

제국주의 엉키어서 쏘련을 치니
무장으로 쏘베트를 보위합시다

동포형제 노력합시다
민중정권 선거하여 건립합시다
중화민족 항일기발 높이 쳐들면
틀림없이 최후 승리 거둔답니다

* 리민 편 《항일련군가곡선》에 수록.

로영의 노래*

철령절벽 수풀속에도 강기슭에도
광풍폭우 광야에 전마가 운다
우등불빛이 하늘 비추니
동지들아 세파속에 투지 굳게 다지자
일어나서 돌격해가자
동북땅 수복할 새아침 빛발치리라

침침한 하늘 조습한 풀밭 모기떼 덮쳐
숨막히는 전사의 땀에 젖은 옷
붉은피로 물들이누나
전사들아 우리 열성 천산막악 타넘으리라
분투하자 책임 크거늘
적진을 박차자 서광이 앞에 보인다

백골이 깔린 황야의 밤에 적진에 들러
전마도 발걸음 멈춰서며

서리에 젖어 불도 꺼진다
형제들아 경박폭포 꿈에서 우릴 깨운다
손에 손잡고 함께 싸우자
왜놈을 부시면 강산이 바뀌우리라

산풍속에 눈보라 일어 흑한속에
전마도 사람도 잠못 이룬다
품은 더우나 등은 시리다
장골들아 분발하여 눈강벌 휩쓸어보자
거룩한 뜻 꺾이울소냐
각민족 각계급 단결해 강산을 찾자

* 리민 편 《항일련군가곡선》에 수록. 항일투사 리조린, 우천방, 진뢰가 같지 않은
  곳 같지 않은 때에 지었는데 누가 후에 조합했다고 한다.

마지막 피 한방울*

잘있으라 조국강산이여
다시보자 압록강물이여
사랑하는 부모와 벗들 헤여져
조국을 떠나노라
압박받는 노예
우리 모두다 떠돌며 고생하는
백성들이다
장시기 노역은 우리를 불러깨웠다
조국을 광복시켜
무진한 고난에서 벗어나게 하자
번신해야 한다

해방해야 한다
무거운 쇠사슬 벗어버리자
일어나라 압박받는 노예들
우리의 정열 밀물같고
우리네 힘은 강철같다
우리 함께 뭉치여 주먹을 쥐고
왜놈침략자 때려부시자

* 리민 편 《항일련군가곡선》에 수록. 리추악 작. 원문 2절은 뜻이 통하지 않아 삭제
 했다. 李秋岳(1901-1936) 저명한 조선족 여성 항일투사.

만주지옥*

중국땅에 위만주국 생기여났다
나라가 아니고 산 지옥이다
가난한 신세 생각할수록
나라가 망한 그날부터 압박뿐이다
삼천만 동포, 동포 삼천만
그 누군들 망국노가 되고싶으랴

왜놈들과 만주국을 그냥 두고는
헐벗고 굶주림 한길밖에 없다
중화국토를 도로 찾아야
원쑤를 갚고 동포들을 건지여내리
삼천만 동포, 동포 삼천만
그 누군들 망국노가 되고싶으랴

* 리민 편 《항일련군가곡선》에 수록. 양광화 작. 양광화는 1934년 중공만주성위 서
 기였다.

만회가*

선경다운 밤 달빛아래에
우렁찬 박수소리
울려퍼지네
춤도 덩실 즐거웁게 우등불 둘러
청춘을 자랑한다네
철같은 투쟁의 뜻을 벼르고 별러
굳세게 손잡고
새세계를 창조해가자
서로 돕고 사랑하며
혁명의 청춘 빛내자

* 리민 편 《항일련군가곡선》에 수록. 왕일지 작, 리민이 부른 노래.

모범학교소년가*

모범학교 소년은 학습에 노력해
나날이 진보해 모범소년 되여라
되여라 되여라 모범소년 되여라
되여라 되여라 레닌소년 되여라

모범학교 소년은 레닌주의를 배우자
레닌소년이 되려면 레닌주의를 배워라
배우자 배우자 레닌주의를 배우자
배우자 배우자 레닌주의를 배우자

과도시기 지나서 공산주의가 된다면

우리의 사회는 락원이 되리라
건설자 건설자 사회주의 건설자
건설자 건설자 사회주의 건설자

* 리민 편 《항일련군가곡선》에 수록. 최용건 작. 1928년 탕원현에 모범학교를 세울
때 교가로 지었다.

미혼진*

왜놈토벌대 산에 들때에
우린 물러서 적을 이끌어
깊고깊은 산골 끌어들였다
항일련군의 묘한 전술에
왜놈들 미혼진에 빠져들었다

에에 예예 에에 예예
왜놈들 미혼진에 빠져들었다

사면팔방에 총소리 나니
와락 복병이 떨쳐나선다
왜놈들 모두 어리둥절하여
독에 든 쥐신세 되였다
겹겹 포위속에 빠져들었다

에에 예예 에에 예예
왜놈들 포위속망 빠져들었다

밤낮 열흘째 골리여주니

식량 탄약 모두 떨어져
항일련군 식은죽 먹기로
원쑤놈들을 때려잡으니
미혼진에 적은 혼이 빠졌다

에에 예예 에에 예예
왜놈들 미혼진에 혼이 빠졌다

* 리민 편 《항일련군가곡선》에 수록.

백두산아리랑*

아리랑 아리랑 아라리요
아리랑 고개를 넘어간다
문전의 옥토를 내버리고
북만땅에 떠도는 신세로다
아리랑 아리랑 아라리요
아리랑 고개를 넘어간다

아리랑 아리랑 아라리요
아리랑 고개를 넘어간다
삼천리 금수강산 내버리고
시베리야 타향살이 하고있다
아리랑 아리랑 아라리요
아리랑 고개를 넘어간다

아리랑 아리랑 아라리요
아리랑 고개를 넘어간다

부모도 친척도 다 버리고
울며불며 압록강을 건너왔다
아리랑 아리랑 아라리요
아리랑 고개를 넘어간다

아리랑 아리랑 아라리요
아리랑 고개를 넘어간다
백두산에 붉은기 나붓기며
해방의 그날을 기다린다
아리랑 아리랑 아라리요
아리랑 고개를 넘어간다

* 리민 편 ≪항일련군가곡선≫에 수록. 항일투사 김옥선이 부른 노래.

뱃놀이 나가자*

록수야 출렁출렁 남실거리는 한강에로
동자야 배를 저어 뱃놀이 가자
어기여차 배를 저어 함께 나가자
은하수 끝까지 별 가는 끝까지
저어나가자
둥실둥실 배 떠나간다

하늘에 노을빛이 사라지기도 전에
동자야 배를 저어 뱃놀이 나가자
어기여차 배를 저어 함께 나가자
은하수 끝까지 별 가는 끝까지
저어나가자

둥실둥실 배 떠나간다

* 리민 편 ≪항일련군가곡선≫에 수록. 최석친(최용건) 작, 리민이 부른 노래.

붉은 기발 높이 들자*

붉은 기발 높이 들자 펄펄 날리게
중조민족 항일투쟁 기세 드높다
류혈희생 두려우랴
개선가가 그침없이 산과 들에 울린다

동지들을 반겨 맞는 환성 드높다
일본강도 남김없이 쓸어버리고
우리 국토 수복하고 인민정권 세우자
개선가를 부르자 혁명성공 만만세

* 리민 편 ≪항일련군가곡선≫에 수록.

붉은기 휘날리네*

붉은기 휘날리네 성스런 모임에
사면팔방 전사들이 다시 만났네
여러분들 성심으로 환영합니다
우리 함께 뭉치여 적을 칩시다

웃음속에 손잡고 나누는 이야기

서로서로 격려하니 슬기롭다네
노래소리 우렁차고 칼춤도 흥겹다네
항전승리 축배 들날 그려본다네

＊ 리민 편 《항일련군가곡선》에 수록.

사나이장담가*

사나이들아 모두 보아라
천연복지 우리 동북땅
아름다운 금수강산이
왜놈께 삼키웠다 에헤요 에헤요
왜놈들께 삼키웠다 에헤요

남녀로소 동포 삼천만
왜놈 손에 목숨 잃는다
나라 위해 사나이답게
세상에 이름 날리자 에헤요 에헤요
세상에 이름 날리자 에헤요

왜놈들이 동북에 와서
천만 동포 살해하였다
항일련군 총칼을 들고
용감히 왜놈들을 친다 에헤요 에헤요
용감히 왜놈들을 친다 에헤요
강덕의 정권 뒤집어엎고
한간 주구 없애버리자
한맘으로 왜놈들과 싸워

사나이답게 영웅되자 에헤요 에헤요
사나이답게 영웅되자 에헤요

* 리민 편 《항일련군가곡선》에 수록.

사철멸적가*

해동하면 초목이 자라나고
유격전쟁으로 들에서 싸우니
왜놈들 꼬리이어 도망치누나
우리 강산 수복해 인민 구하면
광명세계 이룩되리라
뭉치어 충심으로 우리네 백성들을 사랑하자
중화의 동포 책임 버리랴
총칼을 들고서 왜놈을 찌르자
강도 치는 혁명투쟁에 돌격해가자

여름철엔 백화가 만발하며
구국남아 전사 전선에 달려가
폭풍우 헤치며 싸워나간다
불공대천 원쑤의 착취압박을
일소하고 개선하리라
한간과 주구놈을 간첩과 반역자를 용서하랴
중화의 남아 의지 굳세게
위만주정권을 뒤집어엎고
일제놈의 염라왕궁을 무너뜨리자

가을 바람 사나이 고무한다

장백 흥안산의 치렬한 전투에
더운 피 뿌렸다 혁명 위하여
총림탄우 헤치며 싸워나가자
불요불굴 영웅이 되자
뭉치자 중화민족은 노예의 멍에에서 벗어나자
자유를 위해 어서 깨여나
구국의 책임을 떠맡으면서
최후 승리 높이 웨치며 경축하리라

눈보라에 나뭇잎 흘날린다
항일군인 지사 판가리 싸움에
독립과 해방 위해 싸워나간다
전방 후방 모두다 유격전으로
굴함없이 적과 싸운다
망국의 치욕속에 왜적을 치지 않고 고향가랴
기세 드높이 가슴을 펴자
목숨을 내걸고 맞서 싸우자
승리의날 붉은 기발이 휘날리리라

* 리민 편 《항일련군가곡선》에 수록. 항일투사 진뢰 작.

사철유격*

경치 좋은 봄철 유격전
봄바람에 자라난 푸른 잔디밭
꽃향기 새노래 락원같고나
혁명투쟁 새싹도 이와 같도다

유리한 자연조건 리용하면서
적들의 행동을 불편케 하며
용감히 적들을 때려눕히여
항일투쟁 토대를 구축하자

초목도 도와주는 여름 유격전
풀밭과 수풀은 좋은 은신처
덤비지 말고서 적을 겨누며
침착하게 싸워야 이길수 있다

여름철 고생이 두려울소냐
바람자고 무더우면 땀투성 되고
모기떼 덮치여 기막히지만
장래 행복 위하여 모두 참는다

경치가 쓸쓸한 가을 유격전
기러기 남으로 날아가는데
부모님 자식을 기다리거늘
어서 싸워이겨서 상봉하자

가을철 유격전 상쾌한 날에
계책을 잘 꾸며 적을 답새자
여기서 저기서 신출귀몰해
야간습격 이기니 소문 크고나

날씨가 사나운 겨울 유격전
삭풍에 눈보라 살을 에인다
손발이 얼어서 갈라터지나
애국남아 의지를 꺾지 못한다

겨울철 유격전 장끼 부리자
썰매신 신고서 활개를 치면
기병도 왔다가 울고 간단다
일본놈을 내쫓고 이름 날리자

* 리민 편 《항일련군가곡선》에 수록. 양정우 작. 양정우(揚靖宇, 1905-1940) 저명
  한 항일투사.

소년단의 노래*

동만의 평원에서 태여난 우리
꽃처럼 아름답고 향기 뿜는다

목놓아 노래하자 꼬마동무들
승냥이 호랑이도 무섭지 않다

우리네 지도사상 맑스주의다
시월혁명 따라서면 희망이 있다

* 리민 편 《항일련군가곡선》에 수록.

소년장담가*

쏜살같은 세월을 허송할소냐
청년동무들 책임 무겁다
칼을 들고 웨치자 장한 뜻을
소년은 대공과 대업으로

진정한 호걸되여
세계의 앞장에 서야 하리
허송세월 말고 군훈과 구학에 힘쓰자

* 리민 편 ≪항일련군가곡선≫에 수록.

송별가*

정든님 바래네 홍안령 산으로
정든님 바래네 송화강 건너로
기슭에 기대여 눈물을 뿌리네
미워라 왜놈들 침략해 들어와
우리부처 천만리 리별케 했네
바라나니 왜놈들 멸종시키고
다시 만나 행복을 누려보세나

* 리민 편 ≪항일련군가곡선≫에 수록. 리민이 부른 노래.

송화강변*

구름 없는 밤하늘에 별이 빛나고
고즈녁한 강변에 물새가 운다
백두산록 송화강변 여기 전선에
달빛아래 혁명전사 총들고 지킨다

* 리민 편 ≪항일련군가곡선≫에 수록.

송화강물 흘러흘러*

송화강물 흘러흐른다
왜놈 치지 않고 참을수 없다
장백산엔 영웅들이 많은데
양정우 장군님이 으뜸이시다

양사령 전우 수없이 많다
기발 높이 싸워나간다
몽강기슭 밀림을 찾아
대본영을 튼튼히 세워놓았다

민족영웅 양사령님은
굴함없이 병마를 거느리시고
송화강 따라 적을 무찌르며
밀림속에 신출귀몰 하시였다

양사령님은 인민들을 아끼여
헐벗고 굶주려도 참아 이기며
백성의 리익 추호 불침범하니
백성들은 양사령께 감사 드린다

팔년동안 심산속에서 혈전하시고
양사령님 희생하셨다
해와 달처럼 빛나는 이름
우리들의 마음속에 살아계신다

* 리민 편 ≪항일련군가곡선≫에 수록.

송화강아리랑*

아리랑 아리랑 아라리요
아리랑고개를 넘어간다
청청한 하늘엔 별도 많고
인간의 사회는 불평 많다

아리랑 아리랑 아라리요
아리랑고개를 넘어간다
오동하 벌판엔 모기도 많고
송화강 강변엔 토비 많다

아리랑 아리랑 아라리요
아리랑고개를 넘어간다
송화강 홍수는 년년 와서
농사군은 또다시 이사간다

* 리민 편 ≪항일련군가곡선≫에 수록.

싸우자*

비바람도 쓸쓸한데
가시덤불 헤치노니
험악한 앞길에 울음소리 산란하고나
금루옥우 간데 없고
백골무지 랑자하거늘
험산도 창해도 피눈물 뿌리누나

금수강산 어데더뇨
피비린 내 웬일이냐
오천년 청사가 왜놈에 짓밟힌다
전국인민 굳게 뭉쳐
목숨걸고 싸우세
살길은 한길뿐 함께 싸워가자

* 리민 편 ≪항일련군가곡선≫에 수록. 주보중 작. 주보중(周保中, 1902-1964) 저명
  한 항일투사.

싸움이 붙었다*

보아라 공인들 싸움 붙었다
어서들 망치를 놓고 싸우러 가자

헤이 쏘베트 받들고 용감히 싸우자
목숨을 아끼랴 싸우러 가자

보아라 농민들 싸움 붙었다
어서들 연장을 놓고 싸우러 가자

헤이 쏘베트 받들고 용감히 싸우자
목숨을 아끼랴 싸우러 가자

보아라 학생들 싸움 붙었다
어서들 책보를 놓고 싸우러 가자

헤이 쏘베트 받들고 용감히 싸우자

목숨을 아끼랴 싸우러 가자

보아라 병사들 싸움 붙었다
어서들 총부리 돌려 싸우러 가자

헤이 쏘베트 받들고 용감히 싸우자
목숨을 아끼랴 싸우러 가자

공농상학병 모두 동포다
나라는 망해도 마음 살아있다

헤이 쏘베트 받들고 용감히 싸우자
목숨을 아끼랴 싸우러 가자

* 리민 편 ≪항일련군가곡선≫에 수록.

안중근을 추모하며*

장하다 안중근
이등박문 쐬죽이고
망국원한 풀었다
세상이 우러러 보는 그 이름
청사에 빛나리라
그의 뒤를 따를자 누구냐

* 리민 편 ≪항일련군가곡선≫에 수록.

오월일일 로동절*

오월일일 로동절 대검열이다
미쳐날뛰는 국제자본가들은
공농의 피를 빨아먹으며
식민지를 강탈해 실업당한 우리다
단결하여 두려움없이 싸우자
제국주의 파시스 독사처럼 악해도
정신차리여 싸워나가자
노예해방의 그날 위해
싸우자 레닌기발 높이
공농을 위해 대동세계를 쟁취해오자

* 리민 편 《항일련군가곡선》에 수록.

왜놈을 몰아내리라*

민족혁명 중책을 짊어진 우리
목숨 걸고 왜놈들을 몰아내리라
왜놈은 멸망을 면치 못한다
항일련군 전사들 날카로운 기세로
적진 향해 돌격전을 벌리니 적은 벌벌 떠누나
목숨을 아끼랴 슬기롭게 강산 빼앗자
해방 서광 아침해 솟아오른다
강적을 무찔러 용감히 달리자
붉은 기발 동북에 휘날리리라

* 리민 편 《항일련군가곡선》에 수록.

용진가*

장백산하 동북들판 우리 싸움터
항일영웅 웨침소리 하늘 찌른다
동삼성 반일군민 기세 드높다
항일련군 슬기롭게 달려나간다

전화속에 번개친다 우리의 총칼
시련속에 우리 투지 더욱 커진다
야수 향해 사격하자 기술스럽게
침략자를 남김없이 쓸어눕히자

혁명인민 일당백의 멸적 위세로
천신만고 무릅쓰고 달려나간다
적의 머리 락화류수 피치 못하리
승리 기발 휘날리고 노래 드높다

자유종은 온 세계에 쩡쩡 울리고
그 어데나 혁명기발 펄펄 날린다
자유롭고 평화로운 새 세상속에서
소리 높이 인간락원 노래 부르리

* 리민 편 ≪항일련군가곡선≫에 수록.

우리네 동북을 사랑합시다*

동북동포 사천만을 사랑합시다
자원 많은 동북땅을 사랑합시다

지하에는 석탄 철광 산에는 수림
오곡잡량 없는것이 없는 동북땅

일본제국주의는 침을 흘리며
동북땅을 호시탐탐 노려봅니다
사십여년 하루같이 야심을 품고
사람을 잡으려고 이를 갑니다

비행기 대포소리 요란한속에
봉천을 강점한 9월 18일
무장 뺏고 우리 장관 잡아가면서
동포들을 무참하게 죽였습니다

분노한 백성들은 떨쳐일어나
동분서주 투쟁을 준비합니다
애국심을 불태워 항일군 무어
목숨걸고 용감히 싸워갑니다

* 리민 편 《항일련군가곡선》에 수록.

우정*

왜놈들 압박착취 반대하는 우리
조선의 동무들과 한마음이란다
빙설이 천지에서 함께 싸우는 우리
전투속에서 우정 얽히여졌다

밀림은 우리들의 보금자리란다

우등불 에워모인 중조형제들
분투와 희망 목청껏 노래하며
삭풍속에도 끓는 피 식지 않는다

운명을 같이하여 싸워가는 우리
내가 부상입을 때 네가 도와주며
하나의 기발밑 싸워가는 길에
우리들의 우정은 얽히여진다

한장의 나무껍질 비를 막고
손에 손을잡고 싸워나간다
발 풀친 전우는 얼싸 업고 나간다
진창길을 헤치면서 함께 달린다.

어두운 밤하늘이 앞을 가리면
우리는 손을 잡고 더듬어간다
절벽을 넘어갈 때 손을 놓치면
휘파람 불어 손과 손 다시 잡는다

* 리민 편 ≪항일련군가곡선≫에 수록.

유격대가*

호호탕탕 흑룡강 높은 장백산
세세대대 천백년 살아온 곳에
일본강도 대포소리 하늘 울리며
피바다를 만드니 비참하여라

이 나라의 강산주권 우리것인데
우리 옥토 일본놈이 빼앗아간다
사정없는 겁탈과 살인방화에
중국사람 누군들 방관할소냐

망국노가 되고픈자 그 누구냐
총칼 들고 유격대에 참가하여라
판가리로 싸워서 왜놈을 쫓자
생명으로 강토를 지켜나가자

* 리민 편 《항일련군가곡선》에 수록.

자유의 노래*

자유의 기발 휘날린다
동무들아 달려가자 싸움터로
전투의 기발 높이
이악스럽게 돌격해가자
광명 향한 싸움터이니
용감히 싸워나가자
승리에로 달려나가자
마지막 승리는 우리의것이다

동무들 전선으로 나아가
적을 치고 자유 찾자
쇠사슬 까부시고
동무들아 앞으로 새 사회를
우리의 손으로 창조하자

달리는 길에 희생 있어도
승리에로 달려가자
마지막 승리는 우리것이다

* 리민 편 ≪항일련군가곡선≫에 수록.

잘 있거라 다시 만나자*

가을 국화 우거진 꽃밭사이에
따뜻한 애정이 넘쳐나누나
이내몸은 혁명길에 나선 몸인데
애원하고 락루한들 무엇하리오

아 아
왜놈들 대포소리 쾅쾅 울리고
무산자의 붉은피는 태평양 된다
잘 있거라 잘 있거라 다시 만나자
무산자의 붉은피는 태평양 된다

기차가 정거장에 도착을 하니
사랑하는 나의 애인 목에 달리며
여보세요 여보세요 우리 사랑을
영원히 잊지 말자 애원하였네

아 아
왜놈들 대포소리 쾅쾅 울리고
무산자의 붉은피는 태평양 된다
잘 있거라 잘 있거라 다시 만나자

무산자의 붉은피는 태평양 된다

돌아보니 뒤로는 내 고향마을
바라보니 앞으로는 창파만경뿐
왜놈들의 대포소리 쾅쾅 울리고
무산자의 붉은피는 태평양 된다

아 아
왜놈들 대포소리 쾅쾅 울리고
무산자의 붉은피는 태평양된다
잘 있거라 잘 있거라 다시 만나자
무산자의 붉은피는 태평양 된다

나의 애인 영화야 너 잘 있거라
혁명 성공하면 다시 만나자
영화야 영화야 너 잘 있거라
혁명 성공하면 다시 만나자

아 아
왜놈들 대포소리 쾅쾅 울리고
무산자의 붉은피는 태평양 된다
잘 있거라 잘 있거라 다시 만나자
무산자의 붉은피는 태평양 된다

* 리민 편 ≪항일련군가곡선≫에 수록.

전기가*

피가 끓는 전우야
강철같이 굳게 뭉쳐
혁명기발 높이 들고
영용하게 싸우자
동방강도 원쑤 갚고
총칼을 휘둘러
세계력사 새 기원을
우리들이 열어가자

삼일운동 대도살
서북간도 대도살
동경 대판 대도살
간데마다 피의 빛
총칼을 휘둘러
동방강도 원쑤 갚고
세계력사 새 기원을
우리들이 열어가자

피에 젖은 이땅에
혁명전기 휘날린다
인민의 행복 위해
불요불굴 싸우자
총칼을 휘둘러
동방강도 원쑤 갚고
세계력사 새 기원을
우리들이 열어가자

* 리민 편 《항일련군가곡선》에 수록.

전동북 공, 농, 병, 학 단결합시다*

공인 농민 병사 학생 련합합시다
련합하여 싸움터로 달려갑시다
국민당 남경정부 동북을 팔고
일제놈들 만주땅을 강점합니다

공인 농민 실업하고 참살당하니
머리 들지 못하는 신세입니다
오로지 함께 나서 항일해야만
우리들의 살길을 찾는답니다

중국공농 쏘련홍군 련합합시다
친선적인 쏘련나라 보호합시다
동북항일 구국정부 세우는 날에
우리 함께 개선가를 불러봅시다

* 리민 편 《항일련군가곡선》에 수록.

제3로군성립 기념가*

눈부신 신주땅 백산호수가
왜놈들 쇠발굽에 짓밟힌다
유린속에 헤매이는 중화민족은
산과 들을 피로 물들인다
분에 넘쳐 일떠나섰다
나라 위해 왜적을 친다
강철같은 항일군대 묶어세워서

우리강산 찾아오자

길림성과 흑룡강성 휩쓸어가며
송화강 흥안령에 슬기 넘친다
빙설천지 삭풍도 염천폭우도
투사들을 막지 못한다
진군나팔 소리 울리면
돌격 고함 천지 흔든다
팔년동안 지체없이 싸워왔으니
하늘에 닿으리라 그 자랑

눈강평원 돌파한 유격전쟁은
거침없이 내달리며 도움 받는다
항일투쟁 조류를 일으키면서
온 나라의 대렬기에 따르자
왜적 한간 잡아치우며
봉쇄선을 몰리쳐가자
구국중책 함께 지고 기세 드높이
피의 값을 피로 받아내자

온 나라가 항일에 끓어번진다
증원에 항일불길 펼치어진다
동북항일력량을 모두어주는
제3로군 성립되였다
슬기롭게 화선에 나서며
왜놈들을 쓸어눕힌다
민족혁명 승리의 날 붉은기 높이
개선가를 우렁차게 부르자

* 리민 편 《항일련군가곡선》에 수록. 리조린 작. 리조린(李兆麟 1910-1946)은 저명
한 항일투사.

종군가*

백산흑수가 왜놈에게 짓밟힌다
무고한 우리 형제자매
산과 들에 피뿌려 원한소리 드높다
서럽다 고향 잃은 우리 신세
싸우자 자유 위해 마원처럼 싸우자
아 사나이의 슬기 떨쳐보자
빙설천지 고생속에 투지 더욱 높아진다
동북땅 광복의 날에 즐기자

* 리민 편 ≪항일련군가곡선≫에 수록. 조상지 작. 조상지(趙尙志, 1908-1942)는 저
  명한 항일투사.

중조민족단결항일가*

중조민족 로농대중
친밀하게 련합하여
왜놈들과 싸워가자
오로지 우리들이
왜놈들을 소멸해야
생활 자유 얻을수 있다
련합하자 중조민족
친밀히 손잡고 앞으로
왜놈들 모조리 족치자

* 리민 편 ≪항일련군가곡선≫에 수록, 최용건 작, 리민이 부른 노래.

중족민족련합항일가*

만리산천 울려대는 대포소리는
제국주의 민족압박 상징하누나
나라없이 집과 평화 있을수 없다
암흑 광명 생사존망 판가리이다
나가자 중조민중 잠에서 깨여라
몸과 맘 다 바쳐 싸움에 나서자

온 세상에 으뜸 가는 원쑤 왜놈은
망국멸종시키려고 살판을 친다
조선중국 다 삼키려는 다나까야심
우리 함께 그 야망을 부셔치우자
뭉치자 중조민중 살길은 이 길뿐
리간을 박차고 손잡고 싸우자

끓는 피로 싸워가는 각성한 민족
목숨 걸로 다투어 싸워나간다
기발 따라 파죽지세 적진 부시며
우리 진영 굳센 토대 다지여가자
손잡자 중조민중 건강한 맘으로
적들의 대본영 무찔러가자

세상에 빛발친다 타오르는 불길
왜놈들아 제 놓은 불에 제 타 죽으리
하느님을 믿을소냐 힘써 싸우자
지성이면 금덩이도 녹여낸단다
나가자 중조민중 시작한 싸움을
마지막 끝까지 견지해나가자

* 리민 편 《항일련군가곡선》에 수록. 양정우 작. 다나까는 당시 일본 내각총리.

중국 조선 잇대였다*

중국 조선 두 나라는
강하산천 잇대였다
압록강 장백산 잇대이듯이
문호 력사도 어울려있다

일어나라 중조인민 앞을 향해
싸워가자 우리네 원쑤 타도해버리고
두 나라 행복의 락원 꾸려가자

중국 조선 두 나라는
운명이 하나로 잇대였다
예로부터 입술과 이발처럼
생사존망이 맛물려있다
일어나라 중조인민 앞을 향해
싸워가자 우리네 원쑤 타도해버리고
두 나라 행복의 락원 꾸려가자

* 리민 편 ≪항일련군가곡선≫에 수록. 려봉 작.

진군가*

동북에 렬화 타오른다
포연이 자옥하다
희망의 빛발 항일전쟁
온누리 휩쓴다
더운 피 끓고

전고소리 높다
한가슴의 원한
원쑤 향해 풀자
우리네 자유와
우리네 행복
우리네 조국을
혁명의 총칼 들고
쟁취해야 한다
혁명의 기발 높이 들고
용감히 달려가자
인민을 위해 싸우는 길
막을자 그 누구냐
생사의 시련속에
중화 광복하자
한가슴의 슬기
원쑤 향해 풀자
우리네 자유와
우리네 행복
우리네 조국을
혁명의 총칼 들고
탈취해야 한다

* 리민 편 《항일련군가곡선》에 수록. 리민이 부른 소리.

청년행진곡*

깨여라 일어나라 조선청년들
기다리던 이 날이 돌아왔고나

삼십륙년 신음하던 우리 조선에
자유 해방 독립기가 펄펄 날린다

보아라 현실은 이십세기다
레닌주의 승리는 우리의 본보기
자본주의 침략자의 배를 가르고
몇백년의 숨은 죄를 폭로하여라

* 리민 편 《항일련군가곡선》에 수록.

항일련군 사철가*

봄철이라 새움이 싹트니
우리의 항일련군 길을 떠난다
산촌의 백성들 모두 바래며
손을 잡고 어깨 겯고 속심을 나눈다

여름철에 곡식이 자라
항일련군 청초속을 출몰하면서
왜놈들 대갈통 깨여부시며
한간 특무 남김없이 잡아치운다

가을철에 곡식 익을때
항일련군 백성 위해 원쑤 갚는다
악패와 부자놈 때려눕히며
경찰서의 보초막도 뿌리 뽑는다

겨울철에 눈보라속에

항일련군 산속에서 고생 많다고
백성들 식량과 신을 보낸다
목탄불에 항전의 불길 솟아오른다

* 리민 편 ≪항일련군가곡선≫에 수록.

항일련군 찾아서*

강은 몇백 갈래며
산은 몇만 겹이냐
풍상고초 무릅쓰며
산에 올라 항일련군 찾았다
동양왜놈을 몰아버려야
맑은 하늘 아래서 살수 있단다

* 리민 편 ≪항일련군가곡선≫에 수록.

항일련군 환영가*

항일련군을 환영하노라
항일구국의 목표 향하여
민족고통을 털어버리기 위해
영용히 싸워 찬양 받는다

항일련군을 환영하노라
총림탄우속 넘나들면서

지옥속에서 벗어나려고
빙설속에서 왜놈을 친다

항일련군을 환영하노라
그대들의 업적 존경스럽다
두려움없이 용감히 싸워
자유독립을 쟁취해오자

항일련군을 환영하노라
왜놈들을 몰아내고
한간과 매국적 쳐부수고
인민의 정권 세워나가자

* 리민 편 ≪항일련군가곡선≫에 수록. 배경천 작. 리민이 부른 노래.

항일의 전선으로*

중조형제 손을 잡고 용감히 싸워
땅도 집도 생존권도 빼앗아오자
총칼 들고 쇠사슬을 까부시면서
포화속에 전선으로 달려나가자

공산당 가리키는 로선을 따라
여러 민족 통일전선 어서 무어서
류혈희생 두렴없이 용감히 싸워
왜놈들과 위만정권 뒤집어엎자

최후발악 하고있는 제국주의는

참혹하고 피비리게 미쳐날뛴다
중조 두 나라 훌륭한 아들딸
원쑤들을 소탕하고 강산을 찾자

* 리민 편 《항일련군가곡선》에 수록.

혁명가*

독수리같은 왜놈의 헌병
잔폭하고 무도해
탄광에서 광부들을
마음대로 죽이누나

농민들은 땅과 집 빼앗기고
빈주먹으로 너턴다
아이들은 굶어죽고
어른들은 지친다

온 천하의 로농 대중
모두 나서 싸우자
무장 들고 용감하게
원쑤 치러 나가자

매국정부 뒤집어엎고
왜놈들을 내몰자
붉은기 높이 들고
굴함없이 싸우자

* 리민 편 《항일련군가곡선》에 수록.

혁명군의 노래*

찬바람과 눈보라 두려울소냐
총가목을 굳게 잡고 결전에 나서자
총창을 휘둘러라 적의 숨통 향해
항복할 때까지 총창을 휘둘러라

* 리민 편 ≪항일련군가곡선≫에 수록.

혁명열두달*

정월달이라 초하루날
백성들은 기막혀 한숨을 쉬고
돈 있는 사람은 기뻐 날 뛰나
백성들의 고생은 누가 살피랴

이월달이라 룡머리 들때
일본놈이 만주를 점령하였다
천천만 집들에 불을 지르고
백성들을 죽이여 피가 흐른다

삼월달이라 삼월 초사흘
일본놈이 장정단 무어가지고
주구를 내세워 미쳐서 날뛴다
백성들을 모조리 죽이려 한다

사월달이라 스무여드레
일본군대 토벌을 시작하였다

놈들은 공산당 소멸한다며
불지르고 사람을 잡아죽인다

오월달이라 오월 단오날
박해속에 백성들 거리 떠돈다
명절도 없어진 기막힌 신세
생각하면 가슴이 곪아터진다

륙월달이라 밀이 여물때
지주호신 무리 지어 덤벼들어서
일본제국에 잘 보이려고
자연잡세 소작료 빼앗아간다

칠월달이라 칠월칠석날
위만주국 군사도 학대받았다
주구놈 장관들 터무니 없이
병사들을 욕하며 치고 때렸다

팔월달이라 추석날밤에
일본놈이 산속을 수색하였다
만주국 군대를 앞에 세우고
기관총을 걸고서 몰아나간다

구월달이라 구월중양절
구세주인 공산당 나타났단다
그들은 모두다 공농선각자
인민 위한 의지는 강철같단다

시월달이라 눈꽃속에서

로동자와 농민의 항일련합군
왜놈을 무찔러 싸워나가니
왜놈들의 끝장은 멀지 않았다

동짓달이라 추운 날씨에
일본놈이 또다시 싸움 벌릴때
만주국 병사가 총을 돌리여
남 모르게 정변을 조직하였다

섣달이라 한해가 막가는때에
혁명투쟁 성공의 앞날 보인다
인민의 혁명정부 건설하며는
자유 평등 만만년 누려보리라

열석달이라 한해 넘으니
산언덕에 왜놈의 주검 깔렸다
고향의 부모와 자식들에게
한수레의 해골만 실어가누나

* 리민 편 《항일련군가곡선》에 수록.

혁명을 찾는 길*

암초를 물리치고
암흑을 헤치면서
두렴없이 혁명 찾아
앞으로만 내달린다
삼엄한 감옥을

내 집으로 삼고
단두대의 이슬로
사라져 가련다

다수는 고생하고
소수만 복 누리니
고해에 허덕이는
그 설음이 어떠하냐
일어나라 로동자
농민과 병사들
불평등한 이 사회
이 제도 까부시자

* 리민 편 ≪항일련군가곡선≫에 수록. 리민이 부른 노래.

환영가*

좋구나 좋구나 동무들이 좋구나
혁명전쟁에 참가하니 좋구나
왜놈과 주구를 없애지 않고는
절대로 전선에서 물러서지 않으리

좋구나 좋구나 동무들이 좋구나
대포와 비행기 두렴없어 좋구나
왜놈과 매국적 떨어진 대가리
사처에 구을러도 돌보는자 없고나

좋구나 좋구나 동무들이 좋구나

사나이 대장부 강철같이 좋구나
나라를 위함에 목숨을 아끼랴
우리는 진정한 혁명군의 본보기

* 리민 편 《항일련군가곡선》에 수록.

감추가(感秋歌)*

선들선들 서늘한 가을만 되면
따뜻한 봄에 왔던 강남제비는
남쪽나라 먼 고향 그리워하며
돌아갈길 차비에 헤맨 답니다

강남나라 자기네 슬픈 신세는
때없이 날려오는 가을비에도
검은바람 맞으며 처마끝에서
떠나기 구슬퍼 슬피웁니다

찬바람 불며는 무섭다고
눈물이 가득하야 떠나가면서
래년봄 따뜻할 때 다시 온다고
정들인 3천리를 떠나 갑니다

* 권철 수집.

감탄가*

해란강성 달빛은 은파를 짓고
룡문교상 인적은 끊어졌는데
낯빛 잃고 우는 사람 그가 누군가
만주뜰에 헤매는 백의 네로다

국가없는 민족은 주권이 없이
간데마다 학대와 멸시뿐이다
가슴 치며 우는 사람 그가 누군가
정처없이 떠다니는 고려족이라

* 권철 수집.

江山의 자랑*

굼수의 강산에서 우리 자랐고
무궁화 화원에서 꽃피려 하는
배달의 어린 동무 노래 부르자
세상에 두려울 것 그 무엇이랴

동천에 뜨는 太陽 그 빛 찬란코
창공에 일륜명월 그 빛 명랑타
동해에 어별들은 꼬리쳐 놀고
원야에 양떼들은 뛰여서 논다

침침한 칠야는 사라졌으며
명랑한 려명은 닥쳐오도다

태백산 동령에 얼굴을 드니
찬연한 금수강산 더욱 찬란타

흉흉한 노한 파도 없어진후에
잔잔한 고운 파도 청풍에 인다
한강수 깊은 물에 꼬리쳐노니
동반구 배달자손 자유로워라

암흑의 장막은 걷어졌으며
광명한 무대는 돌아왔구나
삼천리 넓은 뜰에 뛰여서 노니
이천만 부여민족 자유로워라

엄동의 설한은 다 지나가고
양춘의 가절은 돌아왔구나
금강산 산봉에 얼굴을 드니
화려한 절승경개 더욱 빛난다

* 권철 수집. 《김선수첩》의 《어린이노래》, 조선 《혁명가요집》의 《어린 동무
  노래 부르자》와 비슷하다.

군량가*

몽강패자의 참나물은
양정우장군의 군량이요
장백산의 백도라지는
리홍광동지의 군량이로다
에헤요 에헤요

혁명의 승리는 우리의것이로다

* 권철 수집.

나비가*

펄펄펄 날아가는 고혼 나비야
네 집을 버리고 너 어데 가나
정든 고향 산천 등에 지고서
무엇을 찾으러 여기 왔느냐

펄펄펄 날아가는 고혼 나비야
네 집을 버리고 너 어데 가나
산 넘고 물 건너 모두 지나서
화원의 세계를 찾으려 하느냐

* 권철 수집.

렬사들의 피어린 발자욱 따라*

혁명의 세찬 불길 타오른다
전사의 생명은 불타오른다
눈부신 그 빛발 휘뿌리고
붉은 피로 새세상 당겨온다
동지들, 동지들!
렬사들의 피어린 발자욱 따라

원쑤들을 겨냥해 앞으로, 앞으로
최후의 승리는 우리것

* 권철 수집.

로동운동가*

우리들은 주먹뿐인 공장로동자
밤까지 낮을 삼고 일을 하건만
남는것은 굶주림과 실업뿐이요
그래도 공장주놈 피를 빨런다
    계급투쟁은 우리 무기니
    전세계 붉은조합 참모본부
    프로핀테른 기발밑에 단결합시다

우리들은 공산당의 지도밑에서
사회보험 실시와 임금인상과
팔시간 로동제의 우리 요구를
총파업투쟁으로 쟁취합니다
    계급투쟁은 우리 무기니
    전세계 붉은조합 참모본부
    프로핀테른 기발밑에 단결합시다

자본주의 아성인 군대 경찰은
우리들의 싸움을 진압하련다
개량주의 지반을 박차버리고
로농주권 위하여 굳게 싸우자
    계급투쟁은 우리 무기니

전세계 붉은조합 참모본부
프로핀테른 기발밑에 단결합시다

* 권철 수집, 프로핀테른은 좌익로동공회의 국제조직.

望乡歌*

金風 蕭瑟하고 달은 밝은데
北方으로 날아오는 기럭 소리야
滿洲에 消息을 전해주려나
이야 나의 同胞형제 안녕하신가

寂寞한 가을강산 夜月三更
슬피 우는 두견새야 너 우지 말라
父母님을 리별하고 형제 못보니
大丈夫 가슴이 꽉 무너진다

나의 마음 이와 같이 奋奋하거던
사랑하는 父母兄弟 어떠하실까
萬里長空 날아가는 저 기럭아
우리 집에 나의 소식 전해주겠나

* 권철 수집. 조선 ≪혁명가요집≫의 ≪송별가≫, 한국의 ≪광복의 메아리≫에 ≪송
   별곡≫와 비슷하다.

미세 당기세*

미세 당기세 미세 당기세
고령자 산판에서 산울림 울리며
힘을 다해 베어내세 벌목을 하세

미세 당기세 미세 당기세
조국 독립 건설에도 이 나무가 든다지
힘을 다해 베어나세 벌목을 하세

* 권철 수집.

방랑의 노래*

거추러운 벌판에 써늘한 비 내릴때
괴로움과 주림에 슬퍼우는 나그네
들즘생의 소리만 마주 울려 주는데
달도 별도 없는 밤 갈길조차 몰라라

구름인가 물인가 하늘이냐 바다냐
눈물 고인 눈앞에 흰돛대만 외롭네
석양에 담뿍 싣고 서쪽으로 서쪽으로
갈매기의 소리만 달바다에 흘러라

높은 집에 거문고 그윽하게 들리는
밤저자의 불거리 황홀하게 빛난다
북두성이 조을때 저자는 꿈속으로
류랑자의 피리소리만 밤저자에 흘러라

* 권철 수집.

봄이 왔네*

봄이 왔네 봄이 왔네
삼천리 금수강산에 새봄이 왔네
삼일운동 기초로서
고향벌에 새봄이 왔네

봄이 왔네 봄이 왔네
조국강산에 새봄이 왔네
선렬들이 피를 흘려
고향벌에 새봄이 왔네

봄이 왔네 봄이 왔네
고향벌에 새봄이 왔네
영웅호걸의 기초로서
고향벌에 새봄이 왔네

* 권철 수집.

不自然歌*

自然에 버서진 이놈의 세상
平等과 自由가 똑같건만은
財産과 權利에 썩어진 냄새
無理한 속박이 너무 심하다

피흘려 지어놓은 工場속에는
惡魔의 神土淑女 노래 부르고

땀 흘려 지어놓은 農作産物은
그 새끼들 볼똑하게 배를 불린다

아 惡魔들아 잘살아 보아라
네 맘대로 네 멋대로 힘껏 해보라
억을 맺인 한 확내풀어서
最後에 一刻까지 원수 갚으리

* 권철 수집.

붉은 꽃*

동산에 붉은 꽃 만발하였네
동무들아 꽃을 따려 어서 가보자

로동자 농민이 흘린 피땀은
꽃들을 아름답게 물들였네

붉은 꽃 한송이 정히 꺾어서
가슴앞을 곱게곱게 장식하세나
동무들아 우리 모두 손에 손잡고
온 세계를 붉게붉게 꽃단장하자

* 권철 수집.

송화강반*

구름없는 달밤에 별만 총총
고요한 강변에 물결만 출렁
여기는 전선이다 백두산줄기
밤마다 물새 우는 송화강변

* 권철 수집.

승전가*

백두산 산상봉에 기빨이 날고
두만강 언덕우에 살기 넘친다
십년동안 간 칼이 번쩍이는데
금수강산 삼천리에 자유종 운다

해동한 대륙의 큰 벌판에서는
우리들의 고함소리 들이들들들
번개번쩍 말을 달려 나아갈진대
반만년 우리 조국 광복되리라

* 권철 수집.

수학가(修學歌)*

바위아래 솟는 샘 잔잔한 벽계 이루어
여름낮과 겨울밤에 쉬지 않고 흐르네

산협사이 험한 길을 굽이굽이 감돌아
천신만고를 불고하고 전진하여 나가네

뒤동산 저 송죽 군센 절개 지키려고
찬서리 쌓인눈 견디여 홀로 푸르렀네
중한 책임 짊어진 우리 학생들
고생과 괴로움 참아서 목적을 이루세

* 김창걸 제공, 권철 수집.

영용한 소년영*

소년영 전사들 씩씩도 하구나
나이 많은 전사는 열대여섯살
나이 어린 전사는 열두세살
서리찬 총칼을 튼튼히 잡고
높은 령, 험한 산을 넘나들면서
일제놈들 호되게 족치네

소년영 전사들 마을에 이르니
처녀들과 색시들 모여들었네
총보다도 키 작은 전사를 보고
할머니 한분은 눈물 흘렸네
≪이 애야, 집생각이 나지 않느냐?
어머니가 그립지 않느냐?≫

나이도 어리고 키 작은 그 전사
귀여운 얼굴 들고 대답하였네

≪일제놈이 우리 집 불사르고
어머니를 무침히 학살했어요
핏빚을 받으려고 총칼을 들고
항쟁의 불길속에 싸워요≫

할머니 얼굴은 눈물로 젖었네
전사를 끌어안고 얼굴 비볐네
≪소년영 전사들 용감해라
내 마음이 환하게 밝아지누나
일제는 어김없이 패망되리라
나라는 기어이 해방되리≫

* 권철 수집.

우리는 반석유격대*

우리의 대오는 반석유격대
일제를 무찔러 앞으로 나간다
민중이 기대를 짊어진 우리
불타는 싸움터로 씩씩하게 나간다

우리의 대오는 반석유격대
리홍광대장이 추겨든 붉은기
중화민족해방을 전취하려고
불타는 싸움터로 씩씩하게 나간다

* 권철 수집. 반석유격대는 리홍광이 1930년대에 대장으로 있던 유격대다.

전가(戰歌)*

동아의 노예들 단결하여 일떠나
다같이 쳐부시자 일본군벌
우리는 동아의 참다운 주인공
다 앞으로 동무들아
조선의 형제 대만의 동포
그 압박 또 어찌 받을소냐
혁명의 기발 높이 추겨들고
다 앞으로 동무들아

* 권철 수집.

전위가*

나가자 혁명건아야
우리는 공농대중 전위
구사회 썩어빠진 무덤에
피묻은 칼을 박고
첩첩히 쌓인 검은 장막을 꿰뚫어라
광명은 앞에 보인다
굳센 어깨에 총을 메여라
전승을 고하는 종소리 들려온다

* 권철 수집.

진군가*

더럽힌 동방하늘 전운을 뚫고
광명은 불꽃같이 굽이쳐 빛나
뛰노는 가슴 피도 쇠북 치나니
사무친 원한 풀러 나가 싸우자
　　우리 자유 우리 행복 우리 나라
　　이 주먹 이 총칼로 빼앗아오자

혁명의 기발을 높이 들고서
쓰러지는 원쑤들을 치고 부셔라
생사의 시련속에 자라난 우리
이 나라 세워놓을 주춧돌이다
　　우리 자유 우리 행복 우리 나라
　　이 주먹 이 총칼로 빼앗아오자

* 권철 수집.

제목없음*

비바람 지나간지 서른 여섯해
두렁바위 들꽃엔 이슬비 방울방울
불에 타고 총칼에 쓰러진
님들의 한맺인 불멸의 넋이드뇨

조국을 찾으려던 장한 뜻
이제 겨레의 산힘이 되였기에
왜놈 망하고 인민나라 섰으매

거친 밤 촉새되여 울던 노래 그치라

* 권철 수집.

추억의 고향*

독수리같은 왜놈군벌의 발톱밑에 들어
온 조선의 로력동포 기근 파산일세

목석과 같은 부르죠아는 남은 어찌 되든지
세납과 소작료를 엄청나게 뺏는다

텅텅 비여 거칠것 없는 우리들의 세간을
척식회사 식산은행이 모조리 삼킨다

집과 밭은 다 팔아먹고 엄동설한 추운데
아이들은 배고파 울고 어른들은 숨차다

삼일날을 기념하여 흰옷 입은 대중은
제대로 살터이니 건드리지 말라 했다

그것 또한 죄라 하여 발을 땅땅 구르며
그만 두면 안되겠다 전선으로 내몬다

있자 하니 있기 싫고 가자하니 아득해
남부녀내 처량하게 북쪽으로 떠났다

척 들어서니 시베리야 연해주라 하는데

산천초목 인정풍속이 생소하고 생소해

때는 마침 무산혁명 로시아를 뒤엎고
자본가와 지주들을 다 몰아냈다 한다

우랄산 이서는 이미 주권 섰지만
시베리아는 백파들과 전쟁이 한창이다

* 권철 수집.

팔로군으로*

바람 불고 쓸쓸한 적막강산에
어찌하여 나 혼자서 이곳에 왔나

수천리 타향에 외로운 신세
나홀로히 부모 생각 더욱 간절해

남쪽에서 날아오는 저 기러기는
니의 부모 소식 너는 아느냐

아버지는 떠나신지 십년이 되고
어머니 나가신지 삼년이 되여

아버지와 어머니는 일제 강도의
폭탄에 맞아서 사망되였다

나어린 몸 찾아서 떠나는 곳은

만리장성 넘어서 팔로군으로

* 권철 수집.

혁명군가*

하늘은 미워한다
배달족의 자유를 억탈하는 왜적들을
이천리 강산에 열혈이 끓어
분연히 일어나는 우리 혁명군

하늘은 기뻐한다
배달족은 자유를 쟁취하는 혁명군을
이천만 동포의 열혈이 끓어
용감히 돌출하는 붉은 혁명군

* 권철 수집.

화전민의 노래*

고향신세 많이 받아 자라난 이몸
왜놈신세 이곳 와서 이꼴이라네
별천지 무인지경 나무속을 쳐다보니
맑은 하늘에는 한별뿐이요

쓰고 사는 집은 검정 귀틀집

먹는것은 모두다 강태죽이고
입는것은 모두다 누더기옷
그나마도 없어서 못 입는다네

그나마도 검정양복 피스톨쟁이
날이면 날마다 마을에 와서
살지 말고 떠나라는 호령소리
닭 한 마리 술 한순배 국 한그릇

아해들 밥 달라 소리 몸서리치고
검정양복 큰소리에 이가 갈린다
늙은 부모 어린 처자 손목을 잡고
할수가 없어서 북간도로 들어왔노라

* 권철 수집.

동명학고 교가*

신성하신 배달민족 900여호가
천은 보배정신 자전(資錢) 모두 합하여
삼원포에 영광있는 동명학교를
영원히 설립하였네
만세 만세 동명학교 만세
만세 만세 동명학교 만세
전진하는 마음으로 노래 부르네
동명학교 만세!

* 권철 수집. 1922년 10월 25일 삼원포 서문안으로 학교를 옮기고 교명을 동명(東明)
이라고 했음.

명동학교 교가*

한뫼가 우뚝코 은택이 호대한
한배검의 깃치신 이 터에
그 씨와 크신 뜻
넓히고 기르는 나의 명동
웅장한 조상피 이속에 흐르니
아무런 일 겁낼것 없구나
정신은 자유요
의기가 용감한 나의 명동

* 김창걸 제공, 권철 수집.

삼성학교졸업가*

사천여년 두강속에서 슬픈 눈물로 탄식할적에
하나님의 크신 사랑이 소녀의 낮은 몸 높이 했도다
공득 시작이 있겠사오며 끝까지 힘쓰고 힘써주세요
산에 나는 까마귀도 반포지성이 있사옵거든
아무리 녀자인들 왜 모를까요

고국강산을 리별하고 외지에 와서 곤난한중에
푼푼전전을 모아가지고 양육하신이는 부모님이라
하나님전 믿을 신자와 부모님전 효도효자로
우리의 공력을 전달하여서
돌리고 돌리고 돌려봅시다

* 권철 수집. 삼성녀학교는 1915년경 삼원포 대회사에 건립, 1919년 폐교되었음.

은진교가(恩眞校歌)*

발해나라 남경터에 흑룡강을 등에 지고
태백산을 앞에 놓은 장하다 은진

붉은 들판 이 땅위에 젊은 배달 이 내몸들
만세반석 터가 되는 귀하다 은진

굳세여라 은진 비치어라 은진
저 동편하늘 밝아올제 너의 갈길 보이나니

제 손과 손을 마주잡고 발걸음을 맞추어라
만세 만세 우리 은진 노래 부르세

* 권철 수집, 박태기 작.

義成学校 校歌*

료동 만주 정기 모아 우뚝 솟은 봉
浮雲山과 發龍抬를 좌우로 두고
희망봉을 앞에 두고 감들여 앉은 집
우리 義成학교일세
        만세 義成학교 만세
        만세 義成학교 만만세

반도강산 신광채를 발휘하려면
이 문우에 터를 닦고 분발심으로
雪寒螢灯 괴로움을 참고 참으면
영원한 복 들어온다

만세 義成학교 만세
만세 義成학교 만만세

* 권철 수집.

군민도라지*

도라지 도라지 백도라지
심심산천에 백도라지
항일련군 장병들이
밥 대신하는 백도라지

에헤야 에헤야 에헤야
어여라 난다 지화자 좋다
내가 적놈을 슬이살짝
다 녹인다

도라지 도라지 백도라지
심심산천에 백도라지
몽강산령의 백도라지
양정우장군의 군량이여

에헤야 에헤야 에헤야
어여라 난다 지화자 좋다
내가 적놈을 슬이살짝
다 녹인다

도라지 도라지 백도라지

심심산천에 백 도라지
하리룡강의 백도라지는
리홍광동지의 군량이여

에헤야 에헤야 에헤야
어야라 난다 지화자 좋다
내가 적놈을 스리살짝
다 녹인다

* 료녕의 《항일노래선집》에 수록.

독립군가*

남북만주 광막한 험산악수에
결심 품고 다니는 우리 독립군
천신만고 모두 다 달게 여기며
피눈물을 뿌린이 그 얼마더냐

장백산하 아침에 쌀쌀한 바람
칼을 짚고 우뚝 서서 굽어살피니
남북만주 넓고 넓은 이 뜰에도
이 내 몸이 활동키는 역시 좁더라

하늘은 미워한다 배달족의
자유를 억탈하는 왜적들을
삼천리 강산에 열혈이 끓어
분연히 일어나는 우리 독립군

* 강룡권의 항일전적지 답사기에서 선록.

동원가*

억눌린 동포들아 일어나거라
일어나서 총을 메고 칼을 차거라
잃었던 내 자유와 너의 권리를
원쑤의 손에서 도로 찾아라

한산에 외로 자란 초목까지도
무덤속에 누워있던 송장까지도
유부녀까지도 일어나거라
일어나서 총을 메고 칼을 차거라

* 강룡권의 항일전적지 답사기에서 선록.

룡정경치가*

압록강 두만강을 넘어오니
간도성 룡정이로다

굽이굽이 감도는 해란강변엔
층암절벽 기암이요 일송정이라
울뚝불뚝 북망산 공동묘지는
외국사람 모여사는 영국덕일세

울울창창 우거진 진학공원은
각색화초 만발한 호랑세계라

양복 많고 면포 많은 십자거리는

각종 물화 사고파는 큰장거릴세

중앙, 해성, 일광, 동아 작은 학교는
학문교육 전수하는 소학교되고

룡고, 은진, 광명녀고 크나큰 집은
중등인물 키워내는 요람이로다

장하도다 멀리 뵈는 저 대포산은
가작없는 장한 기세 자랑하고요

북쪽켠에 우뚝 솟은 저 모아산은
주야장철 우리 룡정 굽어보누나

왜놈들이 꾸려놓은 이 령사관은
무고한 우리 인민 탄압하누나

* ≪룡정전설≫에서 선록. 해방 전 한 여학생 작으로 전해지고 있다.

리홍광지대의 노래*

높고낮은 장백산맥 내 집을 삼고
산악에서 들판으로 적을 쫓으며
헐벗은자 옷 주려고 오늘도 싸움
굶주린자 밥 주려고 래일도 싸움

용감하게 악전고투 열두해를
풀이파리 나무껍질 먹어가면서

중화민족 해방 위해 선혈 바쳤다
인민 위해 흘리신 피 무궁하리라

장하도다 혁명선배 리홍광동지
펄펄 끓는 붉은피로 이룬 용사여
영광스런 승리의 길 군게 지켜
전세계의 해방 위해 초석되였네

용감하게 악전고투 열두해를
풀이파리 나무껍질 먹어가면서
중화민족 해방 위해 선혈 바쳤다
인민 위해 흘리신 피 무궁하리라

* 료녕의 《항일노래선집》에 수록. 리홍광(李紅光, 1910-1936)은 저명한 조선족 항
  일투사.

반강제징병가*

떠나면 최후길이다 일제놈의 강제에
태평양 전쟁처에 우리들을 실었다
철창속에 갇힌 몸이 자유없이 모여서
일제의 총막대로 끌리워 왔다

떠나면 남양군도다 언제 다시 오려나
부산항구 잘있거라 내가 갔다 오련다
조선의 무궁화가 우리 손에 피려니
조선의 남아들아 락심말어라

* 강룡권의 항일전적지 답사기에서 선록.

복지만리*

총칼을 메고 태극기 날리며
광활한 중국땅에 의용군은 행진한다
압록강을 건너서면 삼천만의 우리 동포들
반동분자 숙청하며 어서
가자 승리기발 날라며

우리는 혁명군 인민의 자제병
강철같은 의용군 중국에서 싸워간다
압록강을 건너서면 우리 조국땅일세
자유평등 평화땅으로 어서
가자 승리기발 날리며

생산도 하며 학습도 하면서
동북땅 각지에서 의용군은 활동한다
압록강을 건너서면 부모 형제 계신다
무궁화 피는 저 강산에 어서
가자 승리기발 날리며

* 료녕의 ≪항일노래선집≫에 수록.

붉은 꼬마들아*

푸른 산 골짜기에
내물소리 요란한데
높은 봉에 올라서니
날아가는 기러기도 잡을듯

하늘밖에서 날아왔나
마음 붉은 꼬마들아
힘든 길 걸어온 너희들을
사람마다 칭찬한다
높이 든 보검엔
서리발 비끼였다
의분에 치를 떨며
왜구를 내몰자꾸나

* ≪연변청년운동사≫에서 선록. 항일투사 리범오 작.

붉은피를 흘렸네*

온 세계 무산자 해방을 위해
나무 열매 따먹고 수풀속에 잠자며
쉴새없이 산과 들 적을 쫓을 때
발바닥은 달아서 붉은피를 흘렸네

겨울날에 찢어진 홋옷을 입고
비발같이 퍼붓는 총알속에서
용감하게 싸워나가 적을 부실 때
발바닥은 달아서 붉은 피를 흘렸네

* 서영화 수집.

사상가*

　내 고향을 이별하고 타국에 와서
　적적한 마음 홀로 앉아서
　생각을 하니 답답한 마음
　아 - 누가 위로해

　내 고향을 떠나올 때 나의 어머님
　문전에서 눈물 흘리며
　잘 다녀오라고 하시던 말씀
　아 - 귀에 쟁쟁해

　우리 집에서 멀지 않게 조금 나가면
　작은 냇물 졸졸 흐르고
　나 어린 시절 놀던 그 모양
　아 - 눈에 삼삼해

　중천에서 울며가는 기러기 떼야
　네가 가는 길 그리 바쁘냐
　우리 집에 나의 소식을
　아 - 전하여 주렴아

* 강릉권의 항일전적지 답사기에서 선록. 조선과 한국에 모두 이 가요와 비슷한 ≪사
　향가≫ 혹은 ≪고향가≫가 있다.

삼도만 전투가*

　동북의 평화를 무시하려는

토비의 근거지 삼도만에서
정의의 싸움은 개막되였다
의용군 깃발이 날리는 곳에
　　나가자 의용군 동무들
　　용감한 전진소리에 쏟아지는 포알에
　　정신 잃고 값없이 죽어가는 토비놈들아
　　목숨이 중하거든 항복하여라

천하무적 의용군이 총칼을 들면
강하다고 자랑하던 일제놈들도
팔년 풍진 항일전에 넋잃고서
두무릎 꿇고서 벌벌 떠누나
　　나가자 의용군 동무들
　　용감한 전진소리에 쏟아지는 포알에
　　정신잃고 값없이 죽어가는 토비놈들아
　　목숨이 중하거든 투항하여라

* ≪룡정문사자료≫에서 선록.

3월가*

한뫼우에 무궁화 만발했더니
동편으로 찬바람이 불어오노라
아름다운 무궁화는 간곳이 없고
보기싫은 사꾸라만 피여있구나

삼월남풍 철좋은 새로운 시절에
정의 인도 좋은 바람 불어 오누나

아름다운 무궁화는 어디 갔다가
가지마다 잎이 돋고 꽃이 피누나

즐겁도다 우리의 부모형제들
자유락원 얻고서 기뻐 뛰노나
보기 싫은 사꾸라는 쓸어져가고
그리웁던 무궁화가 만발하누나

* 강릉권의 항일전적지 답사기에서 선록.

소나기 운다*

소나기 운다 소나기 운다
이하산 뒤봉에 소나기 운다
소나기 아니다 소나기 아니다
슬기론 혁명군 총소리다
리리리리리리리리 리리리리리리
리리리 쿵 절사 좋구좋다
우리네 기개를 떨치누나

* 김덕균 수집.

소년혁명가*

시베리아 찬바람에 자란 이 몸이
원쑤의 손에서 속박 받었네

나의 부모형제들은 채찍에 맞어
피눈물로 세월을 보내였고나

약소민족 무산자야 일어나거라
우리는 철망에서 벗어낫도다
제국주으 총검은 간곳이 없고
어언간 뻬오넬에 꽃이 피였다

천백만이 건실한 소년동무야
우리는 씩씩한 혁명군이다
강철같은 두팔뚝에 보를 맞춰
온 세계에 붉은기를 날리리로다

* 안도현의 ≪겨레의 발자취≫에서 선록.

십진가*

하나이로다 일구월식 화답하세
동포형제여 동포형제여
대한독립만세를
화답하여라 화답하여라

둘이로다 이천만의 우리 동포
용진하여라 용진하여라
너와나를 위하여서
용진하여라

셋이로다 삼천여년 내려오던

무궁화강산 무궁화강산
단군부터 부여민족
등뒤에 있도다 등뒤에 있도다

넷이로다 사천여년 내려오던
혁혁한 력사 혁혁한 력사
온 세상에 널리널리
자랑하여라 자랑하여라

다섯이로다 오천만의 왜놈새끼
한칼에 베고 한칼에 베고
우리 나라 한숨 눈물
씻어버리자 씻어버리자

여섯이로다 륙대주에 울리여라
두리두둥둥 두리두둥둥
승전고를 울리여라
두리두둥둥 두리두둥둥

일곱이로다 칠십로인 기다리신다
한숨 눈물로 한숨 눈물로
병정갔던 요자식을
기다리누나 기다리누나

여덟이로다 팔년풍진 겪고나서
춘풍이 부누나 춘풍이 부누나
다 죽었던 무궁화에
꽃이 피였네 꽃이 피였네

아홉이로다 구만청천 날아가는
저 기러기야 저 기러기야
나의 집에 소식을랑
전하여주렴 전하여 주렴

열이로다 여러 형제 처자들아
화답하여라 화답하여라
대한독립만세를
노래부르자 노래부르자

* 료녕의 《항일노래선집》에서 선록.

십진가*

하나이란다
한심하고 무정한 놈들 압박에
정든 고향 다 버리고 떠나가노라

둘이란다
두다리 부르트게 보따리 지고
아장아장 걸어보니 이깔밭이다

셋이란다
서서 근심 앉아 근심 잔 근심인데
늙은 부모 어린 처자 밥달라누나

넷이란다
널다란 소문도 굉장하더니

정작에 와보니 물쑥밭이라

다섯이란다
다속한 식솔을 데려다놓고
아껴 먹는 강태죽도 부족이란다

여섯이란다
녀성이나 남성이나 모두다 나가
밤낮으로 땅을 파도 굶주리누나

일곱이란다
일가친척 먼곳에다 다 버려두고
쓸쓸한 이곳으로 내 왜 왔던고

여덟이라면
야속하고 혹독한 요놈 세상에
일가친척 못만나고 요 고생하네

아홉이라면
아무데나 가보니 매한가지라
놈들의 등살에 못살겠구나

열이란다
열식구 지팡살이 집을 못벗어
보고싶은 부모님을 못가보누나

* 리상각 수집.

어머님 생각*

구름 없는 달밤에 별만 총총
고요한 강변에 물결만 출렁

여기는 전선이다 백두산줄기
밤마다 물새 우는 송화강 언덕

혁명에 생명을 바치는 우리
남쪽나라 어머님을 생각할소냐

뻑꾹새 잠 깨뜨리는 수림속에서
저 달을 동무하야 경계합니다

* 료녕의 《항일노래선집》에 수록.

자유가*

권리가 없으면 자유가 없고
자유가 없으면 생명이 없다
애닯도다 백의동포 일어나거라
일어나서 네손으로 자유 찾아라
조그만 벌도 한번 다치면
반드시 쏘고서 죽는 법이다
철사주삭으로 결박한 것을
너의 손으로 끊어버리고
자유로운 세상을 세워보자

* 강릉권의 항일전적지 답사기에서 선록.

작대가(作隊歌)*

동포들 대렬지어 전진 전진
우리 권리 찾는 날이 오늘 오늘
활발하고 용감한 우리 앞에
독립기발 휘날린다 펄럭인다
만세 만세 만세 만세
독립 독립 독립 독립

초연탄우 무릅쓰고 가는 곳에
독립 자유 자유 독립 마중온다
끓는 피로 키운 정성 묻힌곳에
원쑤놈의 창과 검이 끊어진다
최후까지 쉬지 말고 전진 전진
자유의 복과 락이 찾아온다
만세 만세 만세 만세
독립 독립 독립 독립

* 강릉권의 항일전적지 답사기에서 선록.

장렬하다 붉은 위력*

벼르고 벼르던 만주폭동은
이제야 바로 성공하였네
맹호와 같이 달려나갈 때에
왜놈도 그의 개다리도 다 죽은듯

곡괭이 도끼소리에

전기회사 부서질 때
룡정시가 그믐밤이요
령사관이 지옥이르다

동척에서 터지는 작탄소리
철교가 불에 타는 그 광경
부호의 집 재더미 되였고
교통의 쇠줄 썩은 새끼더라

비호와 같이 달려들었고
참룡과 같이 숨었으니
장렬하다 우리 붉은 위력
신기하다 우리 붉은 군대

명년 이날 만주벌에
쏘베트를 건립하자
개선고를 울려라 둥둥
만세 만세 쏘베트 만만세!

* ≪연변청년운동사≫에서 선록. 제목이 없었는데 편찬자가 만들었다.

조선의용군*

드높이 우뚝 솟은 백두산 기슭
옛조상 말달리든 넓은 벌에서
쓰러진 조국 위해 굳게 잡은 칼
그 의분 장하도다 조선의용군

황하와 양자강을 넘나들면서
팔년간 항일전쟁 돕고도우며
끝까지 지켜나온 불굴의 정신
그 기개 장하도다 조선의용군

마침내 왜족들은 쫓겨갔으나
아직도 조국에는 돌아안가고
동북서 터를 닦는 조선의 혁명
그 의지 장하도다 조선의용군

* 안도현의 ≪겨레의 발자취≫에서 선록.

청년가*

구리란 듯 굳센 팔뚝 불뚝거리고
무쇠란 듯 굳은 주먹 들먹이노나
한배밑에 내린 물을 닦은 주먹은
바위라도 한번 치면 부서지렸다

청년이 가는 앞길 태산같이 험하다
고생함을 무릅쓰고 나아갈 때에
청년들아 용감력을 더욱 분발해
2천만번 죽더라도 나아갑시다

* 강릉권의 항일전적지 답기사에서 선록.

청년행진곡*

돌격의 나팔소리 힘차게 들린다
용감하고 씩씩한 젊은 용사
해방의 기발아래 힘차게 나가자
우리는 새 나라의 새 일군이다
나가자 청년아 젊은 용사야
희망의 기쁜 노래 같이 부르자

* 김덕균 수집.

혁명의 세찬 불길*

혁명의 세찬 불길 타오른다
전사의 생명은 불타올라
눈부신 그 빛발 휘뿌리고
붉은 피로 새세상 당겨온다
동지들 동지들!
렬사들의 피어린 발자욱 따라
총칼을 튼튼히 틀어잡자
원쑤들을 겨냥해 앞으로 앞으로!
최후의 승리는 우리의것 앞으로!

* ≪조선족혁명렬사전≫에서 선록. 원래 제목이 없었는데 편찬자가 가요의 첫 구절을
  따서 달았다. 리홍광 부대에서 부른 노래다.

홍범도장군의 노래*

홍범도 가는 길에는 일월이 명랑한데
왜적군대 가는 길에는 눈과 비가 내린다

엥헤야 엥헤야 엥헤야 엥헤야
왜적군대가 막 쓰러진다

오련발 탄환에는 군물이 돌고
화승대 구심에는 내굴이 돈다

엥헤야 엥헤야 엥헤야 엥헤야
왜적군대가 막 쓰러진다

괴택이 원석택 중대장님은
산 고개 싸움에서 승리하였소

엥헤야 엥헤야 엥헤야 엥헤야
왜적군대가 막 쓰러진다

홍범도 대장님은 동산리에서
왜적 순사대 열한놈 몰살시켰소

엥헤야 엥헤야 엥헤야 엥헤야
왜적군대가 막 쓰러진다

도상리 김치경 김도감님은
군량도감으로 당선됐다네

엥헤야 엥헤야 엥헤야 엥헤야

왜적군대가 막 쓰러진다

왜적놈이 게다짝을 물에 던지고
동해부산 넘어가는 날은 언제나 될가

엥헤야 엥헤야 엥헤야 엥헤야
왜적군대가 막 쓰러진다

* 강릉권의 항일전적지 답시기에서 선록.

동흥중학교 교가*

모아뫼 앞에 바위같은 저
높고 넓은 우리들의 집이다
　　배꽃 동흥모는
　　가슴에 얼 없고야 그 무어랴
　　깊은 뜻 거룩한 얼 다하야
　　힘써 배우는 우리 배움
　　한뫼 낮으면 하늘 엎도록
　　가라 가라 우리들 가라
　　한뫼 낮으며 하늘 엎도록
　　동흥학교 오라 오라 오라 오라

무궁화 붉고 한뫼 높아
둥글어간 우리들의 얼이다
　　배꽃 동흥모는
　　가슴에 얼 없고야 그 무어랴
　　힘써 배우는 우리 배움

한뫼 낮으며 하늘 엎도록
가라 가라 우리들 가라
한뫼 낮으며 하늘 엎도록
동흥학교 오라 오라 오라 오라

* ≪룡정문사자료≫제1집에서 선록.

창동(昌東)학원 교가*

한줄기 뻗친 맥줄 흰 뫼아래
한배검이 처음 닦은 군고굳은 터
그우에 우뚝 솟은 우리 창동은
인류문화 발전하려 떨쳐나섰다
　　성스럽다 착하다 아름다워라
　　정신은 자유요 리상은 독립

여기저기 배달나라 남녀제씨들
애를 쓰고 힘들여 거둬 기를제
피어린 력사로써 거름을 주어
사랑스런 강토에 다시 보내자
　　참스럽다 착하다 아름다워라
　　정신은 자유요, 리상은 독립

* ≪연변문사자료≫제5집에서 선록. 여기서 창동(昌東)학원은 연길시 와룡동에 있던
창동학원을 가리킨다.
한뫼 : 백두산, 한배검 : 단군

창동(彰東)학교 교가*

한뫼가 우뚝코 두만강을 흐르는
넓다란 벌판에 형제의 마음과 힘을 모이여
배움집을 세웠으니 창동
동천에 붉으레 돋는 해같이
젊은 생명에 힘을 주노라!
　우리의 힘이 될 이 위해
　북돋아주고 길러주나니
　같이 기르자 동무야
　창동을 창동을

보아라 보아라 이 세상을 보아라
주림에 우는자 광야에 엎드러진 그 참경
오늘까지 사랑없는 이 땅
즐거운 동산을 이룰양으로
젊은 생명에 힘을 주노라
　우리의 힘 될 이 위해
　북돋아주고 길러주나니
　같이 기르자 동무야
　창동을 창동을

* ≪연변문사자료≫ 제 5집에서 선록. 여기서 창동(彰東)학교는 용정시 덕신향 장동
　촌에 있던 학교. 초기 조선 공산당원 박창익 작.

졸업가*

진리의 새 학문을 체득한 우리
독립과 민주 화평 쟁취하려고

낯익고 정든 학창 떠나가오니
스승님 여러 동학 힘껏 배워주

궂은 날 개인 날 헤아리잖고
이땅의 인민 위한 도리 닦아서
싸움터 활무대로 나가는 동지
만난을 무찌르고 싸워주세요

우리는 새 중국의 굳센 아들딸
인민의 자유 행복 쟁취하려고
모두다 맘과 힘을 함께 뭉치여
빛나는 새 중국을 건설합시다

* 안도현의 ≪겨레의 발자취≫에서 선록. 8·15해방 후 연변중소학교에서 많이 불렸다.

홍경화흥중학교 교가*

대동에 위용 크게 떨치던
고구려 부엌 미친 옛터에
피땀의 결정 모아지은 집
우리 화흥교란다
만세 만세 우리 화흥교

* 료녕의 ≪항일노래집≫에 수록. 리호원 작.

제2편
한국에서 수집한 작품

복수가*

우리 조선 사람들은
너희놈들 오랑캐들을
살려보내 주지 않고
분을 풀어 보내리라
너 죽을걸 모르고서
왜 왔느냐 이놈들아
우리 대에 못잡으면
후대에도 못잡으리
원수같은 왜놈들아
너희놈들 잡아다가
살을 베고 뼈를 갈아
조상님께 분을 풀리
우리 의병 물러서라
만세 만세 의병만세
우리 의병 이기리라
만세 만세 의병만세

* 《독립군시가집》에 수록. 윤희순 작. 윤희순(尹熙順, 1860-1937)은 이당 류홍석
  선생의 자부(子婦)이다. 저명한 여성 의병활동가로서 대부분 활동을 중국 요녕성
  해성(海城)에서 진행했다.

복수가*

단군자손 우리 소년
국치민욕 네 아느냐
부모장사 할곳 없고
자손까지 종되였네

천지 넓고 넓다지만
의지할곳 어디메냐
간데마다 천대받고
까닭없이 구축되여
잊었느냐 우리 원수의
합병수치 잊었느냐

자유독립 다시 찾을
우리 몸에 달려있고
나라없는 우리 동료
살아있기 부끄럽다
땀 흘리고 피를 뿌려
나라수치 씻어놓고
뼈와 살은 거름되여
논과 밭에 유익되네
우리 목적 이것이니
잊지 말고 나아가세

부모친척 다 버리고
외국 나온 소년들아
우리 원수 누구더냐
이를 갈고 분발하여
백두산에 칼을 갈고
두만강에 말을 먹여
앞으로 갓 높은 구령에
승전고를 들려보세
둥둥 두둥 만세만세

* ≪독립군시가집≫에 수록.

신세타령*

슬프고도 슬프도다
이내 신세 슬프도다
이국 만리 이내 신세
슬프고도 슬프도다
보이는 눈 소경이요
들리는 귀 막혔구나
말하는 입 벙어리요
슬프고도 슬프도다
이내 신세 슬프도다
보이나니 가마귀라
이내 몸도 슬프건만
우리의병 불쌍하다

우리 조선 어디 가고
왜놈들이 득세하나
우리 임금 어디가고
왜놈대장 활개치나
우리의병 어디 가고
왜놈군대 득세하나
이내몸이 어이할꼬
어디 간들 반겨줄까
어디 간들 오라 할까
가는곳이 내집이요
가는곳이 내땅이라
슬프고도 슬프도다

배고픈들 먹어볼까
춥다한들 춥다할까

내땅없는 설음이란
이렇다시 서러울까
임금없는 설음이란
어느나라 반겨줄까
가는 곳이 설음이요
발작마다 가시로다
충신들은 고생하고
역적들은 죽건마는
충성들을 고생시켜
어이 이리 하잔말가

애닮도다 애닮도다
우리의병 불쌍하다
이역만리 찬바람에
발작마다 어름이요
발끝마다 백설이라
눈썹마다 어름이요
수염마다 고드름에
눈동자는 불빛이라
부모처자 떨쳐놓고
나라찾자 하는의병
불쌍하고 불쌍하다
어이할고 애닮도다

물을잃은 기러기가
물을보고 찾아가니
맑은물이 흙탕이요
가마귀가 앉았고나
슬프고도 슬프도다
이내신세 슬프도다

이내몸도 곱든얼굴
주름살이 되었으라
후년에나 고향성묘
절해볼가 하는것이
주름살이 되어가니
불쌍할사 이내신세

나라잃은 서름이란
이렇다시 서러울가
어느때나 고향갈가
죽은고혼 고향갈가
가막까치 밥이될가
어느짐승 밥이될가
어느사람 만저줄가
나라잃은 서름이란
하루살면 살았거늘
어이이리 서러우랴
우리의병 슬프도다
이내몸도 슬프도다

둘도없는 목숨하나
나라찾사 하는의병
장하기도 장하도다
이역만리 타국땅에
남겨둔건 눈물이라
슬프고도 슬프도다
이렇다시 슬플소냐
우러본들 소용없고
가슴속만 아퍼지네
슬프고도 서럽구나

이내몸도 슬프련만
우리의병 불쌍하다

엄동설한 찬바람에
잠을잔들 잘수있나
동쪽하늘 밝어지니
조석거리 걱정이라
이리하여 하루살이
맺인것이 왜놈이라
어리석은 백성들은
왜놈앞에 종이되여
저죽을줄 모르고서
왜놈종이 되었고나
슬프고도 슬프도다
맺힌한을 어이할고

자식두고 죽을소냐
원수두고 죽을소냐
내한목숨 죽는것은
쉬울수도 있건만은
만리타국 원한혼이
될수없어 서럽구나
이내신세 슬프도다
어느때나 고향가서
옛말하고 살아볼고
애닯도다 애닯도다
방울방울 눈물이라
맺히나니 한이로다

* ≪독립군시가집≫에 수록. 윤희순 작.

안사람 의병노래*

우리 나라 의병들은
나라 찾기 힘쓰는데
우리들은 무엇할까'
의병들을 도와주세
내집 없는 의병들을
뒷바라지 하여보세

우리들도 뭉쳐지면
나라 찾기 운동이요
왜놈들을 잡는거니
의복 보선 손질하여
의병들이 오시거든
만져보세 따뜻하게

우리 조선 아낙네들
나라없이 어이 살리
힘을 모아 도와주세
아늑하게 만저 주세
만세 만세 만만세
우리 의병 만세로다

* ≪독립군시가집≫에 수록. 윤희순 작.

안사람 의병노래*

아무리 왜놈들이

포악하고 강성한들
우리도 뭉쳐지면
왜놈 잡기 쉬울세라
아무리 여자인들
나라사랑 모를소냐
남녀가 유별한들
나라없이 소용있나
의병하러 나가보세
의병대를 도와주세
금수에게 붙잡힌들
왜놈시정 받을소냐
우리 의병 도와주세
우리 나라 성공하면
우리 나라 만세로다
안사람들 만만세라

* ≪독립군시가집≫에 수록. 윤희순 작.

애달픈 노래*

애달프다 애달프다
형제간의 싸움이요
부자간의 싸움이라
이런 일이 어데 있나
제 임금을 버리고서
남의 임금 섬길소냐
우리 조선 버리고서
남의 나라 섬길소냐

애닲도다 애닲도다
우리 조선 애닲도다
자기 처를 버리고서
남의 처를 사랑하니
분한 이 마음 풀수 없어
내 가슴만 아플소라
귀중한 이 목숨을
아모데나 버릴소냐
나도 나가 의병하세
의병대를 도와주세

* ≪독립군시가집≫에 수록. 윤희순 작.

용병가*

대한국의 용병 나가자
저 원수 저 강도 사람들
네 부모 처자와 네 강토
다 강탈했네
　　대한국의 용병 잡아총 앞으로 갓
　　저 원수 저 강도 견주고 탕탕 쏘아라

저 강산 초목의 슬픈 빛
네 부모 처자의 울음을
왜 보고 듣고도 섰느냐
빨리 나가자
　　대한국의 용병 잡아 총 앞으로 갓
　　저 원수 저 강도 견주고 탕탕 쏘아라

서산에 걸친 저 해빛은
네 용맹 보려고 섰으며
동편에 가을달 밝은 빛
너를 환영하네
　　대한국의 용병 잡아 총 앞으로 갓
　　저 원수 저 강도 견주고 탕탕 쏘아라

온 세상 력사에 네 이름 수놓아
단장을 잘하며
이천만 너희의 동포들
만세 부른다
　　대한국의 용병 잡아 총 앞으로 갓
　　저 원수 저 강도 견주고 탕탕 쏘아라

* 황선열 편, ≪님 찾아가는 길≫(한국문화사, 2001)에 수록.

의병군가*

나라없이 살수 없네
나라찾아 살아보세
임금없이 살수 없네
임금찾아 살아보세

조상없이 살수 없네
조상찾아 살아보세
살수 없다 한탄 말고
나라 찾아 살아보세

전진하여 왜놈 잡자
남김없이 모두 잡자
만세 만세 의병 만세
청년의병 만만세

* ≪독립군시가집≫에 수록. 윤희순 작.

의병격중가(義兵激衆歌)*

추풍이 소슬하니
영웅의 득의시라
장사가 없을소냐
구름같이 모여든다
어화 우리 장사들아
격중가나 불러보세

한양성중 바라보니
원수놈이 왜놈이요
원수놈이 간신이라
삼천리 우리 강산
오백년 우리 종사
무너지면 어찌할가

의병들아 일어나서
왜놈들을 쫓아내고
간신들을 타살하여
우리 금상 봉안하고
우리 백성 보존하여

태평세월 맞이하세

어화 우리 장사들아
원수들을 쳐몰리고
삼각산이 숫돌되고
한강수 띄되도록
즐기고 노래하세
우리 대한 만만세라

* ≪독립군시가집≫에 수록. 유홍석 작. 유홍석 (柳弘錫1841-1913)은 초기 의병활동
   가. 만년에 동북 요녕성 해성(海城)에 와서 계속 독립활동을 하다가 타계하였다.

의병노래*

우리 나라 의병들은
애국으로 뭉쳤으니
의론 혼이 된다한들
그 무엇이 서러우랴
대장부의 의리거늘
죽음으로 뭉쳤으니
죽음으로 충신되자

좀벌레와 다름없는
나라 먹는 주구들아
어데 가서 살수 없어
오랑캐가 좋단말가
오랑캐를 잡자하니
내 사람을 잡겠고나
죽더라고 숨어마라

금수들을 잡는거다

의병들은 죽더라도
최후까지 분투하여
오랑캐를 뭇찔러서
복수를 할것이니
그리 알고 우리 의군
고통되게 하지 말라
나라 원수 민족 원수
오랑캐의 앞잡이야

* ≪독립군시가집≫에 수록.

의병창의가*

우리 조선 형제들아
의병하러 나가보세
의병하여 나라 찾세
왜놈들은 강성한데
나라없이 어이 살며
어느 곳에 산단말인가

원수 왜놈 몰아내여
우리 나라 지켜보세
우리 임금 세도없이
왜놈들이 강성하니
빨리 나와 의병하고
의병하여 애국하세

우리들은 뭉쳐지면
무슨 일을 못할소냐
의병하다 죽는것은
떳떳하게 죽음이라
조선 나라 청년들아
빨리 나와 의병하세

* 독립시가편찬위원회 편, ≪독립군시가집-배달의 맥박≫(송산출판사, 1986)에 수록.
  아래의 주에서 ≪독립군시가집≫으로 약칭함.

의병창의가(義兵倡義歌)*

오라 오라 돌아오라 창의소로 돌아오라
만일 여기 오지 않고 왜적에게 굴복하여
불행이도 죽게 되면 황천으로 돌아가서
무슨 면목 가지고서 선황선조 뵈을소냐
세상이 이러하니 팔도에 의병났네
무슨 일 먼저 할까 란신적자 목을 잘라
왜적 퇴치 연후에야 보국안민 하여보세

대한천지 우리 나라 성자신손 계승하여
오백여년 성은으로 문명치세 이뤘도다
이 나라의 학생들아 무삼 공부 하였느냐
군군신신 충성충자 부부자자 효도효자
忠臣諡號 효자문이 어느 집에 없을소냐
현인군자 濟世하면 삼강오륜 밝아지니
衛正斥邪 깃발아래 한데 뭉쳐 싸워보세

* 독립군가보존회 편, ≪독립군가곡집-광복의 메아리≫(교학사, 1982)에 수록. 아래
  의 주에서 모두 ≪광복의 메아리≫로 약칭함.

가을의 송가*

봄이 오면 밭을 갈아 좋은 씨를 뿌려놓고
여름 되면 김을 매어 곡식만은 북돋우네
힘을 다해 농사지어 구슬땀을 흘려주니
가을철에 곡식 익어 황금세계 이루었네

콩 심은 데 콩이 나고 팥 심은데 팥이 나니
콩밭에서 콩을 걷고 팥밭에서 팥을 걷네
악행에는 악과 맺고 선행에는 선과 맺어
한얼님이 주신 상벌 화복으로 나타나네

산과 들에 단풍드니 나뭇잎이 아름답다
자연 속에 안겼으니 우리 정신 상쾌하네
가을 하늘 깨끗하니 둥근 달이 더욱 밝다
티끌 세상 벗어나니 우리 마을 명랑하네

* ≪광복의 메아리≫에 수록.

감동가*

슬프도다 우리 민족아
사천여년 역사국으로
자자손손 복락터니
오늘날 이 지경 왠 일인가

철사주사로 결박한 줄은
우리의 손으로 끊어 버리고
독립 만세 우뢰소리에

바다가 끓고 산 이동켔네

일간두옥도 내것 못되고
수묘전토도 내것 아닐세
무리한 수욕을 대답 못하고
공연한 구타도 그저 맞누나

철사주사로 결박한 줄은
우리의 손으로 끊어버리고
독립 만세 우뢰소리에
바다가 끓고 산 이동켔네

한치 벌레도 만일 밟으면
죽기전 한번은 꿈틀거리고
조그만 벌도 누가 다치면
그 몸을 반드시 쏘고 죽는다

철사주사로 결박한 줄은
우리의 손으로 끊어버리고
독립 만세 우뢰소리에
바다가 끓고 산 이동켔네

동해어별도 맘이 있으면
우리와 같이 슬퍼하겠고
남산 송백도 뜻이 있으면
우리와 같이 눈물 지으리

철사주사로 결박한 줄은
우리의 손으로 끊어버리고
독립 만세 우뢰소리에

바다가 끓고 산 이동켔네

휘날리는 태극기 아래서
만세 소리가 드높아진다
없는 총검만 찾지를 말고
애국의 정신을 발휘하여라

철사주사로 결박한 줄은
우리의 손으로 끊어버리고
독립 만세 우뢰소리에
바다가 끓고 산 이동켔네

* ≪독립군시가집≫에 수록.

거국가*

간다 간다 나는 간다 너를 두고 나는 간다
잠시 뜻을 얻었노라 까불대는 이 시운이
나의 등을 내밀어서 너를 떠나가게 하니
이로부터 여러 해를 너를 보지 못할지나
그 동안에 여러 해를 너를 위해 일할지니
나 간다고 설워마라 나의 사랑 한반도야

간다 간다 나는 간다 너를 두고 나는 간다
저 시운을 대적타가 열혈누를 뿌리고서
네 품속에 누워자는 내 형제를 다 깨워서
한번 기껏 해봤으면 속이 시원하겠다만
나중 일을 생각해 분을 참고 떠나간다

내가 가면 영 갈소냐 나의 사랑 한반도야

간다 간다 나는 간다 너를 두고 나는 간다
지금 너와 작별한 후 태평양과 대서양을
건널 때도 있을 거고 시베리아 만주벌로
다닐때도 있을거니 나의 몸은 부평같이
어느곳에 가 있든지 너를 생각할 터이니
너도 나를 생각하라 나의 사랑 한반도야

간다 간다 나는 간다 너를 두고 나는 간다
지금 이별할 때에는 빈 주먹을 들고 가나
이후 성공할 때에는 기를 들고 올터이니
눈물 흘린 이 리별이 기쁜 일이 되리로다
악풍폭우 심한 이때 부디 부디 잘 있거라
훗날 다시 만나보자 나의 사랑 한반도야

* 안창호(1878-1938) 작. 독립군에서 부른 노래. ≪광복의 메아리≫에 수록.

거름인 독립군*

이곳은 우리 나라 아니것만은
무엇을 바라고 여기 왔는가
자손의 거름될 우리 독립군
설 땅은 없지만은 희망은 있네

두만강 건너편을 살펴보니
삼천리 강산은 빛을 잃었고
신성한 단군자손 우리 동포는

왜놈의 철망에 걸려있고나

조국을 잃고 가는 영혼들은
천당도 도리어 지옥 되리니
이 말을 잊지 말고 분전하면
한반도 강산을 회복하리라

* 《독립군시가집》에 수록. 《광복의 메아리》에 제목이 《독립군의 거름》으로 되
  었다. 거름은 비료.

거북선가*

벽파정 푸른 물 파도 높고
빠른 바람 앞 뒤로 이는데
떳구나 떳구나 원수의 배가
우수영 목에서 수백척이
우리 청년 학도들아
삼백년 옛날에 조상을 본받아
용캄코 보면 우리 무엇 못하리

맘 군고 힘센 우리 장사들
거북배를 몰아 사면치니
깨진다 터진다 원수의 배가
널쪽같이 둥둥 떠 오누나
우리 청년 학도들아
삼백년 옛날에 조상을 본받아
용감코 보면 우리 무엇 못하리

* 황선렬 편, 《님 찾아 가는 길》(한국문화사, 2001)에 수록. 《혁명가요집》에 《벽
  파정의 노래》로 되어 수록. 내용이 많이 보충되고 확장되었다.

고난의 노래*

이내 몸이 압록강을 건너올 때에
가슴에 뭉친 뜻 굳고 또 굳어
만주들에 북풍 한설 몰아 부쳐도
타오르는 분한 마음 꺼질 바 없고
오로라의 얼음산이 등에 묻혀도
우리 반항 우리 싸움 막지를 못하리라

피에 주린 왜놈들은 뒤를 따르고
패씸할사 마적떼는 앞길 막누나
황야에는 해가 지고 날이 저문데
아픈 다리 주린 창자 쉴 곳을 찾고
저녁 이슬 흩어져 앞길 적시니
쫓기는 우리의 신세가 처량하구나

* ≪광복의 메아리≫에 수록.

광복군가*

삼천만 대중 부르는 소리에
젊은 가슴 붉은 피는 펄펄 뛰고
반만년 력사 씩씩한 정기에
광복군의 깃발 높이 휘날린다
칼짚고 일어서니 원수 치떨고
피뿌려 물들인곳 영생탑 세워지네
광복군의 정신 쇠같이 굳세고
광복군의 사명 무겁고 크도다

굳게 뭉쳐 원수 때려부셔라
한맘 한뜻 용감히 앞서나가세
독립독립 조국광복 민주국가 세우자

* ≪광복군시가집≫에 수록. 이두산 작. 1940년대 광복군의 대표적인 노래.

광복군 늴리리야*

닐리리야 닐리리야 니나노난 실로
내가 돌아간다
닐리리리 닐리리야

청사초롱 불밝혀라
잊었던 조국에 내가 돌아간다
닐리리야 닐리리야

닐리리야 닐리리야 니나노난 실로
내가 돌아간다
닐리리야 닐리리야

일구월심 그리든 곳
태극기 날리며 내가 돌아간다
닐리리야 닐리리야

닐리리야 닐리리야 니나노난 실로
내가 돌아간다
닐리리야 닐리리야

잘있느냐 고향산천 부모여 형제여
내가 돌아간다
닐리리리 닐리리야

* ≪광복의 메아리≫에 수록. 장조인 작.

광복군 돌진가*

싸우자 철벽같은 광복군아
대한남아가 태극기밑에
피흘리고 싸울날이 돌아왔도다
태극기 휘날린다 삼천리 강산
대한 우리 나라 만세 곡곡에

싸우자 철벽같은 광복군아
대한남아가 무궁화되여
아름답게 만발할날 돌아왔도다
무궁화 만발했네 삼천리 강산
대한 우리 나라 만세 곡곡에

싸우자 피흘려라 광복군아
아름답게 향기속에 빛날날 왔다
일편단심 전세계에 알릴날 왔다
우리로 지키련다 삼천리 강산
대한 우리 나라 자주독립국

* ≪독립군시가집≫에 수록.

광복군 맹진곡*

왔도다 왔도다 때는 왔도다
광복군아 나아가 싸울 때 왔다
삼천만 동포여 일어나거라
죽었던 송장도 일어나거라

나가세 나가세 전쟁장으로
국가와 민족을 찾기 위하여
생사를 무릅쓰고 나아갈때에
원자탄 백만군 무섭지 않다

어쨌든 우리는 죽은 몸이다
조국을 위하여 바친 이 몸은
기뻐서 춤추며 바쳐싸우니
삼천만 동포여 안심하소서

* 《독립군시가집》에 수록.

광복군 석탄가*

석탄 백탄 타는데
연기가 펄펄 나구요
이 내 가슴 타는덴
연기도 김도 없나

에헤야 데헤야 에헤야
혁명의 불길이 타오른다

서울 장안 타는데
한강수로 끄련만
삼천만 가슴 타는덴
무엇으로 끄려나

에헤야 데헤야 에헤야
혁명의 불길이 타오른다

왜놈의 지원병 죽으면
개떼 죽음이고요
독립군이 죽으면
혁명의 열사 되누나

에헤야 데헤야 에헤야
혁명의 불길이 타오른다

닿는 말은 가자고
발굽질을 하는데
정든임을 붙잡고
사정 사정을 하누나

에헤야 데헤야 에헤야
혁명의 불길이 타오른다

부사산이 떠나서
태평양 보냄 되고요
무궁화가 피여서
우주의 향기가 되누나

에헤야 데헤야 에헤야
혁명의 불길이 타오른다

* ≪광복의 메아리≫에 수록. ≪독립군시가집≫에 ≪혁명의 불길≫로 수록. 김학규
  작. 김학규(金學奎, 1900-1967)는 한국 광복군총사령부 참모장, 광복군 제3지대장
  을 지냈다.

광복군 아리랑*

아리아리랑 스리스리랑 아라리요
광복군 아리랑 불러나 보세
우리네 부모가 날 찾으시거던
광복군 갔다고 말 전해주소

아리랑아리랑 스리스리랑 아라리요
광복군 아리랑 불러나 보세
바다에 두둥실 떠오는 배는
광복군 싣고서 오시는 배래요

아리랑아리랑 스리스리랑 아라리요
광복군 아리랑 불러나 보세
등실령 고개서 북소리 둥둥 나더니
한양성 복판에 태극기 펄펄 날리네

* ≪독립군시가집≫에 수록. 김학규 작.

광복군 제1지대가*

동지들아 굳게굳게 단결해
생사를 같이 하자
여하한 박해와 압박에도
끝까지 굴함없이
우리들은 피끓는 젊은이
광복군 제1지대

닥쳐오는 결전에 우리의
필승을 보여주자
압박없는 자유와 독립을
과감히 쟁취하자
우리들은 피끓는 젊은이
광복군 제1지대다

* 《독립군시가집》에 수록. 같은 책에 《혁명가》로 다시 수록되었는데, 마지막 구절
이 《혁명군의 선봉대》로 되었다. 이정호 작. 《광복군 제1지대》의 전신은 《조선
의용대》이다. 이 가요는 해방 후 중국 조선족들 속에서도 널리 불리었다.

광복군 제2지대가*

총 어깨 메고 피 가슴에 뛴다
우리는 큰뜻 품은 한국의 혁명청년들
민족의 자유를 쟁취하려고
원수 왜놈 때려부시려
희생적 결심을 굳게 먹은
한국광복제2지대
앞으로 끝까지 전진

앞으로 끝까지 전진
조국독립을 위하여
우리 민족의 해방을 위해

* ≪독립군시가집≫에 수록. 이해평 작. 광복군 제2지대는 이범석장군 지휘 하에 본
  부를 산서성 서안에 두고, 중·영·미 연합군과 합동 작전한 정예부대였음.

광복군 제3지대가*

조국의 영예를 어깨에 메고
태극기밑에서 뭉쳐진 우리
독립의 만세를 높이 부르며
나가자 광복군 제3지대

첩첩한 산악이 앞을 가리고
망망한 대양이 길을 막아도
무엇에 굴할소냐 주저할소냐
나가자 광복군 제3지대

굳세게 싸우자 피를 흘리며
총칼이 부러져도 열과 힘으로
원수의 무리를 소멸시키려
나가자 광복군 제3지대

뛰는 피 끓는 정열 모두 바쳐서
철천지 원수를 때려부수고
삼천리 내강산 도루 찾으려
나가자 광복군 제3지대

* ≪독립군시가집≫에 수록. 광복군 제3지대는 김학규 장군 지휘 하에 본부를 안휘성
  부양에 둔 최전선부대였음.

광복군 지하공작대가*

조국 광복 쟁취하려 목숨을 걸고
원수들의 경계망도 아랑곳없이
대담무쌍 적진 깊이 뚫고 들어가
애국동지 초모하는 지하공작대

北京 天津 開封 歸德 亳縣 鹿邑
濟南 靑島 徐洲 蚌埠 南京 上海에
華北 華中 華南 땅의 어느 곳이든
동분서주 활동하는 지하공작대

津浦綿과 京漢綿을 縱으로 삼아
易水黃河 楊子江을 橫으로 삼아
종횡무진 수만리길 중국대륙을
주름잡듯 날고뛰는 지하공작대

중국말과 일본말을 사하면서
가지각색 복장으로 변장을 하고
원수들의 총앞에도 웃음띄우며
신출귀몰 광복군의 지하공작대

* 《광복의 메아리》에 수록. 장호강 작.

광복군 항일 전투가*

동반도의 금수강산 삼천리 땅은
반만년의 긴 력사를 자랑하였고

그 품에서 자라나는 모든 영웅은
누구든지 우리 위해 피를 흘렸다
본받어라 선렬들은 자유와 독립을
쟁취하기 위하여 싸워죽었다

삼십여년 흑암속에 노예생활은
자나깨나 망국한을 잊을수 없다
천고의 한 우리 원수 그 누구인가
삼도 왜놈 제국주의 조작 아닌가
때가 왔다 우리들의 복수할 시기가
너와 나의 피로써 광복을 찾자

광복군의 용사들아 일어나거라
총 칼 배낭 둘러메고 앞을 향할 때
번개눈을 부릅뜨고 고함 지를 때
살기돋는 두주먹은 발발 떠노나
싸우자 침략자 우리 강토서
몰아낼 때까지 힘써 싸우자

퉁탕소리 나는 곳은 죽음뿐이요
검광 번쩍 날린 곳은 피바다이다
광복군의 깃발은 도처에 날고
자유독립 만세소리 천지 동한다
뚜드려라 부셔라 모조리 잡아서
현해속에 쓸어넣고 막아버리자

* ≪독립군시가집≫에 수록. 송호성 작.

광복군 행진곡*

삼천만 대중 부르는 소리에
젊은 가슴 붉은피는 펄펄 뛰고
반만년 역사 씩씩한 정기에
광복군의 깃발 높이 날린다
칼 집고 일어서니 원수 치떨고
피 뿌려 물든 골 영생탑 세워지네
광복군의 정신 쇠같이 굳세고
광복군의 사명 무겁도다
굳게 뭉쳐 원수 때려라 부셔라
한맘 한뜻 용감히 앞서서 가세
독립 독립 조국 광복 민주국가 세워보자

* 《광복의 메아리》에 수록. 이두산 작.

광야의 독립군*

광야를 헤치면서 달리는 사나이
오늘은 북간도 내일은 몽고땅
흐르고 또 흘러 부평초 같은 몸
고향땅 떠난 지 그 몇해인런가
석양하를 등에 지고 달려가는 독립군아
남아일생 가는길에 미련이 없어라

백마를 타고서 달리는 사나이
흑룡강 찬 바람 가슴에 안고서
여기가 싸움터 웃음띤 그 얼굴

날리는 수염에 고드림 달렸네
복풍한설 헤쳐가며 달려가는 독립군아
풍찬로숙 고생길도 후회가 없어라

* ≪독립군시가집≫에 수록. 지청천 작. ≪광복의 메아리≫에 ≪광야를 달리는 독립
  군≫으로 실렸음. 지청천(池靑天, 1888-1959)은 일명 이청천으로 청산리 전투에
  참가하였다. 그보다 앞서 신흥무관학교 교관으로 있었고, 뒤에 임시정부 의정의원
  을 지내기도 했다.

국치가*

빛나고 영광스런 반만년 역사
광명을 자랑하던 선진국으로
슬프다 천만봉이 오늘 이 지경
아 이 부끄럼을 못내 참으리

신성한 한매자손 이천만 동포
하늘이 빼아내인 민족이더니
한수의 칼날밑에 어육됨이여
아 이 부끄럼을 못내 참으리

이러한 금수강산 삼천리 땅은
선열의 피와 땀이 적신 흙덩이
원수의 말발굽에 밟힌단말가
아 이 부끄럼을 못내 참으리

최영과 무열왕의 날랜 군사와
정지와 충무공의 쓰던 무기를
언제나 쾌히 한번 시험해볼가

아 이 부끄럼을 못내 참으리

어찌나 역사 죄에 더럽힌 때와
어찌나 자손만데 끼쳐줄 욕을
우리의 흘린 피로 이를 씻고저
아 이 부끄럼을 못내 참으리

* ≪독립군시가집≫에 수록.

국치가*

슬픈 맘 같은 내 동포들
눈물 피로 상대하니
우리 나라 어찌 되었나
잊을가 잊을가 경술 8월 29일을

금조각같은 한반도를
원수에게 빼앗기고서
찬바람 부는 거친 들에
유리표박 웬일이냐
잊을가 잊을가 경술 8월 29일을

* ≪독립군시가집≫에 수록. 경술 8월 29일은 1910년 8월 29일 즉 한일합방이 체결
된 날.

국치 추념가(國恥追念歌)*

경술년 추팔월 이십구일은
조국의 운명이 떠난 날이니
가슴을 치면서 통곡하여라
갈수록 종설음 더욱 아프다

조상의 피로써 지킨 옛집은
백주에 남에게 빼앗기고서
처량히 사방에 표랑하느니
눈물을 뿌려서 조상하여라

어디를 가던지 세상 사람은
우리를 가리켜 망국노라네
천고에 치욕이 예서 더 할가
후손을 위하여 눈물 뿌려라

이제는 꿈에서 깨어날 때니
아픔과 슬픔을 항상 머금고
복수의 총칼을 굳게 잡고서
지옥의 쇠문을 깨들지어다

* ≪독립군시가집≫에 수록.

기상나팔*

기상나팔이 울려퍼진다
모두들 일어나 군복을 차리고
뛰여나가자

태극깃발을 높이 울리자
선열을 위하여 머리를 숙이어
명복을 빌자

동녘하늘을 바라보면서
조국의 광복을 쟁취하려고
맹세를 하자

* ≪독립군시가집≫에 수록.

기전사가(祈戰死歌)*

하늘은 미워한다 배달민족의
자유를 억탈하는 왜적놈들을
삼천리 강산에서 열혈이 끓어
분연히 일어나는 우리 독립군

백두산 찬 바람은 불어 거칠고
압록강 어름위에 은월이 밝아
고국에서 전해오는 피비린 냄새
아깝고 원통하다 우리 동족들

물어보자 동포들아 내 죄뿐이냐
네 죄도 있으리니 같이 나가자
정의에 총과 칼을 손에다 들고
동족을 구하려면 목숨 받쳐라

겁 많고 창자 썩은 어리석은놈

자유를 찾겠다는 표적만으로
죽기는 싫어해도 행복만 위해
우리가 죽거든 뒤나 이어라

하나님 저이들은 이후에라도
몇만데 자손들의 행복을 위해
맹세코 이 한목숨 받치겠으니
성결한 전사를 하게 하소서

* ≪독립군시가집≫에 수록. 이범석 작.

남만학원가*

우리는 누리에 붙는 불이요
철괴도 부수는 망치로다
희망의 표상은 태극기요
외치는 표어는 투쟁일뿐

무기를 잡아라 의론자들아
멍에를 벗어라 증권자들아
우리의 앞에는 승리나 죽음
나가세 앞으로 결전일뿐

반만년 역사의 배달민족아
삼천리 내 강토 다시 찾으려
끓는 피 흘려며 돌격할 때에
최후의 목표는 승리일뿐

* ≪독립군시가집≫에 수록. 1920년대 봉천성 홍경현 왕청문에 세워진 남만학원에

서 불린 노래. ≪혁명의 노래≫와 ≪문학예술사전≫에도 수록되었고, ≪조선문학
사≫·8에 의하면 제목이 ≪혁명가≫, 김혁 작으로 되었다. ≪광복의 메아리≫에
≪승리의 노래≫로 수록되었다.

님생각*

예서 님이 계신곳 그 몇리런고
두만강 건너면 그 곳이련만
그냥 소식 왜 이리 들을수 없나
강남 땅 먼 곳으로 떠난 제비도
봄이 오면 옛집을 찾아옵니다

이 나라 이 백성을 구하리라는
크나큰 뜻을 품고 떠나가신 님
만주땅 찬 바람에 어이 지내나
새 바람 싸늘하게 불기만 하면
뼈마디 마디마디 저려옵니다

날마다 오는 신문 받아들고서
혹시나 우리 님이 아니 잡혔나
자세히 몇 번이나 읽어보지만
그러나 거기서도 님소식 몰라
기다려 고은 얼굴 다 늙습니다

* ≪독립군시가집≫에 수록.

님 찾아 가는 길*

비바람 세차고 눈보라 쌓여도
님 향한 굳은 마음은
변할길 없어라

어두운 밤길에 준령을 넘으며
님 찾아 가는 이 길은
멀기만 하여라

험난한 세파에 괴로움 많아도
님 맞을 그날 위하여
끝까지 가리라

* ≪광복군시가집≫에 수록. 오광심 작. 오광심은 광복군 제3지대 대장 김학규 장군
  의 부인. 실제로 남편을 찾아 만주에서 몇 년 유랑한 경력이 있는데, 여기서 ≪님≫
  은 ≪조국≫을 말하기도 한다.

대한의 노래*

백두산 뻗어나려 반도삼천리
무궁화 이 동산에 역사 반만년
대대로 이어주는 우리 삼천만
복되도다 그 이름 대한이라네

보아라 이 강산에 밤이 새나니
삼천만 너도나도 함께 나가세
길러온 재주와 힘을 모우세
기쁨이 북받쳐 노래하리라

삼천리 아름다운 이내 강산에
억만년 살아나갈 대한의 자손
광명한 아침날이 솟아오르면
우리의 앞길은 탄탄하도다

* ≪광복의 메아리≫에 수록. 1924년 ≪동아일보≫에서 제정한 노래. 처음 제목은
≪조선의 노래≫였다.

대한청년 학도가*

대한청년 학도들아 동포형제 사랑하고
우리들의 일편단심 독립하기 맹약하세
화려하다 금수강산 사랑홉다 우리동포
자나깨나 잊지말고 길이보전 합시다

우리들은 땀을 흘려 문명부강 하게 하고
우리들은 피를 흘려 자유독립 하여 보세
두려움을 당할 때에 어려움을 만날 때에
우리들의 용감한 맘 일호라도 번치 말자

모든 고난 무릅쓰자 쉬임없이 나아가면
못할 일이 무엇인가 일심으로 나아가세
우리 강산 우리 동포 영원보전 할 양이면
우리들의 중한 책임 잠시인들 잊을손가

잊지마세 잊지마세 애국정신 잊지마세
상하귀천 물론하고 애국정신 잊지마세
편한 때나 즐거운 때 애국정신 잊지마세

우리들의 애국성은 죽더라도 잊을소냐

* ≪독립군시가집≫에 수록.

독립군가*

신대한국 독립군의 백만용사야
조국의 부르심을 네가 아느냐
삼천리 이천만의 우리 동포를 건질이
너와 나로다

나가 나가 싸우러
나가 나가 나가
독립문의 자유종이 울릴때까지
싸우려 나가자

너 살거든 독립군의 용사가 되고
나 죽으면 독립군의 충혼이 되니
청년아 너와 나의 소원아니냐
싸우려 나아가세

나가 나가 싸우러
나가 나가 나가
독립문의 자유종이 울릴때까지
싸우려 나가자

대포소리 앞뒤산을 들들 울릴 때
원수진을 쳐서 파할 담력을 내어

정의의 날랜 칼이 광복하는 날
만세를 불러보세

나가 나가 싸우러
나가 나가 나가
독립문의 자유종이 울릴때까지
싸우려 나가자

압록강과 두만강을 뛰여넘어가
수천년의 원수 우리 쓸어내리라
잃었던 조국강산 광복하는 날
만세를 불러보세

나가 나가 싸우려
나가 나가 나가
독립문의 자유종이 울릴때까지
싸우려 나가자

* ≪독립군시가집≫에 수록.

독립군가*

나아가세 독립군아 어서 나가세
기다리던 독립전쟁 돌아왔다네
이때를 기다리고 십년동안에
갈앗던 날랜 칼을 시험할 날이

나아가세 대한민국 독립군사야

자유독립 광복할 날 오늘이로다
정의의 태극기발 날리는 곳에
적의 군세 낙엽같이 쓰러지리라

보느냐 반만년 피로 지킨 땅
오랑캐 말발굽에 밟히는 모양
듣느냐 이천만의 단군의 혈손
원수의 칼아래서 우짖는 소리

양만춘 을지문덕 피를 받았고
이순신 임경업의 후손 아니냐
나라 위해 목숨을 터럭과 같이
싸우던 네 조상의 후손 아니냐

탄환이 빛발같이 퍼붓더라도
창과 칼이 네 앞길을 가로막아도
대한의 용장한 독립군사야
나아가고 나아가도 다시 나가라

최후의 네 피방울 떨어지는 날
최후의 네 살점이 떨어지는 날
네 그리던 조상나라 다시 살리라
네 그리던 자유꽃이 다시 피리라

독립군의 백만용사 달리는 곳에
압록강 어별들도 다리를 놓고
독립군의 붉은피가 내뿌리는때
백두산 굳은바위 길을 열어라

독립군의 날랜칼이 빗기는 날에
현해탄 푸른물이 피빛이 되고
독립군의 벽력같은 고함소리에
부사산 솟은 봉이 무너지노나

나아가세 독립군아 한 호령 밑에
질풍같이 물결같이 달려나가세
하느님의 도우심이 우리에 있고
조상의 신령 오셔 인도하리라

원수군세 산과 같고 구름 같아도
우리 발에 티끌같이 흩어지리라
영광의 최후 승리 우리 것이니
독립군아 질풍같이 달려 나가세

하늘은 맑았도다 땅은 열렸네
영광의 독립군기 높이 날리네
수풀같은 창과 칼에 림면한 것은
십년원한 씻어내던 피줄기로세

빛은 낡고 헤어진 우리 군복은
장백산 낭림산을 장구한 표요
우뢰같이 몰려오는 만세 소리는
한양성 대승리의 개선가로다

* ≪독립군시가집≫에 수록. ≪광복의 메아리≫에는 ≪독립군행진곡≫으로 되었다.
  일찍이 ≪독립신문≫에 게재되었다.

독립군 모자가*

어머니 어머니는 왜 우십니까
어머니가 울으시면 나도 울고싶어요
품안에 안기어서 울음을 운다

흐르는 눈물을 서로 닦으며
야 야 수동아 네 아버지는
엄동설한 찬바람에 지나북간도

떠나가신 그 이후로 오늘날까지
한번도 못뵈어서 이에 이르니
어언간 삼추가 다 지나갔네

고약하고 악독한 왜놈의 손에
칼에 맞고 총에 맞은 우리동포들
네 부친은 그 가운데 한사람이다

* 《독립군시가집》에 수록. 《문학예술사전》의 《토벌가》, 《김선수첩》의 《간도
  토벌가》와 비슷한 점이 많다. 지나북간도는 支那北間島.

독립군의 분투*

시베리아 만주들 험산악수에
결심 품고 다니는 우리 독립군
천신만고 모두다 달게 여기며
눈물피를 뿌림이 그 얼마런가

몽고사막 내부는 차다찬 바람
사정없이 살점을 찢는 듯 한데
살림속에 눈깔고 누워잘때에
끓는 피는 더욱이 뜨거워진다

지친 다리 끌면서 보보 행진코
주린 배를 띠 졸라 힘을 돋는데
무정하다 세월은 흘러가건만
목적하는 이 사업 언제 이룰가

부모형제 처자를 이별하고서
십여년을 이같이 생활하다가
무궁화가 봄 만나 다시 필때에
우리 즐김 따라서 무궁하리라

* 《독립군시가집》에 수록. 《광복의 메아리》에 《독립군》으로 실렸다. 이 가요는
변종이 많다.

독립군 추도가*

가슴쥐고 나무밑에
쓰러진다 독립군아
가슴에서 흐르는 피
푸른 풀이 질퍽해

만리창천 외로운 몸
부모처자 다 버리고
홀로 섰는 나무밑에

힘도 없이 쓰러졌네

산에 나는 까마귀야
시체 보고 우지 마라
몸은 비록 죽었으나
독립정신 살아있다

나의 사랑 대한독립
피를 많이 먹으려나
피를 많이 먹겠거든
나의 피도 먹어다오

* ≪독립군시가집≫에 수록. ≪혁명의 노래≫와 ≪혁명가요집≫에 ≪빨지산 추도가≫
  로 되었고 주제어가 많이 다르다.

독립군 행진곡*

나아가세 독립군아 어서 나가세
기다리던 독립전쟁 돌아왔다네
이 때를 기다리던 십년 동안에
갈았던 날랜 칼을 시험할 날이

나아가세 대한민국 독립군사야
자유 독립 광복한 날 오늘이로다
정의의 태극 깃발 날리는 곳에
적의 군사 낙엽같이 쓰러지리라

보느냐 반만년 피로 지킨 땅

오랑캐 말 발굽에 밟히는 모양
듣느냐 이천만 단군의 자손
원수의 칼 아래서 우짖는 소리

양만춘 칼 아래서 우짖는 소리
이순신 임경업의 후손 아니냐
나라 위해 목숨을 터럭과 같이
싸우던 네 조상의 후손 아니냐

* ≪광복의 메아리≫에 수록. 일찍이 ≪독립신문≫에 게재되었다.

독립군 행진곡*

압록두만 흥안령에 발해의 달에
길이길이 밟았던 그때 그리워
거센 바람 높은 소리 큰 발자취
거침없이 위아래로 달려가누나

나가라 싸워라 대승리 월계관
내게로 오도록 나가 싸우라

잘즈믄 익힌 힘줄 벌떡거리고
절절 끓는 젊은 피는 넘치려누나
한배뫼재 비긴 달이 칼을 뽑을제
바위라도 한번 치면 부서지리라

나가라 싸워라 대승리 월계관
내게로 오도록 나가 싸우라

하늘아래 모든데서 악을 뿌리며
조수같이 달려온들 그 무엇이랴
싱긋 웃고 무쇠팔뚝 번쩍 들때에
구름속에 선녀들도 손뼉 치리라

나가라 싸워라 대승리 월계관
내게로 오도록 나가 싸우라

* ≪독립군시가집≫에 수록. 김좌진(金左鎭, 1819-1930) 작. 청산리(靑山里) 전투에
  서 왜적부대를 대패시킨 것으로 유명하다. 잘즈믄은 億千萬, 한배뫼재는 白頭山.
  ≪광복의 메아리≫에 ≪승리행진곡≫으로 실렸음.

독립운동가*

터졌구나 터졌구나 조선 독립성
십년을 참고 참아 인제 터졌네
삼천리 금수강산 이천만 민족
살았고나 살았고나 이 한 소리에
만세 만세 독립인 만만세
만만세 조선 만만세

터졌구나 터졌구나 조선 독립성
십년을 참고 참다 인제 터졌네
피도 조선 뼈도 조선 이내 한 몸은
살아 조선 죽어 조선 조선 것일세
만세 만세 독립인 만만세
만만세 조선 만만세

* ≪광복의 메아리≫에 수록.

독립운동가*

동포들아 일어서자 용감하게
적수공권뿐이라도 두려울소냐
정의 인도 광명 비치는 곳에
원수의 천군만마 능히 이기리

동포들아 세워라 자유의 깃발
삼천리 신대한의 독립정신을
온 세계 만방에게 선양되도록
영광의 태극기를 높이 울리자

동포들아 일어서자 용감하게
이제야 십년 우원을 풀때가 왔다
뜨건 가슴 끓는 피를 흘릴때에는
이천만민 한맘으로 죽으면 산다

동포들아 독립만세 높이 부르자
외쳐라 독립만세 하늘 닿도록
단군자손 억만대의 자유를 위해
이천만의 소리 높여 독립만만세

* ≪독립군시가집≫에 수록.

독립지사의 노래*

조국을 잃어버린 유랑족으로
수만리 이역에서 설움 받았네

지는 해 돋는 달을 피눈물로써
일시도 잊지 못할 조국의 광복
선열의 흘린피가 헛되지 않게
팔다리 끓는 피를 한데 모아서
억만년 살아나갈 기초 세우자
조국은 신성하다 역사 반만년

배달의 동포들아 총을 들어라
몇 백번 죽더라도 적과 싸우자
독립의 승전가를 높이 부를제
앞길은 찬란하다 삼천리강산

* ≪광복의 메아리≫에 수록. ≪독립군시가집≫에 ≪조국화상곡≫으로 실렸음.

독립지사의 노래*

원한과 분격뿐인 대한 남아야
고국산천 떠나서 이역 만리에
고독과 벗을 삼아 누계성상을
간난신고하는것 무었때문이가

반도야 슬퍼 말고 잘있거라
우리는 너의 회포 풀으리로다

* ≪독립군시가집≫에 수록.

동지의 노래*

사랑하는 우리 동지들
태극깃발 높이 받들고
조국광복 굳은 맹세는
영원토록 변함없으리
언제나 언제나 자유종을 크게 울릴까
언제나 언제나 자유종을 크게 울릴까

사랑하는 우리 동지들
원쑤들이 비록 강해도
와신상담 굳센 투지는
최후까지 싸워이기리
언제나 언제나 개선가를 높이 부를까
언제나 언제나 개선가를 높이 부를까

사랑하는 우리 동지들
피로 맺힌 원한을 풀고
자나깨나 그리워하던
조국 땅을 밟아볼거나
언제나 언제나 한양에서 다시 만날까
언제나 언제나 한양에서 다시 만날까

* ≪독립군시가집≫에 수록. 안창호의 ≪상봉가≫ 즉 ≪언제나 언제나≫의 개작인 것 같다.

망향가(望鄕歌)*

적막한 가을 공산야월 삼경에

슬피 우는 두견새야 네 우지 말아라
타관한 등잠도 못자는 이몸도 있나니
너로 위해 고향 생각 더욱이나 간절타

압록강 저 건너편 백두산밑에
우리 부모 형제 자매 그곳에 계시련만
이곳에서 저곳까지 몇천리 되는가
언제 다시 고향 가서 부모 형제 만날까

조국을 찾으려는 일편단심은
비가 오나 눈이 오나 변함이 없어라
칼을 갈며 맹서하기 그 몇 번이드냐
바라오니 그날까지 기다려주옵소서

* ≪광복의 메아리≫에 수록. 장진영 작.

망향곡(望鄕曲)*

아름다운 삼천리 정든 내 고향
예로부터 내려온 선조의 터를
속절없이 버리고 떠나왔으니
몽매에도 잊으랴 그리웁구나

굽이굽이 험악한 고향길이라
돌아가지 못하는 내 몸이로다

백두 금강 태백에 슬픔을 끼고
두만압록 물결에 눈물 뿌리며

남부여대 쫓겨온 백의동포를
북간도의 눈보라 울리지 말라

굽이굽이 험악한 고향길이라
돌아가지 못하는 내 몸이로다

시베리아 가을달 만주벌판에
몇 번이나 고향을 꿈에 갔드뇨
항소주의 봄날과 장주의 겨울
우리님의 생각이 몇 번이던가

굽이굽이 험악한 고향길이라
돌아가지 못하는 내 몸이로다

상해거리 등불에 안개 가리고
황포강의 밀물이 부닥쳐올 때
만리장천 떠나는 기적소리는
잠든 나를 깨워서 고향 가라네

굽이굽이 험악한 고향길이라
돌아가지 못하는 내 몸이로다

일크스크 찬바람 살에 에이고
바이칼호수에 달이 비칠 때
묵묵히 앉아있는 나의 심사를
날아가는 기러기야 너는 알리라

굽이굽이 험악한 고향길이라
돌아가지 못하는 내 몸이로다

부모님 생각과 나라 생각에
더운 눈물 베개를 적실뿐일세
와신상담 십여년 헤매이어도
아아 나의 타는 속 뉘라서 알랴

굽이굽이 험악한 고향길이라
돌아가지 못하는 내 몸이로다

* ≪광복의 메아리≫에 수록. 이범석 작. 항소주는 杭州와 蘇州.

망향곡*

송화강 밝은 달은 유정도 하온것이
천만리 흘러와도 날따라 왔네

고향은 하도 멀어 생각도 아득하고
그리운 우리 님이 보낸 달인가 보낸 달인가

눈보라 치는 밤엔 하도야 서글퍼서
살뜰히 가고픈 맘 어이나 하랴 어이나 하랴

기러기 돌아가는 가을이 올 때마다
두만강 나룻배를 꿈에 봅니다 꿈에 봅니다

* ≪독립군시가집≫에 수록. 김종한 작.

모란봉*

금수강산 뭉친 영기 반공 중에 우뚝 솟아
모란봉이 되었구나 활발한 기상을 떨치는 듯
　　모란봉아 모란봉아 반공중에 우뚝 솟아
　　독립한 내 모란봉아 네가 네가 내 사랑이라
　　네가 네가 내 사랑이라

모란봉아 평양성은 제일 강산 명승지라
일등낙원 이 아닌가 쾌활한 흥취가 생기는 듯
　　모란봉아 모란봉아 반공 중에 우뚝 솟아
　　독립한 내 모란봉아 네가 네가 내 사랑이라
　　네가 네가 내 사랑이라

모란봉아 언덕 밑에 흘러가는 대동강물
거울같이 맑았어라 더러운 마음이 씻기는 듯
　　모란봉아 모란봉아 반공중에 우뚝 솟아
　　독립한 내 모란봉아 네가 네가 내 사랑이라
　　네가 네가 내 사랑이라

모란봉아 좌우 편에 보흥벌과 대동들이
광활하게 터졌고나 모색한 흉금이 열리는 듯
　　모란봉아 모란봉아 반공중에 우뚝 솟아
　　독립한 내 모란봉아 네가 네가 내 사랑이라
　　네가 네가 내 사랑이라

모란봉아 보흥강수 대동강과 합류하여
황해수로 흘러간다 무궁한 희망이 생기는듯
　　모란봉아 모란봉아 반공중에 우뚝 솟아
　　독립한 내 모란봉아 네가 네가 내 사랑이라

네가 네가 내 사랑이라

화려하다 금수강산 황금인 듯 백옥인 듯
내 죽으면 바로 죽지 그대를 놓고 난 못살리라
　　모란봉아 모란봉아 반공중에 우뚝 솟아
　　독립한 내 모란봉아 네가 네가 내 사랑이라
　　네가 네가 내 사랑이라

* 《광복의 메아리》에 수록. 안창호 작.

모자가(母子歌)*

아가야 자장자장 잘도자거라
아비는 나라 위해 떠나갔단다
너도 또한 어서 자라 독립군 되라

어머니 어머니는 왜 우십니까
어머니 울으시면 울고싶어요
품안에 안기워서 울음을 운다

어머니 어머니 울지 마셔요
어머님 눈물을 흘리시면
소자의 눈에는 피가 흘러요

어머니 어머니 안심하셔요
소자도 얼른 자라 독립군되어
원수를 갚을 날이 머지 않아요

* 《독립군시가집》에 수록. 《김선수첩》의 《간도토벌가》, 《혁명가요집》의 《토
　벌가》와 비슷한데 구조가 다르다.

병식행보가(兵式行步歌)*

장하도다 우리 학교 병식행보가
나포레옹 군대보다 질것없겠네
알프스산 넘어뛰어 사막을 건너
구주천지 정복하던 그 정신으로

맨발로 뛰어가는 정보의 걸음
사막을 걸어가는 락타의 인내
씩씩한 우리들의 병식행보가
현해탄 뛰여넘는 발걸음일세

* ≪광복의 메아리≫에 수록. 안창호 작. 안창호(安昌浩, 1878-1938)는 저명한 독립
운동가, 교육가.

병정타령*

오라 오라 군인들아
총대 메고 바랑지고
고개 고개 넘어갈 때
부모처자 생각말고
어서 어서 나아가세

* ≪님 찾아가는 길≫에 수록.

봉기가*

이천만 동포야 일어나거라
일어나서 총을 메고 칼을 잡아라
잃었던 내 조국과 너의 자유를
원수의 손에서 도로 찾아라

한산의 우로 벋은 초목까지도
무덤속에 누어있는 혼령까지도
노소를 막론하고 일어나거라
어린에까지도 일어나거라

끓는 피로 청산을 고루 적시고
흘린 피로 강수를 붉게 하여라
섬나라 원수들을 쓸어버리고
평화의 종소리 울릴 때까지

* 《독립군시가집》에 수록. 이 가요도 변종이 많다.

부모은덕가*

산아 산아 높은 산아 네 아무리 높다 한들
우리 부모 날 기르신 높은 은덕 미칠소냐
높고 높은 부모은덕 어이하면 보답하랴

바다 바다 깊은 바다 네 아무리 깊다 한들
우리 부모 날 기르신 깊은 은공 미칠소냐
깊고깊은 부모은덕 어이하면 보답하랴

산에 나는 까마귀도 부모은공 극진한데
귀한 인생 우리들은 부모님께 어이할꼬
넓고 넓은 부모은덕 어이하면 보답하랴

굳고 굳은 바위돌은 만년토록 변치 않네
한 부모의 같은 자손 우애지정 바위같다
우리들은 효도하야 부모은덕 갚아보세

* ≪광복의 메아리≫에 수록.

봄의 송가*

봄이 왔네 봄이 왔네 겨울 가고 봄이 왔네
천지간에 화기 돈다 집집마다 기쁘구나
　　바위밑에 눌린 풀도 싹이 터서 올라오네
　　한얼님이 주신 생명 대자연의 힘이 크다

겨울철에 얼어붙은 샘물들이 다 녹았네
이골 저골 졸졸졸졸 사방으로 흐르누나
　　바위밑에 눌린 풀도 싹이 터서 올라오네
　　한얼님이 주신 생명 대자연의 힘이 크다

꽃이 피네 꽃이 피네 산과 들에 꽃이 피네
벌의 노래 나비 춤에 온갖 것이 웃는구나
　　바위밑에 눌린 풀도 싹이 터서 올라오네
　　한얼님이 주신 생명 대자연의 힘이 크다

* ≪광복의 메아리≫에 수록.

불합리가*

자연에 벗으르진 이놈의 세상
평등한 자유가 다 있건만은
왜놈의 천리의 썩어진 냄새
무리한 촉박이 너무 심하다

배줄여 벌어놓은 농작산물은
고 새끼 매국노의 배를 불리고
땀흘려 지어놓은 정자속에는
악마의 신사숙녀 노래를 부르네

아사라 악마들아 잘사나 보자
네 마음에 네 멋대로 실컷 해보라
억울에 싸인 불평대지 이 서름
영원한 고민으로 원수 갚으리

* ≪독립군시가집≫에 수록.

사막가*

조국의 강토는 왜놈이 밟는데
우리 민족 무슨 죄로 여기에 왔는가
생각하니 가슴에 끓는 피 흐른다

돌아보니 뒤로는 구름장이요
바라보니 앞으로 만리 사막에
장검을 휘두르며 다만 혼자서

광야에서 방황말고 정신 차려서
용맹하고 담력있게 나가고 또 나가
조상 나라 찾기까지 죽도록 싸우자

* ≪독립군시가집≫에 수록.

사향가*

내 고향을 리별하고
타관에 와서
적적한 밤 홀로 앉아서
생각을 하니
답답한 마음
아 뉘가 위로해

우리 집서 머지 않아
조금 나가면
작은 시내 졸졸 흐르며
어린 동생들
놀던 그 모양
아 눈에 암암해

내 고향을 떠나올 때
내 어머님이 문앞에서
눈물 흘리며
잘 다녀오라
하시던 말씀
아 귀에 쟁쟁해

중천으로 날아가는
저 기럭떼야 너 가는길
그리 바쁘냐
나의 회포를
우리 부모께
아 전해줄소냐

* 《광복의 메아리》에 수록. 김철남 작. 《독립군시가집》에 《고향가》로 되었는
데 일부 가사가 다르다. 《조선문학사》·8의 김일성 작 《사향가》와 비슷한 점
이 많다.

3·1절 노래*

사천이백오십이년 삼월일일은
이내몸이 압록강을 건넌 날일세
년년이 이날은 돌아오리니
내 목적을 이루기전 못잊으리라

삼천리 강산은 나의 집이며
부모형제 친구들 다 이별하고
한줄기 눈물로써 압록강 건너
한숨으로 부모국을 하직하였네

임을 잃고 떠나온 외로운 내몸
간데마다 고생이요 눈물 짓누나
물어보자 동포들아 내죄뿐이냐
네죄도 있으리니 같이 나가자

시베리아 찬바람에 들을 달리며
스슬랜드 동산에 눕기도 하고
몽고리아 사막도 밟아들 보며
아리비아 벌판에도 거닐리로다

* 《독립군시가집》에 수록. 이 가요도 중국과 조선에 변종이 많다.

3·1절 노래*

참 기쁘고나 삼월일일
독립의 빛이 비쳤고나
삼월일일을 기억하며
천만대 가도록 잊지 마라

만세 만세 만세 만세
우리 민족 우리 동포 만세
만세 만세 만세 만세
대한민국 독립 만만세라

십년간 받은 원수 치욕
오늘에 씻어버렸고나
금수강산이 새로웠고
이천만 동포가 기뻐한다

만세 만세 만세 만세
우리 민족 우리 동포 만세
만세 만세 만세 만세
대한민국 독립 만만세라

잊지 말어라 삼월일일
반도에 사는 청년들아
자자손손 전해가며
억만대 가도록 잊지 마라

만세 만세 만세 만세
우리 민족 우리 동포 만세
만세 만세 만세 만세
대한민국 독립 만만세라

* 《독립군시가집》에 수록.

3·1행진곡*

전 민족이 일어나
피로 싸운 삼일절
높이 깃발을 들어라
크게 북소리 울리고
우리들은 뒤를 이어
힘차게 나가자
걸음걸음 피를 밟아온
우리 겨레 함께 뭉쳤다
높이 깃발을 들어라
크게 북소리 울리고
우리들은 뒤를 이어
힘차게 나가자

* 《독립군시가집》에 수록.

상봉가*

사랑하는 우리 청년들
오늘날 서로 만나보니
반가운 뜻이 은근한중
나라 생각 더욱 깊었네
언제나 언제나 독립연에 다시 만날가
언제나 언제나 독립연에 다시 만날가

청년들아 참 분하고나
저 원쑤가 참 분하고나
저 원쑤를 몰아내고서
태평천하 소원이로세
언제나 언제나 개선가를 높이 부를까
언제나 언제나 개선가를 높이 부를까

청년들아 참 괴롭고나
남의 속박 참 괴롭고나
이 속박을 벗어버리고
국위선양 소원이로세
언제나 언제나 자유종을 크게 울릴까
언제나 언제나 자유종을 크게 울릴까

청년들아 참 슬프고나
무국민이 참 슬프고나
우리 국권 회복하고서
국위진동 소원이로세
언제나 언제나 독립기를 높이 날릴까
언제나 언제나 독립기를 높이 날릴까

청년들아 조상나라를
흥케함도 내 책임이요
흥케함도 내 직분이라
낙심 말고 분발합시다
소원을 소원을 성취할 날 멀지 않네
소원을 소원을 성취할 날 멀지 않네

* ≪독립군시가집≫에 수록. 안창호 작. 조선의 ≪계몽기시가집≫에는 작자 미상으로
  밝히고 ≪상봉유사≫로 제목을 붙여 수록. 완전 일치.

선봉대가*

백두산이 높이 솟아 길이 지키고
동해물과 황해수 둘러있는 곳
생존자유 얻기 위한 삼천만
장하고도 씩씩한 피 뛰고있도다
한깃발아래 힘차게 뭉쳐 용감히 나가
악마같은 우리 원수 쳐몰리치자
우리들은 삼천만의 대중앞에서
힘차게 걷고있는 선봉대다

* ≪독립군시가집≫에 수록. 이두산 작.

선열 추념가*

아침해 고운 빛 비쳐
이 강산 밝아도

주권 잃고 울부짖던
선열 누우셨네
빼앗긴 나라 찾고저
그 몸 제물되니
제단위에 황촉 불꽃
정기 떠오르네

도처 청산 집을 삼고
가진 고생하며
검산도수 돌진하던
선열 누으셨네
겨레를 살리려고
그 생명 바쳤네
항노안에 피는 향연
연기 솟으려네

광복대업 이루려고
일생을 다하신
조국의 수호신되여
선열 누으셨네
그 힘으로 우리 살고
그 덕에 자손 사네
청사에 빛난 이름
천국에 정기되네

나라 위해 목숨 바친
님이 그립고나
다시 만나 볼수 없는
선열 누으셨네

우리 강토 자유 얻고
겨레 살으리니
안심하사 천국에서
길이 쉬웁소서

* ≪독립군시가집≫에 수록. 이광수 작.

세기 행진곡*

떠나온 고국 하늘 아득한 그 꿈
발마춰 나아가면 웃음이 핀다
어깨에 총을 메고 태극기 들고
한양성 찾아갈 그날의 기쁨

세기의 진군이다 우리의 자랑
울려라 이 강산의 독립 종소리

북악산 한강물아 너 잘 있느냐
앞남산 봉화불을 높이 올리자
광복군 맹호처럼 진격할 때에
삼천리 강토에는 태극기 펄펄

세기의 진군이다 우리의 자랑
울려라 이 강산의 독립 종소리

* ≪독립군시가집≫에 수록.

소년군가*

장하고도 장하다 우리 소년아
새나라의 주인공될 우리들이다
우리들도 끓는 피를 식히지 말고
원수들의 땅으로 어서 쳐가자

소년군 동무들 낙심 말아라
제국주의 최후 제단 원수놈들은
제놈끼리 물고뜯고 아우성치며
죽을자리 찾느라고 헤매이리라

애국자의 더운 피 가슴에 끓고
열사들의 팔다리는 민활하도다
원수들의 총칼이 앞을 막아도
우리들은 조금도 두려움 없네

* ≪독립군시가집≫에 수록.

소년모험맹진가*

단군성조 피받은 배달소년아
우리 국가 치욕을 네가 아느냐
천부의 자유권은 차가 없거늘
우리 민족 무슨 죄로 욕을 받는가

나라 사랑 하는자 적지 않지만
모험맹진 하는자 몇이 되느냐

깰지라 소년들아 험한 마당에
조금도 사양말고 달려나가세

침약자의 원수들은 많다하지만
의혈충국 소년들아 한데 뭉쳐서
태극기 앞세우고 맹진할 때에
원수머리 낙엽같이 떨어지리라

* 《독립군시가집》에 수록. 《계몽기시가집》에 2절까지 수록되었다.

소년행진곡*

무쇠골격 돌근육 소년남아야
애국의 정신을 분발하여라

다달았네 다달았네 우리 나라에
소년의 활동시대 다달았네
만인 대적 연습하여 후일 전공 세우세
절세영웅 대 사업이 우리 목적 아닌가

충렬사의 끓는 피 순환 잘되고
소년의 팔다리 민활하도다

다달았네 다달았네 우리 나라에
소년의 활동시대 다달았네
만인 대적 연습하여 후일 전공 세우세
절세영웅 대 사업이 우리 목적 아닌가

일편단심 씩씩한 소년남아야
조국의 정신을 잊지 말아라

다달았네 다달았네 우리 나라에
소년의 활동시대 다달았네
만인 대적 연습하여 후일 전공 세우세
절세영웅 대 사업이 우리 목적 아닌가

벽력과 부월이 당전하여도
우리는 조금도 두렵지 않네

다달았네 다달았네 우리 나라에
소년의 활동시대 다달았네
만인 대적 연습하여 후일 전공 세우세
절세영웅 대 사업이 우리 목적 아닌가

* ≪독립군시가요집≫에 수록. 이 가요는 중국과 조선에 많은 변종이 있다.

송별의 노래*

금풍은 소슬하고 나뭇잎 지는데
이 동네 젊은 청년 떠나가누나
가는 동지 남는 동지 주고받는 말
언제든지 나라 독립 잊지를 말자

두만강을 건너가는 가난한 겨레
왜놈의 채찍에 쫓겨가는데
피끓는 우리 동지 우리 동포는

붉은 피를 뿌리려고 떠나가누나

가는 동지 남는 동지 크게 웨쳐라
압박 받고 착취 받는 우리 민족이
고향 마을 푸른 동산 저 하늘높이
태극기를 휘날릴 때 다시 만나자

* 《독립군시가집》에 수록. 《광복의 메아리》에 《송별곡》으로 되었고, 《혁명가
요집》에 《송별가》와 비슷하다.

손국오열사가*

이준선생 화란 애아 만국회에서
이놈들아 먹겠거든 먹어보아라
약소국가 한국맛을 보아라고
배를 갈라 피를 뿌려 순국하시다

안중근씨 왜적 이등 죽일려고서
석달이나 애써 쫓아다니다가서
하르빈서 만난김에 쏘아죽이고
조국 원수 민족 악마 잡아죽였네

이봉창씨 소화놈을 죽일려고서
험악한 길 바다 건너 산을 뚫고서
차고갔던 폭탄 던져 일황때리니
그놈들은 죽는다고 꼴볼견 없다

윤봉길씨 상해에서 때를 기다려

백천대장 중국침약 먹겠다고서
홍공원서 천장절을 경축하더니
폭탄 맞아 전멸하니 통쾌하도다

백정기씨 상해 천진 습격할 때에
동에 번쩍 서에 번쩍 번개불같이
귀신같이 일본놈을 잡아죽이고
조국광복 민족해방 위해 옥사라

청년들아 잊지 마라 순국렬사를
분골쇄신 억울하게 없어졌지만
붉은 피와 애국정신 영원살아서
우리들을 가르키고있지 않는가

* ≪독립군시가편≫에 수록.

순국용사 추모가*

슬프다 순국한 우리 용사야
동지를 버리고 먼저 갔구나
국토를 미복코 홀로 떠나니
애닮고 원통한 마음뿐일세

왜적의 미진멸 한치 말어라
최후의 성공을 우리 담당해
용진무퇴한 대한남자야
광복할 그날이 멀지 않았네

신령한 황천이 하감하시사
용사의 충혼을 위로하소서
영웅의 위훈을 죽백에 올려
꽃다운 이름을 천추에 빛내

* ≪독립군시가집≫에 수록. '미진멸'은 다 무찔러 없애지 못했다는 뜻. '죽백'은 고대
에 참대에 글을 쓰던 데로부터 생긴 말. 책을 가리킨다.

승기가(昇旗歌)*

조국 강산 멀리 떠난 태극기
우리 피땀 흘려 정성을 바쳐
조국 광복시켜 원수 몰아내
백두산 산상봉에 펄펄 날리자

* ≪광복의 메아리≫에 수록. 이범석 작.

신출발*

새로 출발해가자
비 그치고 구름 헤쳐 햇발이 났네
밝고 밝은 새로운 광명
먼지 하나 없는 길을 비추고있다

발을 맞춰서 나가자
구름 헤쳐 바람 가셔 햇빛이 났네
씻고 씻어 푸르른 나무

씩씩하고 정다웁게 늘어서있다.

명랑하게 나가자
바람 자고 햇빛 나서 새들이 우네
빵긋빵긋 웃는 꽃송이
아름답게 희망 넘쳐 바라다 본다

* ≪독립군시가집≫에 수록.

신흥무관학교 교가*

서북으로 흑룡 태원 남에 영절에
여러 만만헌원 자손 없어 기르고
동해섬중 어린것을 품에다 품어
젖먹여준이가 뉘뇨

우리 우리 배달나라에
우리 우리 조상들이라
그네 가슴 끓던 피가 우리 피줄에
좔좔좔 결치며 돈다

장백산밑 비단같은 만리락원은
반만년래 피로 지킨 옛집이거늘
남의 자식 놀이터로 내어맡기고
종시름 받는이 뉘뇨

우리 우리 배달나라에
우리 우리 자손들이라

가슴치고 눈물 뿌려 통곡하여라
지옥의 쇠문이 운다

칼춤 추며 말을 달려 몸을 연단코
새로 지식 높은 인격 정신을 길러
썩어지는 우리 민족 이끌어내여
새 나라 세울이 뉘뇨

우리 우리 배달나라에
우리 우리 청년들이라
두팔 들고 소리 질러 노래하여라
자유의 깃발이 떴다

* ≪독립군시가집≫에 수록. 이회영(李會榮, 1860-1932) 작. 이회영은 通化縣 哈泥
  河에 신흥무관학교를 꾸려 독립군 간부를 배양하였다.

신흥학우단가*

또또따따 기상나팔
그 얼마나 새롭던가
조국의 얼 맞아드려
절치부심 칼을 갈며
광복대업 달성코자
형아제야 금란결맹
우리 단의 단결일세
우리 단의 단결일세

우렁차다 군가소리

산붕지절 하였으라
한번 뛰어 강을 건너
한번 쳐서 왜적토벌
그 기세가 장할세라
월탕답화 그 기상은
우리 단의 기백일세
우리 단의 기백일세

시베리아 요동천리
거침없이 편답할제
야수마적 다 만나고
만주벌판 설한중에
갖은 고초 다 겪어도
일편단심 나라 회복
우리 단의 정신일세
우리 단의 정신일세

백만 적병 무찌르던
을지소문 수법대로
포연탄우 화해속에
동정서벌 육탄 삼아
구국성인 하신 고우
백절불굴 절개로세
이것이 곧 우리 단시
이것이 곧 우리 단시

* 《독립군시가집》에 수록.

아리랑 강남*

정 이월 다가고 삼월이라네
강남갔던 제비가 돌아오면은
이 땅에도 또다시 봄이 온다네
　　아리랑 아리랑 아라리요
　　아리랑 강남을 어서 나가세

강남이 어딘지 뉘가 알리요
떠나가신 그 님이 돌아올 때면
이 땅에도 또다시 봄이 온다네
　　아리랑 아리랑 아라리요
　　아라랑 강남을 어서 나가세

* ≪광복의 메아리≫에 수록.

아버지를 찾아서*

어머니여 아버지는 어데 가셨오
이렇게 오래도록 안 오시나요
학교에서 오는 길에 설어웠다오
아버지가 보고 싶어 울었답니다

아버지는 저 먼 곳에 가셨느니라
거기 가서 우리 동포 가르치신다
머지 않아 기를 메고 돌아오리니
그때까지 공부 잘하고 기다리거라

아버지를 찾아 나는 떠나갈테요
강을 건너 산을 넘어 어느 곳이던
남북 만주 넓은 들에 찾지 못하면
만리 장성 넘어라도 찾아갈테요

거기서도 아버지를 찾지 못하면
동에서 서에서 남과 북으로
절절 끓는 열대에도 아니 계시면
얼음 깔린 북극인들 왜 못 가리까

* ≪광복의 메아리≫에 수록.

압록강을 건넌 노래*

사천이백 오십이년 삼월일일은
이내몸이 압록강을 건넌 날이다
년년이 이날은 돌아오리니
내 목적을 이루기전 못잊으리라

물어보자 동포야 네죄뿐이냐
나의 죄도 있으려니 같이 나가자

사천이백 오십이년 삼월일일은
이내몸이 압록강을 건넌 날이다
삼천리 강산은 나의 님인데
부모형제 친구들을 다 리별하였네

물어보자 동포야 네죄뿐이냐

나의 죄도 있으리니 같이 나가자

사천이백 오십이년 삼월일일은
이내몸이 압록강을 건넌 날이다
한줄기 눈물로 압록강 건너
한숨으로 부모국을 하직하였네
물어보자 동포야 네죄뿐이냐
나의 죄도 있으리니 같이 나가자

* ≪독립군시가집≫에 수록. 단기 4252년은 서기 1919년. ≪광복의 메아리≫와 다른
  책에 ≪3·1운동가≫, ≪3·1절노래≫로 되어 수록되었는데 대동소이.

압록강 행진곡*

우리는 한국독립군
조국을 찾는 용사로다
나가! 나가!
압록강 건너 백두산 넘어가자
진주 우리 나라 지옥이 되여
모두 도탄에서 헤매고있다

동포는 기다린다
어서 가자 고향에
어서 가자 조국에
우리는 한국광복군
조국을 찾는 용사로다
나가! 나가!
압록강 건너 백두산 넘어가자

우리는 한국광복군
악마의 원수 처물리자
나가! 나가!
압록강 건너 백두산 넘어가자
등잔밑에 우는 형제가 있다
원수한테 밟힌 꽃포기 있다

동포는 기다린다
어서 가자 고향에
어서 가자 조국에
우리는 한국광복군
조국을 찾는 용사로다
나가! 나가!
압록강 건너 백두산 넘어가자

* ≪독립군시가집≫에 수록. 박영만 작.

앞으로 갓*

넓은 대지 발 맞추어 앞으로 가자
씩씩한 용사들 산을 넘고 물을 건너
앞으로 가자 승리의 기상 높이

넓은 대지 발 맞추어 달려서 가자
씩씩한 용사들 산을 넘고 물을 건너
달려서 가자 승리의 기상 높이

* ≪광복의 메아리≫에 수록.

앞으로 행진곡*

장하도다 한배님 아들딸들은 배달겨레며
백두산 동해물과 한반도는 우리 집일세
반만년의 력사는 밝고밝은 한빛이 되며
찬란한 문화는 무궁화 향기로세
고구려의 강대하던 무용을 본뜨세
청구에 자유종이 우렁차게 울릴 때
동아에 다시 서서 세계만방 으뜸 되세
한겨레 한덩이 되여 하늘 땅 있을 때까지
우리 정신 길고 멀게
용감히 앞으로 나가세

* ≪독립군시가집≫에 수록.

애국지사의 노래*

양자강 푸른 물에 낚시 드리고
독립의 시절 낚던 애국지사들
한숨과 피눈물로 물들인 타향
저 밝은 저녁달이 몇 번이드냐

가슴에 맺힌 한을 풀길이 없어
산설고 물선 땅에 수십년 세월
목숨이 시들어서 진토가 된들
배달민족 품은 뜻을 버릴가보냐

의분과 인내속에 강은 더 흘러

내일의 기쁜 날을 맞이하려는
자유와 독립의 힘찬 종소리
무궁화 삼천리에 울려퍼지리

* ≪독립군시가집≫에 수록.

어린이 노래*

금수의 강산에서 우리 자라고
무궁화 화원에서 꽃피려 하는
배달의 어린 동무 노래 부르자
세상에 부러울 것 그 무엇이랴

침침 침야는 깊어가고
광명한 아침이 밝아온다
태백산 도을요에 얼굴을 드니
화려한 금수강산 찬란하고나

흑암의 장막은 그치였고
광명한 무대는 열리어라
금강산 상봉에 얼굴을 드니
화려한 금수강산 찬란하고나

* ≪독립군시가집≫에 수록. ≪혁명가요집≫의 ≪어린 동무 노래 부르자≫와 같은 노
  래인 듯한데, 주제어가 많이 다르다.

여명의 노래*

처량한 땅 기나긴 밤
도처에는 어둠이라
우수에 잠겨 슬퍼 말자
어둠 지나면 새벽이니
어둠은 물러갈것이다
어두운 밤이 지나면
동트기 시작한다
세우자 우리 새로운 한국
철굽에 밟힌 우리 땅에
햇빛 비치니 동포들아 노력해

* ≪광복의 메아리≫에 수록. 이해평 작.

용사의 노래*

비가 오나 눈이 오나
거센 바람 휘몰아쳐도
바위같이 굳은 의지는
우리들의 기상이로다

어서 가자 투전용사야
조국강산 다시 찾으려
정의로운 총칼을 들고
앞을 향해 나아가리라

대포소리 땅을 울리고

원수무리 쏟아져와도
걸음마다 피를 흘린다
최후까지 싸워이기리

산을 넘고 바다를 건너
조국땅을 밟는 그날에
원수들을 쫓아버리고
태극깃발 높이 날리리

* ≪독립군시가집≫에 수록. ≪광복의 메아리≫에 ≪특전용사의 노래≫로 되어 수록.
  이신성 작.

용진가*

요동 만주 넓은 뜰을 쳐서 파하고
여진국을 토멸하고 개국 하옵신
동명왕과 이지란의 용진법대로
우리들도 그와 같이 원수 쳐보세

나가세 전쟁장으로 나가세 전쟁장으로
검수도산 무릅쓰고 나아갈 때에
독립군아 용감력을 더욱 분발해
억천만번 죽더라도 나아갑시다

한산도의 왜적들을 쳐서파하고
청천강수 수병 백만 몰살하옵신
이순신과 을지공의 용진법대로
우리들도 그와 같이 원수 쳐보세

나가세 전쟁장으로 나가세 전쟁장으로
검수도산 무릅쓰고 나아갈 때에
독립군아 용감력을 더욱 분발해
억천만번 죽더라도 나아갑시다

배를 갈라 만국회에 피를 뿌리고
육혈포로 만군중에 원수 쏴죽인
이준씨와 안중근의 의용심대로
우리들도 그와같이 원수 쳐보세

나가세 전쟁장으로 나가세 전쟁장으로
검수도산 무릅쓰고 나아갈 때에
독립군아 용감력을 더욱 분발해
억천만번 죽더라도 나아갑시다

혈전 팔년 동맹국을 쳐서 파하고
영국 기반 벗어나던 미국 독립군
나팔륜과 와성돈의 용집법대로
우리들도 그와 같이 원수쳐보세

나가세 전쟁장으로 나가세 전쟁장으로
검수도산 무릅쓰고 나아갈 때에
독립군아 용감력을 더욱 분발해
억천만번 죽더라도 나아갑시다

횡빈대판 무찌르고 동경 들이쳐
동서남북 번쩍번쩍 모두 함낙코
국권을 회복하는 우리 독립군
승전고와 만세 소리 천지동켔네

나가세 전쟁장으로 나가세 전쟁장으로
검수도산 무릅쓰고 나아갈 때에
독립군아 용감력을 더욱 분발해
억천만번 죽더라도 나아갑시다

* ≪광복의 메아리≫에 수록. ≪독립군시가집≫에 ≪독립군용진가≫로 수록되고 이
광수 작으로 밝혔다. 조선의 ≪혁명가요집≫에 ≪용진가≫와 비슷한데, 주제어가
많이 다르고 ≪계몽기시가집≫에 3절까지 수록되었다. '나팔륜'은 나폴레옹, '와성
돈'은 워싱턴.

우리 나라 어머니*

우리 나라 어머니 품을 떠나서
헤매이는 형제들 어서 뭉치세
백설단심 끓는 피 깨끗이 받쳐
한을 품고 찾으세 화려 삼천리

우리 나라 어머니 살리려 가세
가슴속에 백힌 못 빼낼때 왔다
만연철지 굳은 맘 끝까지 싸워
분을 품고 빛내세 배달 삼천만

* ≪독립군시가집≫에 수록. 신덕명 작.

운동회 응원가*

백두산의 높은 봉은 우리 넓이요
천지수는 대양으로 흘러가도다

영원무궁 일월성신 나아갈 때에
활발하게 나아감이 엄숙하도다

너희들의 팔다리로 창검을 삼아
죄충우돌 적진을 격퇴하고서
아름다운 우승기를 쟁취하도록
용감하게 분투하라 우리 선수야

* ≪독립군시가집≫에 수록. 서일 작. 중국과 조선에서 많이 보급된 ≪용진가≫와 비
  슷한 점이 많다.

유랑의 노래*

다리 두고 배를 저어
압록강 건너서니
닭이 울고 밤이 깊어
바람조차 거칠어라
언제쯤 이 강물을
다시 건너가리오
언제쯤 이 강물을
다시 건너 가리오

허허벌판 낯서른 땅
어느덧 해는 지고
흙탕길엔 비 뿌리고
마을조차 뵐질 않네
애달프다 이 한밤을
어디에서 지새랴

애달프다 이 한밤을
어디에서 지새랴

주린 창자 아픈 다리
가도가도 끝없고
담장 높은 부락에는
개울음만 요란하다
유랑의 이 설음을
누구에게 전하랴
우라의 이 설음을
누구에게 전하랴

* ≪독립군시가집≫에 수록.

이등도살가(伊藤屠殺歌)*

만났도다 만났도다
원수 녀를 만났도다
너를 한번 만나고저
일평생에 원했지만
천신만고 거듭하여
가시성을 더듬었다

너를 한번 만나려고
수륙으로 몇만리를
혹은 윤선 혹은 화차
로국 청국 방황하고
앉을 때나 섰을 때나

앙천하고 기도하고

우리 민족 이천만을
멸망까지 시켜놓고
금수강산 삼천리를
소리없이 뺏으려니
살피소서 살피소서
주 예수여 살피소서

궁흉극악 네 목숨이
나의 손에 달렸으니
지금 네 명 끊어지니
너도 원통 하리로다
덕닦으면 덕이오고
죄 범하면 죄가 온다

너를 오늘 만나보니
너뿐인줄 아지 마라
너희 민족 오천만을
오늘부터 시작하여
한놈 두놈 보는대로
내 손으로 죽이리라

* ≪독립군시가집≫에 수록. 1909년 10월 26일 안중근(安重根, 1879-1910)이 이토 히로부미를 격살키 위하여 하얼빈을 향해가는 차안에서 읊었다고 전해짐. 다른 책에는 ≪거사가(擧事歌)≫로도 불렸으며 또 변종도 많다.

이향가(離鄕歌)*

철 모르고 연약한 어린 이 몸이
정깊은 고향을 등져버리고
급행열차 한구석에 몸을 실은지
어언간 십여년이 지나갔구나

정거장에 기차는 떠나려 할제
사랑하는 어머님은 눈물흘리며
네가 이제 떠나가면 언제 오려나
눈물 섞인 그 말씀을 못잊겠구나

오동추야 저 달은 반공에 솟고
짝을 잃은 외기러기 못가에 앉아
쓸쓸한 이국땅에 홀로 새우며
어머님을 그려본지 몇 번이드냐

이내몸이 돌아갈 날 언제이런가
이천만 우리 동포 손목을 잡고
무궁화 삼천리 넓은 강토에
태극기 휘날릴 날 그때이로다

* 《광복의 메아리》에 수록.

자유가*

사람은 사람이란 이름 가질 때
자유권은 똑같이 가지고 났다

자유권 없이는 살아도 죽은 몸이니
목숨은 버리여도 자유는 못버려

배달의 어린이야 어서 자라서
우리들의 자유를 위하여 싸우라
자유를 찾던지 우리 몸이 죽던지
끝까지 기운 떨쳐 힘써 싸우라

차라리 다 죽어서 자유혼 되나
이 몸 쓰고 종노릇 나는 아니해
원수야 너의 힘 몇푼어치 되느냐
이순신의 싸움법이 여기 또 있다

정의가 무엇이냐 자유 위하야
자유 앗은 원수를 죽임이 정의
정의의 날랜 칼 들고있는 그 날에
반가운 자유가 내게도 오리라

* ≪독립군시가집≫에 수록. ≪혁명가요집≫에 ≪자유가≫가 있는데 구조는 같으나
  내용은 많이 다르다.

작대가(作隊歌)*

동포들아 대를 지어 나아가자
우리 국권 회복할 날 오늘 아닌가
활발하고 용감한 우리들 앞에
독립의 깃발은 휘날린다

만세 만세 함께 부르고
독립 독립 높이 외치자
이천만 한데 뭉쳐 나가는곳에
최후의 승리가 오고 말리라

피를 흘려 우리 국권 되찾기 위해
씩씩하게 앞으로만 전진할때에
빛나는 태극기를 펄펄 날리며
힘차게 자유종을 꽝꽝 울려라

만세 만세 함께 부르고
독립 독립 높이 외치자
이천만 한데 뭉쳐 나가는곳에
최후의 승리가 오고 말리라

초연탄우 무릅쓰고 나가는곳에
뜨거운 피가 끓고 정성 묻힌곳
끝까지 쉬지 않고 나아갈 때에
자유와 독립은 오고 말리라

만세 만세 함께 부르고
독립 독립 높이 외치자
이천만 한데 뭉쳐 나가는곳에
최후의 승리가 오고 말리라

* ≪독립군시가집≫에 수록. 이 시가의 변종이 많다. ≪계몽기시가집≫에도 수록.

장검가(長劍歌)*

쾌하다 장검을 비껴들었네
오늘날 우리 손에 잡은 칼은
요동 만주에 크게 활동하던
동명왕의 칼이랑 방불하구나

번쩍번쩍 번개같이
번쩍번쩍 번개같이 번쩍
쾌한 칼이 우리 손에 빛내여
우리의 국위를 떨치는구나

쾌하다 장검을 비껴들었네
오늘날 우리 손에 잡은 칼은
청천강에 수병을 격파하던
을지공의 칼이오 오늘 다시

번쩍번쩍 번개같이
번쩍번쩍번쩍 번개같이 번쩍
쾌한 칼이 우리 손에 빛내여
우리의 국위를 떨치는구나

쾌하다 장검을 비껴들었네
오늘날 우리 손에 잡은 칼은
한산도에 왜병을 쳐 멸하던
충무공의 칼이 오늘 다시

번쩍번쩍 번개같이
번쩍번쩍번쩍 번개같이 번쩍
쾌한 칼이 우리 손에 빛내여

우리의 국위를 떨치는구나

* ≪독립군시가집≫에 수록. 안창호 작.

작별의 노래*

잘 가시오 잘 가시오
정다운 형제여
이제 가면 언제 오리
눈물 흐르네
나라 위해 떠나가는
가시밭 험한 길
북풍한설 낯설은 땅
평안히 가시오
잘 계시오 잘 계시오
정다운 형제여
아름다운 고향산천
떠나서 가지만
어디 간들 잊으리요
내 조국 내 동포
다시 만날 그때까지
안녕히 계시오

* ≪광복의 메아리≫에 수록.

재만동포 조위가(弔慰歌)*

따뜻한 내 고향을 떠나서 가실 적에
그 눈물 씻어 줄 이 없었네
그 눈물을 거기거기 그 바람 찬 데로
어이 못해 찾아간 내 형제

멀고 먼 고향 하늘 바라고 눈물지며
우시는 그 모양이 보이네
눈에 뵈네 거기거기 그 거치른 들에
쟁기 쥐고 헤매는 내 형제

늙은이 어린이들 몰려서 이리저리
떠도는 그 몸 위에 웬인고
어인 일로 갖은 고초 다 맛보는데서
뜻도 아닌 죽음이 있었나

눈 속에 방황하는 형제여 위로 받소
멀리 간 넋이라도 들으소
위로 받소 맑고 밝은 새 앞날이 올 때
함께 모여 새 소리 부르리

* 미상.

전진가*

독립군의 깃발 펄펄 날릴제
신호나팔 크게 울려퍼지네

일기당천 용사 때는 왔으니
보무당당 힘차게 나아갑시다

결전장을 향하여 전진 또 전진
승전가는 높이 우렁차리라

침략자 원수 비록 강하나
뒤질세라 오직 앞만 보고서
검수도산 뚫고 돌격할 때에
악마같은 무리들 쓸어지리라

결전장을 향하여 전진 또 전진
승전가는 높이 우렁차리라

* 《독립군시가집》에 수록. 김광현 작.

전우 추모가*

언제나 우리 동지 돌아오려나
애가달아 기다린지 해가 넘건만
찬바람 눈보라 휘날리는 들
눈물겨운 백골만 널려있구나

서산에 지는 해야 머물러다오
우리 동지 돌아올 길 아득해진다
돌아보니 동지는 간곳이 없고
원쑤들의 발굽만 더욱 요란타

아 생각 더욱 깊다 나의 동지야
네 간곳이 어디메냐 나도 가리라
보고싶은 네 얼굴 살아 못보니
넋이라도 네 품에 안기려 한다

* ≪독립군시가집≫에 수록. 김학규 작. 1930년대 양세봉 장군이 지휘한 독립군에서
  부르던 노래.

전우 환영가*

즐겁도다 오늘날에
귀한 친구 만났으라
길고 오랜 장마날에
청천 백일 빛이나듯

결사적 동지들
오늘날에 만났으라
높은 덕을 사모하여
한곡조 노래 부르세

사랑흡다 생사동지
충의열정 간절하사
모든 고난 모든 풍파
날로 길이 받았고나

결사적 동지들
오늘날에 만났으라
높은 덕을 사모하여

한곡조 노래 부르세

흠도 없고 티도 없는
뚜렷하게 밝은 마음
가을하늘 반공중에
높이 빛난 명월인 듯

결사적 동지를
오늘날에 만났으라
높은 덕을 사모하여
한곡조 노래 부르세

* ≪독립군시가집≫에 수록.

조국 행진곡*

팔도강산 울리며
태극기 펄펄 날려서
조국 독립 찾는 날
눈앞에 멀지 않았다
백두산은 높이 압록강은 길게
우리를 바라보고있고
지하에서 쉬시는 선열들
우리만 바라보시겠네

험한 길 가시밭길을
헤치고 넘고 또 넘어
조국 찾는 영광 길

힘차게 빨리 나가세

독립 만세 부르며
태극기 펄펄 날려서
조국 독립 찾는 날
눈앞에 멀지 않았다
아름다운 산천 사랑하는 동포
우리는 만나볼수 있고
한숨 쉬며 기다린 동포들
기쁨에 넘쳐 춤추겠네

험한길 가시밭길을
헤치고 넘고 또 넘어
조국 찾는 영광길
힘차게 빨리 나가세

* ≪독립군시가집≫에 수록. 신덕영 작.

지평선의 노래*

대평원의 지평선 먼동이 틀 때
대자연의 아침이 명랑하구나
이것은 우리의 기상이니
일어나 싸워라 배달의 용사

대평원의 지평선 먼동이 틀 때
광복군의 나팔이 우렁차고나
이것은 우리의 함성이니

모두다 모여라 배달의 용사

대평원의 지평선 먼동이 틀 때
태극깃발 창공에 높이 솟았네
이것은 우리의 깃발이니
그밑에 뭉쳐라 배달의 용사

* ≪광복의 메아리≫에 수록. 옥인찬 작.

진군나팔*

날이 밝은다 진군하자
보무당당히 용사들아
깊은 강물과 높은 준령을
단숨에 넘어 달려가자

나팔 울렸다 돌격하자
용감무쌍한 용사들아
나의 조국과 겨레 위하여
원수와 싸워 이기리라

* ≪독립군시가집≫에 수록. ≪광복의 메아리≫에 ≪용사의 노래≫로 수록.

철권아(鐵拳兒)들아*

피에 끓는 팔다리는 들먹거리고
활기에 찬 우리 눈은 앞을 겨준다

이 팔다리 휘둘러서 나가는 곳에
앞을 가린 천만장애 두려울소냐
나가라 싸워라 두즘골 철권아들아
자유의 깃발이 세즘강산에 날릴때까지

백두산이 높다 하면 뛰여오르고
압록강이 넓다 하면 헤어건느세
이 날램과 이 기운이 씽하는날에
오양육주 어느 누가 우리 당하랴
나가라 싸워라 두즘골 철권아들아
자유의 깃발이 세즘강산에 날릴때까지

우리 살은 무쇠살에 뼈는 돌뼈라
찬 비바람 끓는 더위 꺼릴 것 없네
여름이면 아프리카 사막에 뛰고
겨울이면 시베리아 찬벌에 울고
죽여라 깨트려라 우리앞에 장애물을
견주자 던져라 현해탄을 넘겨보며

* ≪독립군시가집≫에 수록. '두즘골'은 二千萬, '세즘'은 三千里.

최후의 결전*

최후의 결전을 맞으러 나가자
생사적 운명의 판가리다
나가자 나가자 굳게 뭉치여
원수를 소탕하러 나가자

총칼을 메고 결전의 길로
다 앞으로 동무들아
혁명의 기는 우리 앞에 날린다
다 앞으로 동무들아

무거운 쇠사슬 벗어 메치고
가슴에 사무친 원한 풀자
무산대중아 모두다 나가자
승리는 우리를 재촉한다

총칼을 메고 결전의 길로
다 앞으로 동무들아
혁명의 기는 우리 앞에 날린다
다 앞으로 동무들아

* 《독립군시가집》에 수록. 윤세주(尹世胄) 작. 윤세주는 곧 석정. 《최후의 혈전》
이라 불리기도 했다. 《광복의 메아리》 등 다른 책에도 수록. 이 가요는 해방 후
중국 조선족들 속에서 널리 불렸다.

추도가*

정처없이 다니는
나라 잃은 우리가
만리이역에 와서
슲은 맘과 눈물로
순국하신 선열만
생각하는 설음은
하늘땅이 암암코
가슴속이 터진다

멀리 뵈는 조국은
구름속에 잠겼고
무주고혼 의롭게
떠다니는 저 고혼
나라 찾지 못하고
돌아가신 그 원한
간곳마다 이 애통
원한 애절스럽다

칼과 총과 창 끝에
한숨 쉬며 가신때
매와 욕과 교승에
중한 괴롬 당할 때
아득하신 정신에
애쓰시던 그 형편
가슴속에 흐르는
더운피가 흐른다

먼저 가신 여러분
순국하신 자취를
우리 또한 따라서
함께 밟아가리니
충혼 그혼 그 정신
무궁화에 실려서
무궁토록 영원히
우리 땅에 빛나리

* 《독립군시가집》에 수록.

춘색가(春色歌)*

산위에 덮였던 눈 혼적없이 녹았고
떨기아래 구는 내 돌돌 흐르네
수택에 모인 물 천척이 깊었네
삼천리에 찬 것이 봄빛이로다

언덕위에 잔디는 푸릇푸릇 잎나고
절벽위에 피는 꽃 점점 붉었네
꽃과 풀은 때조차 빛을 발하네
삼천리에 찬 것이 봄빛이로다

종달은 높이 떠 지종지종 노래코
기러기 짝지어 펄펄 날도다
울고가는 새들은 봄소식 전하니
삼천리에 찬 것이 봄빛이로다

나라 사랑 일편심 꽃과 같이 붉었고
동포사랑 깊은 정 수택같고나
이 땅과 이 정을 사시청춘 불변해
삼천리에 찬 것이 봄빛이로다

* ≪독립군시가집≫에 수록. 오능조 작.

평양감옥가*

이야 평양감옥아 네게 못노니
이곳에 생겨난지 몇몇 해인가

이제부터 너와 나와 두사이에
어떠한 관계가 깊어있나

앞에 있는 소망을 바라보고서
이곳에 들어온지 몇몇 해인가
충신열사 본 받아서 피와 진땀을
흘리면서 죽어도 한이 없겠네

슬프도다 우리 민족 이천만 민중
네속에 갇힌자 누구누군가
선지자도 옥중에서 잠을 잤으나
주께서도 법정에서 심문 받았네

재판소에 내왕하는 모양 보아라
머리에 왕골갓 손에 철갑은
완연히 죄인 모양 다름없으니
보는자 누구든지 참혹하리라

끼마다 먹는밥은 수수밥이요
밤마다 자는잠은 새우잠이라
수수밥이 맛이있어 누가먹으며
새우잠이 평안하여 누가잘소냐

밥들기 전이라 목이말라서
애쓸 때 이런사정 누가알리요
간수놈의 무정한 고함소리에
영웅의 세력도 쓸데없겠네

철창새로 비치는 저기저달빛
우리집 동창에도 비쳤으리라

슬피울며 떼지어 가는저기럭
우리집 나의회포 전해주려나

나의목적 다하고 나가는날에
부모와 친척을 모아놓고서
이런일 저런일 이야기할제
기쁨과 슬픔이 자연일겠네

* ≪독립군시가집≫에 수록. 오능조 작. ≪혁명가요집≫에도 수록되었는데 좀 다르다.

항일전선가*

착취 받고 억압 받는 배달민족아
항일의 전선에 달려나오라
다달았네 다달았네 우리나라의
독립의 활동시대 다달았네

풍운같이 일어나자 모든 일터에서
달려가자 독립전선 한마당에로

병사는 칼을 들라 선봉전에서
남녀가 애까지 총동원하라
원수들을 처없애는 최후결전에
한마은 한소리로 모여들어라

풍운같이 일어나라 모든 일터에서
달려가자 독립전선 한마당에로

소화궁전 황금탑에 폭탄 던지고
군재벌 소굴에 불을 지르자
백의동포 학살하는 왜적놈들을
단두대에 목을 잘라 복수를 하자

풍운같이 일어나자 모든 일터에서
달려가자 독립전선 한마당에로

독립군에 자유종을 크게 울리고
한양에 태극기 펄펄 날릴제
수십년을 짓밟히던 무궁화동산
우리 조국 낙원으로 만들어보자

풍운같이 일어나자 모든 일터에서
달려가자 독립전선 한마당에로

* ≪독립군시가집≫에 수록. ≪혁명가요집≫에 ≪결사전가≫로 수록되었는데 주제어
  가 일부 다르다.

혁명군 행진곡*

우리는 자유를 찾으려
힘써가는 싸움꾼이니
병장기 연장을 다 들고
싸움하러 나아가자
원수에게 얽매인 사슬
모조리 때려부수고

무궁화 옛동산의 묵은밭
다시 갈아서
새나라를 세우려 나아가자
이것은 우리의 거룩한 짐이니
우리의 뜻 이루도록
싸우러 나가자

* ≪독립군시가집≫에 수록. 일명 ≪노병회가(勞兵會歌)≫라고도 했다. 리정호 작.

혈성대가(血誠隊歌)*

신대한의 애국청년
끓는 피는 뜨거워
일심으로 분발하여
혈성대를 조직코
조상나라 붙들기로
굳게 맹약 하였네

두려 마라 부모국아
원수 비록 강하되
담력있고 용맹있는
혈성대의 청년들
부모국을 지키려고
굳게 파수 섰고나

혈성대의 애국정신
뇌수속에 박혔네
산은 능히 뽑더라도

우리 정신 못뽑아
장할지라 굳세고나
우리 청년혈성대

대포소리 부딪치며
칼이 앞을 막으되
적진 향한 혈성대는
승승장구 돌격해
통쾌하다 만전불패
혈성대의 맹진력

* 《독립군시가집》에 수록.

혈전의 때*

충용하고 담력있는
대한의 남아야
혈전으로 독립을 할
이때가 왔도다
정의를 위하여
자유를 위하여
조국을 소생시킬
이때가 아닌가

넋을 갖고 피를 가진
대한의 남아여
혈전으로 독립을 할
이때가 왔도다

조상을 위하여
자손을 위하여
최후에 희생받칠
이때가 아닌가

* ≪독립군시가집≫에 수록.

혈전의 때는 왔도다*

충용한 대한의 남아야
결전의 때 독립의 때는 왔도다
모두들 나가자 앞서 나가자
조상을 위하여 후손을 위하여
넋과 몸으로 최후의 희생 바치실
이때가 아닌가

충용한 대한의 남아야
혈전의 때 광복의 때는 왔도다
그대도 나가자 나도 나가마
정의를 위하여 자유를 위하여
쇠와 피로서 조국을 소생시킴은
이때가 아닌가

* ≪광복의 메아리≫에 수록.

황하야곡*

태행산맥 스쳐오는 바람소리에
들려오는 밤새 울음 처량하구나
달빛아래 구비치는 황하물결은
쉬지 않고 동녘으로 흘러만 가네

북두칠성 별들은 잠이 깊은데
강나루터 갈대잎만 속삭이는 듯
황하강물 노려보며 지키는 병사
고향길을 헤아리며 밤을 지새네

낙양성밖 북망산 언덕바지에
영웅호걸 절세가인 편히 쉬는가
항전의 거센 불길 꺼지지 않고
어느때에 황하물은 맑아지려나

* ≪광복이 메아리≫에 수록. 장호강 작.

흘러가는 저 구름*

저산 넘어 저멀리 흘러가는 저 구름
우리 나라 찾아서 가는것이 아닌가
떠나올 때 말없이 찾아왔지만
타는 마음 끓는 피 참을길 없어
유랑의 길 탈출길 지나고 넘어
조국 찾는 혁명길 찾아왔으니
보내다오 이내맘

저산 넘어 저멀리 흘러가는 저 구름
우리 나라 찾아서 가는것이 아닌가
떠나올 때 울면서 떠나 왔지만
내리는 비 찬 바람 어둠속에도
위험한 길 싸움길 드나들면서
혁명가의 나갈길 걷고있으니
전해다오 이내맘

저산 넘어 저멀리 흘러가는 저 구름
우리 나라 찾아서 가는것이 아닌가
돌아갈가 바라지 아니하면서
이내몸은 이국의 흙이 되어도
정신 살아 우리 땅 화초가 됨을
기뻐하며 평안히 살아가기를
바란다고 알려라

* ≪독립군시가집≫에 수록. 신덕영 작.

주요 참고자료

△ ≪항일투쟁시기노래집≫·1, 연변대학 사회과학계, 1957. 8. 조선족 여성 항일투사 김선의 수첩에서 선록한 등사판. 이 책에서 ≪김선수첩≫으로 약칭함.

△ ≪혁명가·동요편≫, 연변 조선족민간문예연구조 편, 등사판, 1963. 10.

△ ≪혁명의노래≫ 제1집, 중공연변주위 선전부 편, 연변인민출판사, 1958. 9.

△ ≪노래집 동북군정대학 길림분교때 부르던 노래묶음≫, 동북군정대학 길림분교 동창회 준비위원회 편, 연변인민출판사, 1992. 2. 이 책에서 ≪군정대학 노래집≫으로 약칭함.

△ ≪동북항일련군가곡선≫, 리민 편, 하얼빈 동방경제문화중심, 1996. 12. 이 책에서 ≪항일련군가곡선≫으로 약칭함.

△ ≪혁명가요집≫, 조선로동당 중앙위원회 직속 당력사연구소 편, 조선로동당출판사, 1959. 6.

△ ≪현대조선문학선집≫·10(아동시집), 현대조선문학선집 편찬위원회 편, 조선작가출판사, 1960. 3.

△ ≪현대조선문학선집≫·11(시집), 현대조선문학선집 편찬위원회 편, 조선작가출판사, 1960. 3.

△ ≪현대조선문학선집≫·6(계몽기시가집), 김학길 편, 문예출판사, 1990. 11.

△ ≪문학예술사전≫, 조선사회과학원 문학연구소 편, 사회과학출판사, 1972. 10.

△ ≪조선문학사≫·8, 류만 저, 사회과학출판사, 1992. 11.

△ ≪조선구전문학개요≫(항일혁명편), 리동원 집필, 사회과학출판사, 1994.

△ ≪독립군 가곡집-광복의 메아리≫, 독립군가보존회 편, 교학사, 1982. 이
  책에서 ≪광복의 메아리≫로 약칭함.
△ ≪독립군시가집-배달의 맥박≫, 독립군시가집 편찬위원회 편, 송산출판
  사, 1986. 이 책에서 ≪독립군시가집≫으로 약칭함.
△ ≪님 찾아가는 길-독립군시가 자료집≫, 황선열 편, 한국문화사, 2001. 10.
△ 기타 각종 노래집, 항일회상기, 항일전적지 답사기 그리고 권철 등 개인
  이 수집한 자료.